COLLECTION FOLIO

Jean-Paul Didierlaurent

Malamute

Gallimard

Jean-Paul Didierlaurent est un romancier et nouvelliste. Après des études à Nancy, il a travaillé à Paris avant de retourner vivre dans les Vosges. Il a découvert le monde de la nouvelle en 1997 avec un premier concours, avant de remporter de nombreux prix : prix de la ville de Nanterre en 2004 et 2005, prix de la Communauté française de Belgique en 2005 et de la Libre Belgique en 2006, prix de la Nouvelle gourmande de Périgueux en 2008. Il a vu ses nouvelles publiées dans les recueils *Corrida de muerte, Arequipa* et *Le Frère de Pérez* avant de remporter le prix Hemingway 2010 avec *Brume* et le prix Hemingway 2012 avec sa nouvelle *Mosquito.* Onze nouvelles qui ont révélé Jean-Paul Didierlaurent sont réunies dans le recueil *Macadam* (Au diable vauvert, 2015). Son premier roman, *Le liseur du 6h27* (2014), paru aux Éditions Au diable vauvert, a connu un succès fulgurant. Depuis ont paru *Le reste de leur vie* (2016), *La fissure* (2018) et *Malamute* (2021). Jean-Paul Didierlaurent est décédé prématurément en décembre 2021, alors âgé de cinquante-neuf ans.

« C'est peut-être ça, le grand cadeau que nous offre la mort, l'instant exact précédant la mort.

Où tout devient clair, mais on n'a plus le temps pour le dire.

Une révélation rien que pour soi. »

JOSEPH INCARDONA

– *La Soustraction des possibles*

Journal de Pavlina Radovic
(traduit du slovaque)
Avril 1976

Deux jours, nous avons mis deux jours pour franchir les mille trois cents kilomètres qui nous séparaient de notre nouveau domicile. Dragan avait espéré boucler le parcours en moins de vingt-quatre heures, le temps qu'il lui avait fallu les fois précédentes pour atteindre sa destination. C'était sans compter la remorque et les chiens. Pendant ces deux jours de route, les bêtes n'ont pas cessé d'aboyer et de grogner d'excitation, les babines écumantes de rage, comme pressées d'en découdre avec un ennemi invisible. Nous avons traversé plusieurs pays, franchi des fleuves larges comme deux autoroutes, longé des villes immenses, des champs infinis, des collines couvertes de vignobles, des plaines verdoyantes parsemées de villages au nom imprononçable.

À mi-parcours, l'un des pneus de la remorque a éclaté et nous avons failli verser dans le fossé. Je frissonne encore à l'idée que notre aventure aurait pu s'achever au milieu de nulle part dans un bas-côté rempli d'eau croupissante, coincés entre le rêve vers lequel nous roulions et la vie que nous venions de laisser dans notre dos. L'idée d'échouer si près du but, de devoir rebrousser chemin pour retourner au pays me faisait horreur. Retrouver cette vie étroite dans laquelle je me trouvais confinée, à barboter tel un poisson dans une mare devenue trop petite, m'aurait été insupportable. Avant de changer la roue, Dragan a dû calmer les chiens qui hurlaient à la mort. Plus loin, le voyant de surchauffe moteur nous a contraints à un nouvel arrêt sur la première aire venue pour remettre du liquide de refroidissement. Les passages en douane nous ont beaucoup ralentis. Un temps précieux perdu pour des douaniers méticuleux, qui ont épluché un à un les carnets de vaccination des quatre malamutes et contrôlé leurs tatouages. Et à chaque fois l'obligation pour moi d'apaiser Dragan, de le raisonner, de lui dire que tout cela n'était rien, que l'arrivée à la maison, notre maison, n'en serait que plus belle. De la ferme, je ne connaissais que les rares photos qu'il m'en avait montrées. Plus que les clichés, c'est son enthousiasme contagieux qui m'a convertie à son projet. Ça et le besoin irrépressible d'aller respirer un autre air, de partir avant de me retrouver définitivement prisonnière de l'usine qui emploie tout le village, à mouler à longueur de jour des pièces comme mon père et mes frères, à respirer dans la fournaise et le fracas des presses ces horribles émanations de caoutchouc et d'huile chaude qui empuantissent l'atmosphère et que la plupart d'entre nous finissent par ne même plus sentir. Le jour où tu ne les sens plus, m'a dit une fois une collègue à la pause déjeuner, c'est qu'il est trop tard, que ton corps et ton esprit appartiennent totalement à l'usine. Depuis plus de quinze ans que j'y bosse, l'opératrice de fabrication que je suis ne manque jamais de vérifier chaque matin à son arrivée que son nez parvient encore à percevoir la puanteur. Toutes ces années passées à attendre Dragan, je me suis raccrochée à cette puanteur comme on se raccroche à une douleur qui nous rappelle qu'on est toujours vivant, que la mort n'a pas gagné, pas encore. Le mariage, les papiers, tout est allé si vite. Pour l'argent, je n'ai jamais vraiment su d'où il venait et je préfère ne pas savoir. Je n'ai pas posé de questions. Trop peur des réponses. L'argent n'a jamais été un problème pour Dragan, ni avant ni après la légion. Parti à vingt-deux ans pour s'engager, il est revenu à trente-six comme s'il était parti la veille, avec, glissé dans son portefeuille, son Sésame pour la France, une carte de résident que les quatorze années passées sous le béret vert lui avaient accordée. Un beau matin, il était là, devant la maison, à piétiner sur le trottoir, fumant cigarette sur cigarette en attendant de trouver le courage d'aller demander ma main au vieux. Il a connu des guerres, je le sais. L'Algérie, le Tchad et bien d'autres encore, toutes plus sanglantes les unes que les autres. Comme pour l'argent, je n'ai pas posé de questions sur ce trou de quatorze ans dans lequel il lui arrive de se noyer parfois. Des absences pendant lesquelles son regard se fait lointain et son corps s'avachit sur lui-même, vidé de ses forces. Je n'aime pas ces absences. Toujours cette crainte au fond de moi qu'un jour il n'en revienne pas. Depuis notre départ, le sac de toile ne m'a pas quittée et pèse agréablement sur mes cuisses. De temps à autre, je sers contre mon ventre son contenu. Une trentaine de livres qui à eux seuls constituent toutes mes richesses. Je n'ai pas pu tous les emporter, il m'a fallu faire des choix, en abandonner certains pour en sauver d'autres. Des auteurs russes pour beaucoup. Là où mes amies passaient leurs maigres économies à s'étourdir d'alcool et de danses le week-end, jusqu'à l'abrutissement, j'ai toujours préféré trouver refuge dans les livres. Eux seuls possèdent ce pouvoir fantastique de m'arracher, le temps de la lecture, à la fange dans laquelle je me débats à longueur de jour. La forêt nous a engloutis à la tombée de la nuit. Un corridor d'immenses sapins noirs de part et d'autre du ruban d'asphalte. La route a serpenté sur plusieurs kilomètres à flanc de montagne. De temps à autre, une trouée dans la forêt nous laissait entrevoir en contrebas les lumières de la plaine que nous venions de quitter. Les virages en lacet ont fini par me donner la nausée. Le 4 × 4 a franchi le sommet du col avant de basculer vers la vallée qui scintillait comme si la main d'un géant avait semé au pied de la montagne une multitude de diamants. Lorsque le panneau d'entrée du village a surgi dans les phares, j'ai crié de joie malgré mon cœur au bord des lèvres et applaudi comme une gamine. La Voljoux. J'aime ce nom qui contient tous nos espoirs. Ça sonne comme bijou, caillou, chou, genou, hibou, mes premiers mots appris en français. Je les ai répétés dans la voiture en chantonnant, bijou, caillou, chou, genou, hibou, Voljoux, encore et encore, jusqu'à ce que Dragan me demande d'arrêter. Tu es encore plus excitée que les bêtes, il a dit en souriant. J'aime lorsqu'il sourit, son visage s'éclaire de l'intérieur. Après avoir traversé le village endormi, nous avons gravi le versant opposé et puis la ferme était là, posée au milieu du pré, à moins de vingt mètres de la route. Une masse sombre ramassée sur elle-même, comme écrasée par son propre toit et qui se découpait sur l'herbe éclaboussée par l'éclat laiteux de la lune. La clef serrée dans le creux de ma main avait pris la chaleur de ma paume. Comme si elle rechignait à s'ouvrir, la porte a gémi sur ses gonds lorsque Dragan l'a poussée. L'interrupteur a émis un claquement sec, sans résultat. Le courant n'avait pas été rétabli malgré la demande faite auprès de la compagnie d'électricité. Il a encore actionné le commutateur à deux reprises avant de cracher un juron. Kurva[1] *! Nous sommes entrés chez nous tels des voleurs. La ferme s'est révélée à moi par petites touches à travers le faisceau de la torche. Le cercle de lumière jaune a glissé sur le papier peint des murs, rampé sur le carrelage du couloir, s'est promené sur le formica des meubles de la cuisine. Ma nausée a redoublé d'intensité lorsque l'odeur de moisissure et d'humidité emprisonnée derrière les volets clos s'est engouffrée dans mes narines. J'ai vomi dans l'évier en pierre un long jet acide. Le robinet a hoqueté par deux fois avant de crachoter un filet d'eau glaciale. Je me suis aspergé le visage et ai bu à même le col de cygne pour éteindre l'incendie dans le fond de ma gorge. Dragan s'est occupé des chiens puis s'est effondré sur le matelas posé sur le sol de la chambre, ivre de fatigue. Il m'a fallu du temps pour trouver le sommeil. Il y avait ce mot qui tournoyait dans ma tête comme une mouche dans un bocal, ce premier mot prononcé par Dragan dans la maison, un juron qui avait résonné désagréablement à mes oreilles avant que la nuit ne l'avale :* kurva. *Un mot étranger qui n'avait pas sa place ici.*

1. « Putain » en slovaque.

1

Avant même de quitter son lit, Germain sut qu'elle était là. Les sons feutrés disaient sa présence, tout comme la clarté intense du dehors que peinaient à contenir les volets. Une excitation tout enfantine s'emparait à chaque fois du vieil homme au moment de la retrouver et il dut refréner l'envie de se ruer vers la fenêtre. Ne pas mettre la charrue avant les bœufs, la phrase préférée que ce trou du cul de kiné d'à peine vingt ans lui rabâchait à chacune de ses visites hebdomadaires. « Les bœufs avant la charrue, je sais », grommela Germain pour lui-même. Attendre que le sang irrigue de nouveau l'extrémité de ses membres engourdis avant même de penser à chausser les pantoufles. Il grimaça. Constater à chacun de ses réveils que son organisme n'était plus que ruine constituait une souffrance plus terrible encore que les douleurs physiques. Il en arrivait à envier parmi ses congénères ceux partis vadrouiller au pays des absences sur le continent Alzheimer, l'esprit envolé avant le corps, en éclaireur. La tête, pensa le vieil homme, c'est ça le vrai problème. Trop claire la tête, trop consciente de la décrépitude de tout le reste. À quatre-vingt-quatre ans, ses sens se délitaient les uns après les autres, insidieusement. Un voile de cataracte devant les yeux, des bourdonnements dans les oreilles, autant de petites morts qui vous mettaient en retrait du monde. Il patina vers la fenêtre. Ses pas allaient gagner en assurance au fil de la journée mais les premiers mètres restaient délicats à négocier. Se concentrer, avancer un pied après l'autre. Un train de tortue pour ne pas finir avec le cul de la charrue par-dessus la tête des bœufs.

La lumière vive se rua dans ses rétines en une myriade d'aiguilles lorsqu'il ouvrit les volets. Son flair ne l'avait pas trompé. Elle était arrivée pendant la nuit, précédée la veille au soir par cette odeur propre à elle seule, indéfinissable, qui laissait ce drôle de goût de métal sur le palais. La neige. Près de vingt centimètres d'une neige lourde que venaient caresser les dernières écharpes de brume abandonnées par la nuit. L'hiver refermait ses mâchoires sur l'automne avant même la Saint-Albert, comme pressé d'en finir, mais ça ne durerait pas, le vieil homme le savait, les arbres lui avaient dit, c'était écrit dans leur chair, et les arbres ne mentaient jamais. Il ne fallait voir dans cette précocité qu'un caprice météorologique sans lendemain. En attendant Germain n'aimait pas ça, cette neige posée sur les dernières feuilles rescapées de l'automne. Yeux plissés, il attendit que ses pupilles domptent l'éblouissement avant de relever la tête. La carcasse mangée par la rouille de l'antique Renault 4 adossée au hangar de la ferme se parait ce matin d'une robe immaculée. Les marches de granit menant au jardin disparaissaient sous une cascade d'ondulations blanches. Couvert de neige collante, le grillage du vieux poulailler s'étirait en une dentelle délicate. Cette faculté d'embellir les choses même les plus laides, d'étouffer le fracas du monde, d'adoucir les angles, de combler les creux, d'aplanir les bosses fascinait l'octogénaire. Même les grands sapins n'étaient plus que rondeurs une fois dissimulés sous leur manteau. Les gens de la ville, tous ces gens de l'asphalte, c'est ainsi qu'il se plaisait à les nommer, ne voyaient en elle qu'un fléau froid et envahissant dont il fallait nettoyer les routes le plus rapidement possible, quand ils ne louaient pas au contraire sa venue à l'approche des vacances, ne comprenant pas qu'elle tarde à arriver. Germain lui n'avait jamais considéré la neige autrement que pour ce qu'elle était : une évidence qui revenait chaque hiver recouvrir le massif, une vieille connaissance que l'on devait accepter comme elle était et qui n'avait que faire qu'on l'aime ou qu'on ne l'aime pas.

Une fois le challenge journalier de l'enfilage de vêtements relevé avec succès, Germain remonta à petits pas le couloir glacial et pénétra dans la cuisine où régnait une chaleur agréable. Mieux que les injonctions de sa fille, le poids des corbeilles de bois avait eu raison de ses ultimes réticences à faire installer le chauffage central. Il devait bien admettre aujourd'hui que cette concession au confort, un confort obéissant à la simple rotation d'un robinet thermostatique, facilitait la vie, même si le discret ronronnement de la chaudière ne remplacerait jamais le joyeux crépitement d'une bûche dans le foyer de la cuisinière. Le vieil homme réchauffa le café de la veille puis attrapa le stylo suspendu à la ficelle sous le calendrier punaisé sur le mur et encercla la date du jour. 14 novembre 2015. Il avait perpétué cette habitude de sa défunte femme de marquer ainsi l'arrivée de la neige. Clotilde aimait consigner les choses, des choses aussi insignifiantes que la chute des premiers flocons. De la même manière elle se plaisait à s'emprisonner l'existence dans un corset d'habitudes, le feuilleton télé du début d'après-midi, la séance de cinéma du lundi avec les amies, les cours de poterie du mardi soir, le marché du mercredi matin, la médiathèque le vendredi, la pâtisserie du dimanche, autant d'œillets où glisser le lacet pour bien enserrer les jours, et avancer d'un rendez-vous à un autre sans avoir à contempler l'abîme du temps qui passe. Sans parler de cette manie exaspérante de dresser la table du petit-déjeuner pour le lendemain avant l'heure du coucher, comme on dresse un pont entre deux rives. Le vieil homme déjeuna d'une demi-tranche de pain accompagnée d'un soupçon de confiture. Son appétit l'avait abandonné. En lieu et place des casse-croûtes gargantuesques de sa jeunesse, c'était le pilulier qui l'attendait à présent sur la toile cirée, avec ces gélules qu'il avalait mécaniquement sans même savoir à quoi elles pouvaient bien servir. Chaque matin, le pilulier était là, une évidence avec laquelle, comme pour la neige au-dehors, il lui fallait bien compter.

Debout sur le perron, il extirpa de la poche de son gilet le paquet de cigarettes, saisit une cibiche du bout de ses doigts calleux et en tapota le cul machinalement sur le dos de sa main. Au moment de l'allumer, la voix de Françoise sa fille résonna sous son crâne : « Cette cochonnerie va finir par te tuer. » « La vie finit toujours par nous tuer », lui rétorquait-il, réplique qui la mettait hors d'elle. Le capot du briquet à essence claqua dans le silence. La première bouffée de la journée, la meilleure, songea Germain en tirant d'aise une longue taffe. Il releva la tête en direction des piquets de déneigement rouge et blanc plantés sur le bord de la route. Avec l'âge, la distance entre la maison et la chaussée lui paraissait chaque hiver un peu plus grande, comme si une main divine se plaisait à distendre l'espace pour lui rendre la tâche plus rude encore. Il cracha un glaviot épais qui disparut dans la neige et tourna la tête en direction de la ferme voisine. La bâtisse reposait sur l'étendue blanche du pré tel un chicot sale. Une fumée grise montait paresseusement dans le ciel. L'octogénaire frissonna. Il n'avait plus vu cette cheminée fumer ainsi depuis la fin des années soixante-dix. Quelqu'un habitait à nouveau l'endroit. Une jeune femme, d'après ce que sa cataracte lui avait permis de deviner à travers le carreau la semaine précédente tandis qu'elle déchargeait du coffre de sa voiture des sacs de provisions. Sûrement une saisonnière qui n'avait rien trouvé de mieux pour se loger sur la station que cette bicoque délabrée. Il repensa à l'ancienne voisine, à sa présence éthérée emprisonnée toutes ces années entre Clotilde et lui, comprimée entre leurs deux silences. Depuis le décès de son épouse, le souvenir de la femme avait forci. Un poison toujours plus nocif. Elle survenait dans la mémoire de Germain en fulgurances aussi précises que douloureuses. La silhouette gracile, l'éclat du regard, la voix chantante, cette façon si particulière de prononcer les mots, autant de résurgences coupables tandis que l'image de Clotilde, elle, ne cessait de s'affadir au fil des ans. Il cracha un nouveau glaviot, empoigna le manche de la pelle rangée sous l'auvent de l'entrée et contempla d'un air las la boîte aux lettres plantée en bordure de propriété une vingtaine de mètres plus haut. Vingt mètres qui lui en paraissaient cent.

2

Le raclement de la pelle sur les dalles de la cour, fer contre pierre, rythmait la progression du vieil homme. Germain procédait en gestes mesurés. Pousser en fléchissant les genoux, basculer son buste vers l'arrière et verser la pelletée sur le côté. Ne pas emballer le cœur. Dans l'effort, ses poumons, deux soufflets de forge tapissés de goudron par des années de tabagisme, laissaient plus fuir d'air qu'ils en avalaient mais tant que ses mains posséderaient encore la force de serrer un manche de frêne, il continuerait de déneiger de la sorte. La turbine à neige offerte par sa fille pour son quatre-vingtième anniversaire prenait la poussière au fond du garage. Lors de son unique utilisation, la machine pétaradante avait goulûment avalé l'équivalent d'un demi-mètre cube d'or blanc avant de caler, la gueule obstruée de neige lourde. L'engin de malheur lui avait arraché le bâton des mains tandis qu'il tentait d'en désengorger la cheminée.

Il avait repris la pelle. On n'avait jamais vu une pelle se retourner contre son maître. Un quart d'heure fut nécessaire à Germain pour atteindre le bourrelet du chasse-neige, un rempart de près d'un mètre de haut constitué de blocs compacts, mélange de neige et de potasse que le vieil homme piqueta du bout de la pelle sans conviction. L'époque était révolue où, contre un litre de gnôle au début de l'hiver, le chauffeur élargissait l'accotement d'un coup de lame supplémentaire afin d'ouvrir un emplacement de stationnement pour une voiture. Les tournées de déneigement aujourd'hui étaient minutées, les parcours soigneusement calculés, les écarts proscrits. Les gars fonçaient lame abaissée sans jamais s'arrêter, éclaboussant les bas-côtés de la lumière bleutée de leur gyrophare. Les voies de circulation devaient être nettoyées au plus vite au risque de voir la colère populaire s'abattre sur les services techniques municipaux. Le vieil homme planta sa pelle à même le bourrelet et regagna la maison en bougonnant. L'envoyé de sa fille n'aurait qu'à se débrouiller par lui-même s'il voulait se dégager une place pour sa voiture. Germain n'avait rien demandé, tout ça était son idée à elle, pas la sienne. Fidèle à son habitude, Françoise avait tout manigancé dans son dos avant de le placer devant le fait accompli. Comme au jour de ses vingt ans où elle avait débarqué pour leur présenter Éric, son futur mari, maître Éric Boisdémont, avocat d'affaires avec qui elle était partie vivre aux États-Unis. Ils étaient revenus s'installer à Marly-le-Roi en région parisienne près de trente ans plus tard, lui au sommet de sa carrière, elle avec un prénom raccourci devenu France, parce que plus classe que Françoise. Le couple sans enfants venait rarement à La Voljoux. À Noël et à Pâques, en coup de vent le plus souvent, le temps d'un week-end entre deux voyages à l'étranger. Ils posaient leurs valises à l'hôtel le plus chic du village, prétextant ne pas vouloir déranger, n'osant pas avouer préférer le confort du quatre étoiles à celui spartiate de la ferme. Depuis la mort de sa mère, régenter la vie de son papa vieillissant semblait être devenu la mission première de Françoise. Et les quatre cent cinquante kilomètres séparant la fille du père n'entamaient en rien sa détermination.

Le *deal,* c'était le mot exact qu'elle avait employé. Toujours cette propension à user d'anglicismes, une manie détestable aux yeux de Germain mais ce n'était pas à soixante-deux ans passés que sa fille allait changer ses habitudes de langage, ne serait-ce que pour faire plaisir à son géniteur. « C'est le deal papa, avait-elle répété une deuxième fois dans le combiné du téléphone. C'est comme ça et pas autrement, que tu le veuilles ou non. » Ton deal ressemble foutrement à un ultimatum, avait pensé le vieil homme tandis qu'elle le sermonnait telle une mère qui réprimande son enfant. Il n'était pas raisonnable, n'en faisait qu'à sa tête, ne voulait rien entendre, ne se rendait pas compte de tous les soucis qu'il lui causait. Il avait encore chuté six mois plus tôt en se rendant à la cave après avoir confondu l'avant-dernière marche de l'escalier avec la dernière, s'étalant de tout son long sur le sol en terre battue. Le bracelet relié à la société de téléassistance étant remisé au fond du tiroir de la table de chevet, il était resté plusieurs heures à demi étourdi couché dans le froid, incapable de se relever. Attirée par ses gémissements, la porteuse de repas à domicile, l'une des rares concessions accordées à sa fille chérie avec le chauffage central, l'avait découvert gisant dans sa pisse, l'épaule démise et le front garni d'un énorme hématome. L'intervention des pompiers, l'agitation des urgences et au sortir de l'hôpital, les remontrances de sa fille. « Tout ça pour aller voir tes fichus bouts de bois ! » Ce dédain dans la voix. Elle ne comprenait pas, ne comprendrait jamais. Pas comme Clotilde qui avait dès le début accepté sa passion pour les arbres, à défaut de s'y adonner. La situation devenait compliquée pour tout le monde, il devait en convenir. Lors de la visite suivante, Françoise lui avait glissé entre les mains la plaquette de la nouvelle résidence Perce-Neige en achèvement de construction. « Un appartement tout confort au centre du village, papa, avait-elle insisté, avec ascenseur, douche à l'italienne, terrasse, le tout à deux pas du cabinet médical et des commerces. » Un must, selon elle, qu'avec Éric elle se proposait de lui offrir. Germain avait jeté le luxueux catalogue aux vieux papiers. Il ne voulait pas de cette prison dorée. Trop loin de la forêt, trop près des hommes.

Le vieil homme avait fait profil bas les semaines suivantes. Laisser passer l'orage, minimiser les faits et mentir. Le bracelet de téléalarme ? Vissé nuit et jour autour de son poignet. La cave ? Il n'y descendait plus, juré, craché, bien conscient que l'escalier représentait une épreuve trop périlleuse pour ses jambes fatiguées. En vérité, il ne se passait pas une semaine voire un jour sans que les quatorze marches ne grincent sous son poids. Donner l'illusion que tout allait bien. Ne pas parler du contenu des plateaux repas qu'il picorait sans appétit et qui finissait la plupart du temps à la poubelle. Ne jamais faire allusion à la loupe glissée au fond de sa poche. Ne pas parler de tous ces mots qui échappaient de plus en plus souvent à ses oreilles. Taire ces assoupissements qui le saisissaient à n'importe quel moment de la journée. Ne pas raconter ces serrements de poitrine accompagnés de sueur froide qui surgissaient parfois au milieu de la nuit. Ne rien dire de cet état de confusion mentale qui l'envahissait de temps à autre sans crier gare et le faisait errer d'une démarche de zombie d'une pièce à l'autre en se demandant ce qu'il était venu y chercher. Germain s'en voulait de toutes ces cachotteries mais c'était le seul moyen de repousser l'échéance d'un départ forcé. Les rares visites de Françoise ressemblaient à s'y méprendre à de véritables passages en revue. Le vieil homme prenait soin les jours précédents de tailler sa barbe, faisait couper ses cheveux, lavait son linge, procédait à un semblant de rangement dans les pièces de la maison. Simuler un état de forme fictif pour tromper sa propre fille lors de ses visites intrusives l'épuisait. Ce jeu de dupes avait fonctionné jusqu'à ce jour de septembre où elle et son mari lui avaient fait la surprise d'un débarquement impromptu. Ils l'avaient confondu au sortir de la cave. L'état de laisser-aller dans lequel il baignait avait horrifié sa fille. Un corps à l'abandon, un visage en jachère avec une barbe fournie et des cheveux hirsutes, des vêtements d'une propreté douteuse. Elle avait peiné à reconnaître son père dans ce vieillard fantomatique planté en haut de l'escalier le souffle court avec, sur le visage, l'expression paniquée d'un gamin surpris la main plongée dans le pot de confiture. « Papa, ça ne peut plus durer, il faut trouver une solution. » L'ultimatum était tombé peu de temps après. Le deal ou l'EHPAD. Entre la peste et le choléra, il avait finalement choisi la peste.

3

L'objet du deal s'appelait Basile, était âgé d'une trentaine d'années, mesurait un peu moins d'un mètre quatre-vingts pour quatre-vingts kilos et roulait depuis près de deux heures au volant de son combiné Volkswagen en direction de La Voljoux. Un combi T2 modèle 1979 à la restauration duquel il avait consacré tout son temps libre des derniers mois. Week-ends et vacances passés à désosser la carrosserie, plonger les mains dans le cambouis, courir les bourses autos à la recherche de pièces mécaniques, et brûler une partie de sa jeune vie dans une relation exclusive avec ce qui n'était au départ qu'un tas de ferraille, une ruine à demi mangée par la rouille payée près de six mille euros, une fortune pour ses maigres économies, le prix du rêve. S'abrutir de travail, souder, visser, démonter, assembler, occuper ses mains et son esprit, surtout son esprit, la meilleure des thérapies selon le psy qui l'avait suivi après le drame. Un psy qui, du haut de ses dix années d'études, ne comprenait rien à rien et qui, pour tout conseil, lui rabâchait à chacune des séances hebdomadaires cette même évidence : lorsque l'on est tombé de cheval, le meilleur moyen de s'en sortir est de remonter en selle. Un toubib incapable de comprendre que le problème était un peu plus profond qu'une chute de cheval, aussi profond que le regard mort de la gamine de six ans et demi que vous aviez tenue dans vos bras avant que les pompiers ne viennent vous l'arracher. Tous ses collègues y étaient allés de leur couplet après l'accident pour le réconforter. Une vacherie, avaient-ils reconnu, qui aurait pu arriver à n'importe lequel d'entre eux et dont il n'était en rien responsable. À les entendre, tous avaient un jour ou l'autre eux aussi frôlé l'accident. Un skieur de randonnée surgi de nulle part en pleine nuit et qui aperçoit le câble de la dameuse au dernier moment. Un groupe de touristes en raquettes traversant les pistes au milieu de la tempête. Des fêtards qui regagnent le bas de la station à la nuit tombée après s'être copieusement avinés dans une ferme auberge. Sans parler de tous ces trompe-la-mort qui se prennent pour les rois de la motoneige sur les chemins de liaison. De tous ces témoignages, Basile n'avait retenu qu'un seul mot, un mot qui faisait toute la différence entre lui et les autres : *frôlé*. Lui, la gosse ne l'avait pas frôlé. Lancée à toute allure sur sa luge en plastique rouge, elle était venue se fracasser le crâne sur la chenille droite de sa machine, os contre fer. Basile avait mis plus d'une semaine avant de pouvoir à nouveau approcher une dameuse sans dégueuler tripes et boyaux. Et une semaine supplémentaire avant d'être capable d'en reprendre les commandes. Cela faisait maintenant deux ans que le drame avait eu lieu. Deux ans à se débattre pour essayer de chasser les images de l'accident avant de comprendre que la clef n'était pas dans le rejet, que tenter de les déloger ne faisait au contraire que les ancrer plus profondément dans son cerveau, que l'entreprise était aussi vaine que tenter de détacher à main nue une patelle accrochée à son rocher et qu'il n'avait d'autre choix que celui de vivre avec. Avec la restauration du combi, il s'était en partie réparé lui-même. Dernière étape le mois dernier, la mise en peinture de la carrosserie. Il avait longuement consulté le nuancier des couleurs d'origine du modèle qui présentait des teintes aux noms exotiques tels que *Senegal Red, Panama Brown, Sumatra Green* ou *Bali Yellow* avant de porter son choix sur le *Niagara Blue*, le même bleu que les eaux de fonte des glaciers.

Après un galop d'essai de quelques kilomètres, ce voyage qu'il accomplissait aujourd'hui était le tout premier grand trajet à bord de son van aménagé. Trois cents bornes à couvrir d'une traite en priant pour que la mécanique tienne bon, trois cents bornes à se laisser bercer par la musique si particulière du moteur 1 600 accompagnée par la voix chaude du chanteur des Mumford and Sons diffusée par l'enceinte Bluetooth reliée à son iPhone. Perdu dans ses pensées, Basile faillit manquer la sortie et quitta la quatre voies in extremis pour rejoindre la départementale. Encore une petite heure de route avant d'atteindre la station. Et toujours ce même sentiment étrange de laisser derrière lui une partie de lui-même au moment d'emprunter l'accès menant au cœur du massif. Elle représentait beaucoup plus qu'une simple bifurcation géographique, cette bretelle. Il abandonnait une existence pour entrer dans une autre. Quatre mois passés à vivre dans un autre lieu, à respirer un autre air, à pratiquer un autre métier, à côtoyer d'autres personnes. Il y avait quelque chose de grisant à devenir cet autre Basile tous les ans à l'entrée de l'hiver. Un luxe que finalement peu de gens avaient la chance de pouvoir vivre. Après le Basile de la terre, place au Basile de la neige. Comme beaucoup de gamins, il avait enfant ressenti une véritable attraction pour les engins de chantier tels que les grues, les bulldozers, les bétonnières, les camions-bennes. Les pelleteuses surtout le fascinaient, avec leur bras et leur mécanisme hydraulique, leurs chenilles d'acier et leur cabine pleine de leviers.

Son plus beau souvenir restait cette Caterpillar jaune à l'échelle 1/16, plus vraie que nature, découverte au pied du sapin pour le Noël de ses six ans. À la différence de la plupart des garçons, cette fascination ne l'avait pas lâché à l'adolescence, bien au contraire. Et face à sa détermination à devenir conducteur d'engins de travaux publics, ses parents avaient eu l'intelligence de le laisser accomplir son rêve malgré des capacités intellectuelles qui, au dire de ses professeurs, auraient mérité de le voir pousser ses études beaucoup plus loin. Ni sa mère ni son père n'avaient regretté leur décision. Il suffisait de voir le sourire lui étirer la bouche lorsque, rivé aux manettes de sa pelleteuse, il retournait la terre dans des bruits de fin du monde, la creusait, la fouillait, l'ouvrait, la modelait du bout de son godet, véritable extension de lui-même. Avec la venue de l'hiver, beaucoup de chantiers tombaient au point mort et le travail se raréfiait. Basile avait mis à profit le temps libre dégagé par les intempéries pour suivre une formation spécialisée de conducteur d'engins de damage. Certificat de qualification professionnelle en poche, il n'avait eu aucun mal à dégoter un job hivernal. Son statut de saisonnier arrangeait tout le monde. Deux employeurs, un contrat d'embauche de huit mois au service de la terre d'un côté, un de quatre mois de l'autre pour travailler la neige. Se déplacer toute l'année sur des chenilles, tel était son destin. Il grimaça un sourire au rétroviseur. Depuis cinq hivers maintenant, le jeune homme passait ainsi du monde minéral à celui des cristaux et retrouvait sa dameuse et la station de ski de La Voljoux. À l'approche de la saison, le besoin impérieux de revoir la neige se faisait sentir jusque dans son corps. Une même appétence le saisissait parfois au cœur de l'été pour l'iode, le poussant à parcourir des centaines de kilomètres pour aller se plonger dans l'océan.

Lorsque la cousine de sa mère, celle que tout le monde dans la famille surnommait la tante d'Amérique, l'avait contacté par téléphone un mois plus tôt, il avait dû fouiller dans ses souvenirs pour se remémorer le visage de cette parente éloignée rencontrée en de rares occasions. Une femme à l'allure sophistiquée, toujours bien mise, coiffure et maquillage soignés, vêtements de marque. Une femme qui en imposait naturellement. Au bout du fil, la voix condescendante se voulait amicale. Comment se portait-il ? Et ses parents, que devenaient-ils ? Il serait bon d'organiser une cousinade party un jour, histoire de se voir en d'autres occasions qu'aux enterrements. Une entrée en matière polie mais qui n'attendait pas spécialement de développement de sa part, un plan de dialogue sans fioritures inutiles. Les questions s'étaient faites plus incisives. Quelles étaient ses conditions d'hébergement à La Voljoux ? Le prix de son loyer, de ses charges ? Il avait répondu docilement à toutes les questions, non sans se demander quel était le but exact de cet interrogatoire. L'image furtive d'un rapace tournoyant dans le ciel au-dessus de sa proie avait traversé l'esprit du jeune homme. Et puis elle avait évoqué son père Germain, Gégé Grosdemange, ce grand-oncle devenu la célébrité de la famille pour avoir joué les figurants sur le tournage du film de Robert Enrico, *Les Grandes Gueules*, en 1965. Une apparition de quelques secondes pendant la scène de la bagarre à la fête des bûcherons, une scène que Basile se souvenait avoir vue et revue des dizaines de fois à l'occasion de rassemblements familiaux. Cent huitième minute. Germain est là, parmi la foule des curieux. Il assiste à la baston, un jeune homme fringant dans son costume sombre, la trentaine, moustache noire. La discussion avait lentement glissé sur l'état de santé quelque peu précaire du vieil homme, sur l'éloignement et cette existence solitaire dans sa ferme sur les hauts de La Voljoux. Basile n'avait jamais pris la peine de rendre visite à cet aïeul lors de ces quatre mois de saison annuels passés au village. La voix de la tante d'Amérique s'était faite mielleuse. Nous y voilà, avait songé le jeune homme tandis que Françoise Boisdémont née Grosdemange lui exposait son offre. Le moment où l'oiseau de proie referme ses serres sur le dos de sa victime.

Il l'avait rappelée le lendemain après une nuit à peser le pour et le contre de sa proposition alléchante. D'un côté, l'opportunité de faire l'économie d'un loyer la saison durant. De l'autre, l'obligation de partager son quotidien avec un vieillard de quatre-vingt-quatre printemps dont il ne savait rien et avec lequel il n'avait a priori rien d'autre à partager qu'un lien de parenté éloigné. En même temps, la proposition prévoyait que le jeune homme conserve son indépendance. Une chambre meublée avec un téléviseur et sa petite salle d'eau mitoyenne. Pour la cuisine et les repas, aucune contrainte particulière si ce n'était celle d'assurer sa propre subsistance. Être une présence, juste une présence dans la mesure où son travail le lui permettrait, c'était là tout ce que demandait la fille de Germain Grosdemange au jeune homme, promettant même, outre le logement gratuit, le versement d'une petite prime en fin de saison pour service rendu si la cohabitation se passait sans encombre. Bien sûr, le vieux était d'accord, était même à l'entendre enthousiaste à l'idée de partager sa solitude avec ce petit-neveu. Basile avait accepté. L'occasion de connaître autre chose que ce studio miteux qu'il louait d'une année sur l'autre à ce radin de proprio, quinze mètres carrés sous les toits dont l'unique atout était de se trouver à moins de cinq minutes de la station, ne lui déplaisait pas. Aucun regret à faire une infidélité à ces murs recouverts de frisette qu'il ne pouvait plus voir en peinture, avec ce chauffage électrique poussif et la douche moisie qui glougloutait à longueur de nuit. Françoise lui avait envoyé un mail afin de contractualiser l'accord. Alors qu'il signait, Basile avait chassé de son esprit l'éventualité de se retrouver pour les quatre mois à venir avec sur les bras une Tatie Danielle au masculin.

4

Basile actionna les essuie-glaces à l'apparition des premiers cristaux. Les balais de caoutchouc chuintèrent gaiement contre le pare-brise. Régulièrement il lui fallait essuyer la vitre embuée à l'aide de son mouchoir pour suppléer la soufflerie poussive. Il savait la neige déjà bien présente sur les reliefs. Certains des véhicules rencontrés en étaient couverts. À droite de la route, la rivière peinait à contenir les eaux qui enflaient son lit. De l'autre côté des flots, l'ancienne voie de chemin de fer, devenue voie verte pour le plus grand plaisir des promeneurs et des cyclistes, longeait le pied de la montagne. La micheline rouge et jaune avec ses banquettes en simili cuir n'arpentait plus le massif depuis longtemps. Même la route principale ne traversait plus les villages disséminés le long de la vallée. Une succession de voies de contournement rectilignes vous menait à présent d'un rond-point à un autre, laissant de côté les bourgades qui étiraient vers le ciel le clocher de leur église et les cheminées élancées de leurs usines mortes comme pour se rappeler au bon souvenir des automobilistes. Les rares localités encore visitées par la route exposaient les façades défraîchies des anciennes cités ouvrières. Le beau était ailleurs, il se trouvait plus haut, caché au cœur des nuages coiffant les sommets. Il était dans les forêts, dans les eaux sombres des lacs, sur les étendues nues des hautes chaumes, pas dans ces hameaux que les illuminations de Noël ne rendaient que plus désolés.

Après un ultime rond-point, la départementale s'enfonçait dans le massif, se faisant plus sinueuse. Passé les six cents mètres d'altitude, la neige commençait à tenir au sol, une neige lourde, vicieuse sous les roues du van. Basile se félicita de ne pas avoir mégoté sur le choix des pneus, quatre pneus hiver flambant neufs au profil étroit et à la gomme tendre afin d'assurer un maximum d'adhérence. Mener un combi Volkswagen sur chaussée enneigée relevait du numéro d'acrobate. Le moteur à propulsion conférait au véhicule une vilaine tendance survireuse qu'il fallait garder perpétuellement à l'esprit au risque de voir l'arrière passer devant à tout moment. Une forêt de panneaux publicitaires annonçait l'arrivée à La Voljoux, dernier lieu habité de la vallée. Le village s'était lové comme il pouvait entre ces montagnes, épousant les abords de la rivière avant d'étendre son domaine sur les versants où plusieurs lotissements avaient vu le jour dans les dernières décennies. Le seul indice véritable permettant de situer l'emplacement du centre de la bourgade était la place devant la mairie, circulaire, entourée de tilleuls qui, à cette époque de l'année, n'offraient plus aux regards des passants que leurs moignons ébranchés autour desquels on avait entortillé des guirlandes lumineuses. Planté en plein centre du pavage, un sapin monumental croulait sous les décorations. À ses pieds, la dizaine de petites baraques du marché de Noël attendaient les clients au milieu des odeurs épicées de vin chaud. À deux pas de là, l'église aux murs de grès rose chapeautée de son clocher ventru en forme de perce-neige regardait vers le bas de la vallée, tournant le dos à son cimetière hérissé de stèles en granit poli. Les quelques ruelles du centre concentraient la plupart des commerces. À l'approche des vacances de Noël, le village semblait paresser sous son manteau neigeux. Le calme avant l'effervescence, songea Basile. De trois mille âmes, il allait passer à plus de douze mille les semaines à venir. Une déferlante de touristes provenant des quatre coins de l'Hexagone mais aussi des étrangers, principalement des Belges, toute une armée en doudoune, bonnet et après-skis qui allait s'abattre sur la station, remplissant chalets et meublés, dévalant les pistes le jour, envahissant bars et restaurants le soir, une foule que tout le monde ici s'apprêtait à accueillir, bien conscient que le village ne pouvait plus se passer de ce shoot économique qui tous les ans à la même époque arrivait comme une poche de sang neuf sur un organisme anémié.

Le jeune homme vérifia l'adresse de son aïeul sur le GPS du smartphone. Après la traversée du village, il bifurqua sur la droite, délaissant la départementale qui allait serpenter encore sur une quinzaine de kilomètres en direction du col avant de basculer sur la plaine d'Alsace. Après une partie sous couvert des arbres, la route étroite déboucha sur un espace dégagé en surplomb du village, un vaste champ enneigé, entre de grands sapins que les hommes, génération après génération, étaient parvenus à contenir en bordure de pré. Passé une première ferme sur la gauche, Basile accéléra en priant pour que le van gravisse le dernier raidillon sans encombre. Parvenu en haut de la côte, le jeune homme retint un juron. La seconde maison n'offrait aucune possibilité de stationnement, à moins d'aller s'embourber dans l'épais bourrelet. Il effectua une prudente marche arrière et rangea le combi au pied de la pente, seul endroit suffisamment large pour y garer un véhicule. Les bourrasques se ruèrent sur son visage au sortir de l'habitacle. Courbé en deux, il gravit la courte montée, son sac en bandoulière battant contre ses reins, et enjamba le bourrelet pour emprunter l'étroite frayée menant au perron de la ferme. Il était attendu. Pour preuve le rideau qu'il avait vu s'agiter derrière l'une des fenêtres. Il claqua sèchement ses chaussures contre le banc en granit qui jouxtait l'entrée pour en faire tomber la neige et appuya sur la sonnette. Tandis qu'il ôtait son bonnet, il se demanda à quoi pouvait bien ressembler le jeune figurant moustachu de la cent huitième minute du film *Les Grandes Gueules*, avec une cinquantaine d'années de plus au compteur.

5

Vissé à sa fenêtre depuis près d'une heure, Germain avait fini par s'assoupir. Le bruit infernal du combiné Volkswagen patinant de toutes ses roues arrière dans l'ascension de la côte avait arraché le vieil homme à sa torpeur. Il ne perdit rien de l'arrivée de son petit-neveu et regarda avec curiosité la silhouette qui ployait sous le poids d'un volumineux sac de voyage s'engager dans la frayée. L'octogénaire attendit que retentisse un deuxième coup de sonnette avant de quitter son poste d'observation. Ne pas trahir l'impatience qui l'avait gagné au cours de la journée. La porte qui cintrait dans son encadrement sous l'effet de l'humidité rechigna à s'ouvrir. Même la maison n'en veut pas, songea l'octogénaire avec amertume.

— Bonjour, je suis Basile.

La voix faussement enjouée peinait à masquer la gêne du garçon. Face au silence de son interlocuteur, il se demanda pendant un bref instant s'il avait sonné à la bonne porte. Germain finit par marmonner un salut qui se noya dans sa barbe et s'effaça pour le laisser entrer, ignorant la main tendue. Basile resta un peu trop longtemps planté sur le paillasson au goût du vieux qui lui fit remarquer que le froid, lui, n'attendait pas qu'on l'invite à passer le seuil pour prendre ses aises dans la maison. L'entrée donnait directement sur la cuisine. Le plafond bas comprimait l'espace et densifiait la faible lumière qui régnait, une lumière de crépuscule qui n'avait pas encore fait son choix entre le jour ou la nuit. Sans un mot, le vieil homme tira une chaise, invitant du menton son hôte à s'asseoir. Toujours sans un mot, il posa sur la toile cirée deux verres Duralex qu'il remplit d'autorité de café fumant avant de s'asseoir à son tour. Seul le bruit des cuillères touillant le breuvage rompait le silence installé entre les hommes. Germain fixait Basile dans la pénombre, l'auscultait de la même manière que l'on ausculte une espèce inconnue dont on ne sait rien sinon qu'il va falloir à présent vivre avec. Son esprit peinait à ordonner ses pensées. Basile Bardet, le fils de son neveu Jean-Louis et donc le petit-fils de sa sœur Yvonne. Vague souvenir d'un gamin de sept ou huit ans, un gosse endimanché parmi d'autres courant entre les tables lors d'un mariage ou d'une communion, il ne savait plus, tous ces repas interminables finissant par se mélanger dans son souvenir. De ce que lui en avait dit sa fille, le jeune homme travaillait à la station en tant que conducteur de dameuse. Drôle de boulot que celui-là. Brasser de la neige, c'était un peu comme brasser du vent, pas un vrai travail aux yeux du vieux. Cheveux mi-longs de couleur châtain foncé, une barbe de trois jours, corpulence plutôt athlétique. Et un regard aussi sombre que les eaux d'un lac de montagne un jour de pluie. Gêné, le jeune homme se tortilla sur sa chaise et se perdit dans la contemplation de la toile cirée, pitoyable tentative pour échapper à l'examen de son aïeul.

— C'est ma fille.

Trois mots tombés au milieu du silence comme trois cailloux dans un seau en fer blanc. Basile avait tressailli.

— Pardon ?

— Tout ça, là, c'est une idée de ma fille, pas la mienne.

Le jeune homme s'était levé et avait déjà empoigné son sac.

— Je peux encore partir si ça vous pose un problème.

— J'ai pas dit ça, assieds-toi. Je suppose qu'elle t'a raconté que j'étais le plus enthousiaste des hommes à l'idée de cette cohabitation, ne dis pas non, je la connais. Je l'entends d'ici t'embellir le tableau et trouver les arguments, ça elle sait y faire, je dois reconnaître. Elle a dû te faire miroiter un séjour idyllique en compagnie d'un paisible vieillard. Je n'ai rien contre toi, attention, c'est juste qu'elle ne m'a pas laissé le choix. Alors je préfère que les choses soient bien claires dès le départ entre nous. On ne va pas se mentir, à mon âge, je n'ai pas vraiment envie de partager mes habitudes avec qui que ce soit, pas besoin d'un chaperon et encore moins d'un valet de chambre. On va se partager la maison et c'est déjà pas mal. Chacun chez soi et les vaches seront bien gardées, même si côté bêtes à cornes de nos jours on doit compter sur le massif plus de cocus que de prim'Holstein.

Germain s'interrompit le temps d'allumer une cigarette. Il fit claquer le capot du briquet et cracha un premier nuage de fumée vers le plafond avant de reprendre :

— Pour ce qui est des comptes-rendus que ma fille chérie ne manquera pas de te demander sur la bonne tenue de son vieux papa, tout va pour le mieux, tu as compris. Ne commence pas à aller compter les mégots dans le cendrier, à mesurer ma consommation de pinard ou vérifier le nombre de fois où j'ai oublié de passer cette saloperie de bracelet de téléalarme autour de mon poignet. Trois cigarettes par jour et un verre de vin le midi, elle devra se contenter de ces chiffres, il n'y en a pas d'autres. Quant au bracelet, on est bien d'accord que c'est la première chose que j'enfile en me levant tous les matins, avant même mes pantoufles. Dernier détail : pour ma fille, tu ne m'as jamais vu descendre à la cave, compris ? Et interdiction formelle pour toi d'y mettre les pieds. Pour tout le reste, je lui fais confiance, elle a dû te préparer une liste longue comme le bras de tout ce que tu as le droit de faire ou de ne pas faire dans la maison.

Toute l'amertume du café était remontée dans la gorge de Basile. Le prix à payer pour économiser quelques mois de loyer lui parut soudain exorbitant. Il pensa un instant à ficher le camp, à laisser ce vieux débris bougonner seul dans sa barbe mais dégoter un logement sur la station si près du début de la saison risquait de se transformer en mission impossible. Germain se leva et se dirigea vers le buffet, actionnant l'interrupteur au passage. Le néon clignota bruyamment avant que sa lumière blanche ne repousse les murs et ne chasse les ombres hors de la pièce. Des couverts sales trônaient sur la pierre à eau accolée à la fenêtre. L'ancienne cuisinière à bois recouverte d'une nappe faisait à présent office de meuble. Quelques plantes vertes y végétaient dans leur pot, exposant leurs feuilles en touffes ébouriffées. Punaisées au mur près du calendrier, une dizaine de photos racontaient des fragments de vie. Le frigo ronronnait, sa porte couverte de magnets. Une pièce restée dans son jus depuis les origines, jugea Basile en jetant un dernier coup d'œil circulaire à la cuisine tandis que le vieux regagnait sa chaise une bouteille et deux verres à liqueur entre les mains. Le jeune homme s'attarda sur le visage de Germain. La semaine précédente, il avait visionné le film *Les Grandes Gueules*. Du faciès du figurant fixé sur la pellicule de Robert Enrico cinquante ans plus tôt ne subsistait plus qu'une ébauche parcourue de ravines. La bouche s'était affaissée, les joues légèrement avachies, le nez élargi. D'un gris jaunâtre, les cheveux encore bien fournis ressemblaient à du crin de cheval. Il en allait de même pour la barbe et les sourcils broussailleux. Les sillons profonds qui barraient le front du vieux dessinaient une portée de musique sur la peau patinée par des années de vie au grand air. La bouteille paraissait minuscule entre les mains épaisses aux doigts noueux. Un arbre, songea Basile en contemplant le vieillard. Un de ces arbres d'altitude battus par les vents à longueur d'année, aux branches torturées, à l'écorce craquelée et au bois aussi dur que la pierre. D'une torsion du poignet, l'octogénaire retira le bouchon qui gémit dans son goulot et remplit les verres à ras. Des gestes mesurés tout en solennité pour un cérémonial immuable, celui du rituel de la goutte.

— Gentiane maison. Des racines arrachées à

la montagne à coups de pioche et de fourche du diable il y a plus de vingt ans quand j'avais encore assez de forces pour le faire, précisa l'ancien.

Le jeune homme prit une profonde inspiration et avala le contenu du verre cul sec sous le regard de connaisseur de son vis-à-vis. Pas loin de cinquante degrés, jugea Basile. Tout le feu de la terre dans le gosier. Ce n'était pas la première fois qu'il buvait une telle gnôle mais les senteurs puissantes à la fois terreuses et végétales qui tapissèrent son palais et montèrent à l'assaut de ses narines le prirent de court. Il étouffa une quinte de toux dans son poing. Le vieux but à son tour et s'ébroua en grognant de satisfaction. Le petit venait de passer avec succès son examen d'entrée. Il se leva.

— C'est par là.

Ils remontèrent l'étroit couloir, passèrent devant le salon meublé chichement d'un canapé, d'une table basse et d'une desserte à roulettes qui semblait prête à s'effondrer sous le poids d'un énorme téléviseur, un mastodonte cathodique d'un autre âge. Le vieux marqua un temps d'arrêt, tapota de l'index la porte à sa droite.

— La cave. Domaine strictement privé, n'oublie pas.

Arrivé au bas de l'escalier étroit qui menait au premier, Germain s'effaça.

— La chambre est là-haut, deuxième porte.

La première donne sur le grenier. Moi je ne monte plus à l'étage depuis longtemps à cause de mes jambes.

Ses jambes, le vieil homme les réservait aux marches de la cave. Sans rien ajouter, il s'en retourna vers le salon où il passa le quart d'heure suivant à tendre l'oreille pour écouter le parquet accueillir de ses grincements les pas du garçon au gré de ses allées et venues.

6

Basile retint son souffle tandis qu'il ouvrait la porte pour découvrir ce qui allait devenir son domaine pour les quatre mois à venir. Mansardée, la chambre était de belle dimension, plus grande que le meublé que ce voleur de Lormier lui louait une fortune depuis plusieurs saisons. Derrière les senteurs fleuries d'un diffuseur de parfum, il flottait dans les airs une légère odeur de renfermé. Un papier peint uni de couleur vert pâle habillait les murs. Posé sur l'édredon gigantesque qui ornait le lit, tel un pétale délicat sur la bedaine d'un pachyderme, l'attendait un mot manuscrit. De son écriture soignée mais sans fioritures, la fille de Germain allait droit au but. Après une courte phrase de bienvenue, était listée une série de détails pratiques. Les draps étaient dans l'armoire ainsi que des couvertures supplémentaires si nécessaire. La pièce n'étant équipée que d'une seule prise électrique, il disposait d'une rallonge multiprise dans le tiroir de la table de chevet où était également rangée la télécommande du téléviseur. Le jeu de clefs à sa disposition contenait, outre le Sésame de la chambre, un double de l'entrée. Pour le frigo comme pour la gazinière, l'accès à la cuisine du rez-de-chaussée lui était entièrement libre et il pouvait user à son aise de l'un et de l'autre, dans la mesure du raisonnable. Le raisonnable dans l'esprit de cette chère Françoise doit se limiter au strict minimum, songea Basile. Suivaient des souhaits de bon emménagement accompagnés de ses numéros de téléphone fixe et mobile au-dessus de la signature oblique. Il s'approcha de la lucarne qui faisait office de fenêtre, heurtant de la tête au passage la suspension en tissu. Le chien-assis offrait une vue montante qui s'en allait mourir au-delà de la route contre la lisière de la forêt. Il dut se baisser pour passer la porte minuscule menant à la salle d'eau et manqua trébucher sur le petit radiateur soufflant. Il actionna l'interrupteur et grimaça à la vue de la baignoire sabot qui exposait son émail jauni à la lumière du plafonnier. Ni une baignoire ni une douche, juste une chose hybride inventée par quelque savant sadique et dans laquelle il allait devoir chaque jour se contorsionner pour pouvoir se laver. De retour dans la chambre, Basile ouvrit son sac et déballa ses affaires. Après avoir empilé ses vêtements sur les étagères de l'armoire, il se jeta sur le lit. L'édredon de plumes l'accueillit dans un souffle. Le doigt sur la zappette, il fit défiler la trentaine de chaînes disponibles avant d'éteindre le téléviseur. Mains calées derrière la tête, les yeux courant sur le plafond, le jeune homme laissa vagabonder son esprit, jusqu'à ce que les éclats de voix provenant du rez-de-chaussée viennent cisailler ses pensées. Ce n'était pas la voix de fumeur pleine de raucité du vieux mais celle beaucoup plus claire d'une femme en colère. Même la distance peinait à étouffer la fureur qui transpirait de ses paroles.

— Entre voisins, c'est sympa, je vous remercie. Celle-là, on ne me l'avait jamais faite.

Intrigué, Basile descendit l'escalier sur la pointe des pieds. La silhouette qui se découpait à contre-jour sur le pas de la porte assénait les mots à la tête du vieux comme on jette des pierres. La créature frappait ses mains gantées l'une contre l'autre, une manière de donner plus de force encore à ses propos.

— Écoutez, je ne sais pas où vous avez été élevé mais ça ne se fait pas, c'est tout. On ne prend pas la place des autres, au cas où vous ne le sauriez pas, c'est même le b.a.-ba du savoir-vivre en bon voisinage. Et j'ajouterai que ce n'est pas parce qu'on a une carte vermeil qu'on peut tout se permettre.

Immobile au pied des marches, Basile ne perdait pas une miette de cette conversation à sens unique. Muet, la tête rentrée dans les épaules,

Germain s'était tassé sur lui-même, comme pour mieux s'abriter des éléments. Avec la détermination d'une mère ourse défendant ses petits, la femme revint à la charge :

— Vous savez combien de temps ça m'a pris ? Presque une heure, comme si je n'avais que ça à faire. Je ne serais pas surprise d'ailleurs que vous m'ayez matée en train de me casser le dos. Alors vous allez me faire le plaisir de dégager VOTRE fourgonnette pour que je puisse garer MA voiture à l'emplacement que J'AI déneigé.

— Elle n'est pas à lui, intervint Basile qui s'était approché.

Le ton calme du jeune homme désarçonna la femme dont la colère avait empourpré les joues.

— Pardon ?

— La fourgonnette comme vous dites, elle n'est pas à lui.

— Mais alors à qui elle est ?

— À moi, et ce n'est pas une fourgonnette mais un combi Volkswagen. Je ne savais pas, pour la place, je suis vraiment désolé.

Le ton de repentance et la sincérité qu'affichait son visage eurent pour effet de calmer la voisine. La trentaine, de longs cheveux noirs qui dépassaient du bonnet, yeux clairs légèrement en amande, une lippe généreuse. Et des gants qui devaient cacher une sacrée paire de griffes, supposa le jeune homme.

— Vous avez une pelle ?

La question de Basile s'adressait à son aïeul qui, tétanisé, n'avait à aucun moment quitté la femme des yeux. Il mit la main sur l'épaule de l'octogénaire et répéta sa question :

— Une pelle, vous avez ça ?

Germain sursauta avant de répondre d'une voix absente :

— Plantée dans le bourrelet, au bord de la route.

Basile alla chausser ses après-skis fourrés, enfila sa doudoune tout en renouvelant ses excuses et remonta à grands pas la frayée en direction de la route, suivi comme son ombre par la femme. Il ne fallut pas longtemps au jeune homme pour ouvrir une brèche de plusieurs mètres dans le bourrelet. Fort de la vigueur de sa jeunesse, il balançait de pleines pelletées de neige sous le regard de la voisine qui, bras croisés sur sa poitrine, s'assurait de la bonne avancée du travail, tout comme Germain, dont la respiration embuait le carreau de la fenêtre de la cuisine. Pour l'octogénaire, la manière de manipuler un outil permettait souvent de juger de la valeur d'un homme. Nul doute que le garçon s'en sortait plutôt bien avec sa pelle. Un quart d'heure lui suffit pour dégager un large espace dans lequel le combi trouva sa place. La femme manifesta son contentement d'un merci qui s'envola de sa bouche au milieu d'un nuage de vapeur et regagna sa maison d'une démarche victorieuse.

« Et vous, votre voiture ? » s'enquit Basile de retour auprès du vieil homme. Avec amertume, Germain se remémora la belle couleur rouge foncé de sa Renault Clio vendue deux ans plus tôt. « Papa, il faut te faire une raison, lui avait dit Françoise tandis qu'elle lui confisquait les clefs, ça devient vraiment trop dangereux pour toi et pour les autres. » Il avait crié à la maltraitance, à l'injustice, à l'abus d'autorité sur personne physiquement diminuée avant de convenir qu'elle n'avait pas tout à fait tort. Oui, il lui arrivait de se mélanger les pinceaux avec le levier de vitesses, de faire patiner l'embrayage lorsqu'il manœuvrait, d'occuper un peu trop le centre de la chaussée, chaussée qu'il trouvait d'ailleurs de plus en plus étroite malgré son train de sénateur. Sa fille avait tout géré, comme d'habitude. Les papiers, l'assurance, la vente de la voiture qui affichait plus de bosses sur sa carrosserie que de kilomètres à son compteur. « Avec l'argent récupéré papa, tu as de quoi te payer le taxi pendant un bon moment », avait-elle assuré en lui montrant le chèque de la transaction. Et de scotcher sur la porte du frigo les numéros des trois compagnies officiant dans la vallée. Pas son truc, le taxi. Une seule fois lui avait suffi pour comprendre qu'il n'était pas fait pour ces promenades le cul vissé sur la banquette arrière de grosses berlines tel un ministre en déplacement. Il préférait encore emprunter le minibus de la communauté de communes qui ratissait les écarts deux fois par semaine pour amener les personnes sans moyen de locomotion jusqu'au village, des petites vieilles accrochées à leur cabas ou des anciens en route pour faire renouveler leur ordonnance auprès du toubib. « Suis interdit de voiture depuis deux ans », lâcha le vieux amèrement. Basile dut se contenter de cette réponse laconique et souhaita une bonne soirée à Germain avant de reprendre la route du village. La brasserie Le Ric's l'attendait.

Journal de Pavlina Radovic
Juin 1976

Chaque réveil est un enchantement. Dans la lumière coupante du petit matin, je ne me lasse pas du paysage qui s'offre à notre vue. Il n'est pas rare de surprendre au lever du jour dans le grand pré au-dessus de la ferme des chevreuils broutant l'herbe grasse au sortir du sous-bois. De l'avancée en terrasse devant la maison, on devine le village en contrebas grâce au clocher de son église qui perce de sa flèche la brume emprisonnée par la fraîcheur de la nuit dans le fond de la vallée. Par temps clair, au plus loin que peut porter le regard, le massif nous expose ses montagnes en une succession de panses ventrues que caresse le bleu du ciel.

Nous sommes l'avant-dernière habitation avant la fin de la route qui se termine en cul-de-sac à l'orée de la forêt. La ferme de nos uniques voisins se trouve à une cinquantaine de mètres en amont. À plusieurs reprises, j'ai suggéré à Dragan d'aller nous présenter à eux, d'expliquer les chiens, de nous raconter un peu, comme cela se fait dans toute bonne société. Il rechigne, remet à chaque fois à plus tard, dit que ça viendra bien assez tôt. L'autre jour, j'ai salué de loin la femme occupée à soigner son jardin. Elle a répondu à mon salut d'un signe de la main.

La maison est en meilleur état qu'elle n'y paraissait au premier abord, m'a expliqué Dragan le lendemain de notre arrivée. Pour étayer ses dires, il m'a fait monter au grenier afin de constater de visu que la charpente était solide et exempte de toute vermine. Les tuiles sont vieilles mais restent étanches à la pluie, a-t-il ajouté. Un bardage de tôles protège la façade ouest des intempéries. Et tu as vu ces murs ? Aussi larges que ceux d'un château fort, s'est-il exclamé en frappant du plat de la main le crépi farineux. J'ai ri devant sa bouille émerveillée. Le granit qui les constitue parvient sans mal à contenir au-dehors la chaleur caniculaire installée sur le pays depuis bientôt deux semaines. Il se dégage des plafonds bas un sentiment d'étouffement que ne parviennent pas à dissiper les fenêtres étroites enchâssées dans l'épaisseur des murs et qui peinent à faire entrer la lumière du jour. La pénombre règne en maître dans toutes les pièces de la maison. Les nombreux lessivages à l'eau de javel ont fini par avoir raison de l'odeur de moisissure qui empuantissait l'atmosphère à notre arrivée. Les courants d'air ont fait le reste. Mon seul caprice a été l'aménagement d'une vraie salle de bains en remplacement de la douche bricolée par les anciens propriétaires dans l'un des angles de la cuisine. Dragan a sacrifié la petite chambre attenante pour la transformer en une vaste pièce d'eau avec baignoire, lavabo et meuble de rangement. Quel bonheur que ce premier vrai bain !

Pour l'achat des matériaux, Dragan doit souvent se rendre à la grande ville distante d'une soixantaine de kilomètres. On ne descend au village qu'une à deux fois par semaine pour faire les courses. Les gens crèvent d'envie de poser des questions sur ce couple qui a racheté la ferme des Mangel mais ils n'osent pas, je le devine à leurs regards qui se dérobent. Ils doivent se contenter de ce mystérieux « ceux qui ont racheté la ferme des Mangel » en attendant d'en savoir plus. La vie ici est chère. Il faut plus de cent couronnes pour faire vingt francs, m'a expliqué Dragan. Une baguette de pain coûte un franc, soit cinq couronnes. J'ai appris à tout multiplier par cinq pour me faire une idée du prix des choses. Un paquet *de cigarettes, quatre francs, vingt couronnes. Un litre de lait, un franc et soixante centimes, huit couronnes. Il en va tout autrement pour la langue. Il n'existe pas de tables de multiplication pour en traduire toutes les subtilités. Je peux parcourir le dictionnaire des après-midi entières, sautant d'un mot à un autre, cherchant à en deviner le sens, ânonnant laborieusement leur phonétique. Je passe également beaucoup de temps devant le petit écran à dévorer tout ce qui passe à portée d'yeux,* Les Jeux de 20 heures, Sandokan, Samedi est à vous, *répétant tel un perroquet les sons entendus. Dragan rit de mes efforts, lui qui parle un français rudimentaire appris lors de son passage à la légion.*

Terminer l'enclos des chiens était la priorité. La pose du grillage, la fabrication des niches, les points d'arrimage des chaînes sur le mur nous ont demandé une semaine de travail acharné. Chacun des quatre malamutes possède désormais son propre toit. Ils n'ont pas mis longtemps à m'accepter. Louka est ma préférée. Outre le fait qu'elle soit la seule femelle du groupe et qu'elle pèse plusieurs kilos de moins que les autres, elle possède un magnifique pelage couleur zibeline. Je parviens à présent à distinguer sans problème chacun des trois mâles. Bien que gris tous les trois, Amarok et Chinook ont un poil moins foncé que Kodiak, le plus costaud de tous qui affiche quarante-deux kilos sur la balance. Je fonds littéralement devant leurs yeux marron en amande, posés obliquement sur le masque clair de leur face, avec en son centre la truffe d'un noir charbonneux. La robe, très sombre sur l'échine, va s'éclaircissant sur les flancs pour tapisser de poils blancs le ventre et les pattes. La queue en panache dessine une immense virgule qui vient mourir en caressant les reins de l'animal. Louka, Amarok, Chinook et Kodiak concrétisent à eux quatre le rêve de gamin de Dragan, un rêve né de ce jour où, du fond de son lit, il a parcouru les terres glacées du Grand Nord canadien et les forêts du Yukon en dévorant les pages de L'Appel de la forêt *de Jack London. Le bouquin à la couverture à demi déchirée ne l'a jamais quitté depuis, même lors de ses campagnes militaires au fin fond de l'Afrique. Aujourd'hui encore, il trône dans la chambre sur la table de chevet, à portée de main. Il ne se passe pas une semaine sans que Dragan ne sorte le traîneau à roues pour exercer les bêtes, les acclimater au massif et leur apprendre le terrain. Les alentours sont truffés de chemins forestiers. J'aime regarder l'attelage infernal s'élancer à l'assaut de la montagne sous les ordres aboyés de leur musher.*

7

Germain resta un moment prostré après le départ du jeune homme. L'irruption de la voisine l'avait troublé plus que de raison. Un émoi indéfinissable s'était emparé de lui tandis qu'elle prononçait les premières paroles. Un trouble né non pas de la violence des propos mais plutôt de cette manière étrange avec laquelle elle avait chanté certains mots, même dans la fureur, une façon de délivrer les phrases qu'il n'avait plus entendue depuis bientôt quarante ans. Tu as rêvé, se persuada le vieil homme. Ton esprit sénile aura juxtaposé le souvenir de l'ancienne voisine sur l'image de la nouvelle, ni plus ni moins qu'un transfert idiot soufflé par les remords à ton cerveau fatigué, voilà tout. Germain regarda en direction du couloir. La cave l'appelait. Il n'y avait que la cave capable de l'apaiser dans ces moments-là.

Immobile en haut des marches, il contempla le puits d'ombre à ses pieds. Il aimait marquer un temps d'arrêt pour humer l'air avant de descendre. L'odeur à cet endroit était la plus forte, la cage d'escalier jouant comme une cheminée d'aspiration naturelle dans laquelle s'engouffraient les émanations de salpêtre et de terre battue provenant du sous-sol. Si beaucoup de ses sens étaient moribonds, le vieil homme avait conservé toutes ses facultés olfactives. Il ferma les yeux, tentant d'identifier derrière les senteurs terreuses les fragrances boisées qui pénétraient dans ses narines. Les résineux l'emportaient sur tout le reste tant la puissance de leur arôme surpassait tous les autres. Sa main tâtonna le mur à la recherche de l'interrupteur. L'escalier, davantage une échelle de meunier qu'un véritable escalier, présentait une déclivité impressionnante. L'octogénaire se cramponna à la rampe et entreprit la descente, décomptant à voix basse une à une les quatorze marches. Depuis sa chute, Germain pratiquait cet étrange compte à rebours, histoire de s'assurer que la dernière marche était bien la dernière. Au moment de poser le pied sur la terre battue, lui revenaient à chaque fois les images de Neil Armstrong foulant le sol lunaire au bas de l'échelle de son LEM. La montée moins périlleuse nécessiterait malgré tout une pause à mi-parcours, le temps que se calment les bruits de forge sortant de sa gorge et que son cœur réintègre sa cage thoracique.

Le sous-sol s'étirait sur toute la longueur de la ferme. Quelle que soit la saison, le plafond voûté maintenait une température constante d'une douzaine de degrés. Au premier coup d'œil, cette salle aveugle sans autre ouverture sur l'extérieur qu'un minuscule soupirail ressemblait en tout point à une cave d'affinage. Des étagères serrées couraient sur tout le pourtour de l'immense pièce, à hauteur d'homme. Des centaines de rondelles de bois de diamètres divers étaient entreposées sur ces claies à fromage, rangées côte à côte comme autant de reblochons, tommes ou munsters mis au séchage. Une collection d'essences diverses, hêtre, sapin, épicéa, frêne, érable, chêne, que le vieil homme avait glanées durant toutes ses années de bûcheronnage au fil des abattages. Depuis qu'il n'avait plus la force d'aller en forêt, c'est la forêt qui venait à lui. Les ouvriers forestiers connaissaient tous l'étrange passe-temps de Germain et il ne se passait pas de mois sans que l'un d'eux ne débarque dans la cuisine du vieux, fier de lui rapporter une tranche de fût fraîchement coupée. Guillaume Pellegrin, un jeune entré dans le métier au moment où lui en sortait, était passé la veille, un nouvel échantillon sous le bras. « J'ai pensé que ça vous intéresserait. Une coupe de hêtres du côté des roches Frangines. Celui-là avait poussé au pied de la pente. » Un coin pas facile les roches Frangines, se souvenait

Germain. Un pierrier qui vous cassait les pattes et faisait rebondir les troncs dans tous les sens. L'octogénaire appréciait ces retrouvailles par procuration avec la forêt, à parler coupes, parcelles et élagage autour d'un verre de gnôle.

Accolé au mur du fond, un petit bureau meublait l'endroit de sa présence insolite. La lumière jaunâtre diffusée par les plafonniers composait un univers chaleureux de clair-obscur, un lieu silencieux hors du monde dans lequel Germain se coulait depuis plus de soixante ans avec un bonheur constant. L'unique fois où Clotilde était descendue, elle avait rapidement compris que ce n'était pas sa place, que ça ne le serait jamais. Tandis que son jeune mari lui expliquait le résultat de ses observations passant d'un échantillon à un autre, le regard enfiévré, elle s'était sentie dans la peau d'une étrangère, comme si la salle voûtée elle-même rejetait sa présence. « C'est ton monde », avait-elle dit à Germain au sortir de la cave, un monde que sa vie durant elle allait devoir tolérer à défaut de le comprendre. Ils n'en parlaient pas, de cette dissonance entre eux. « Je descends », disait-il. Elle répondait : « À tout à l'heure. » Pour le meilleur et pour le pire, le curé l'avait dit. Elle aimait son homme et si le pire était cette drôle de passion, alors elle estimait s'en tirer plutôt à bon compte. Françoise fillette avait une peur bleue de cette cave, ne s'y aventurait pas, consciente que ce lieu étrange dont ses parents ne prononçaient jamais le nom représentait beaucoup plus qu'une cave ordinaire.

À gauche du bureau, posé sur deux tréteaux massifs, se trouvait le clou de la collection, le plus vieux spécimen jamais récolté par Germain, une galette de plus d'un mètre cinquante de diamètre prélevée sur un géant de trois cent dix-neuf ans terrassé lors de la tempête de décembre 1999, un roi de la forêt mis à terre en quelques secondes par Éole. L'octogénaire se plaisait souvent à parcourir ces trois siècles concentrés dans l'énorme tranche blonde et ronde comme une pleine lune, un voyage vertigineux à travers les sillons d'un colosse qui, sa croissance durant, avait pratiqué la photosynthèse sans jamais se soucier des hommes. Difficile d'imaginer que le résineux avait respiré le même air que le Roi-Soleil, qu'il avait atteint l'âge respectable de cent treize ans à l'heure où l'on coupait la tête de Louis XVI. Quelle jubilation de toucher du doigt l'Histoire, de s'arrêter sur le cent trente-cinquième cerne en pensant à Waterloo, que pendant que poussait le cent trente-neuvième Géricault peignait son *Radeau de la Méduse*, que les premiers Jeux olympiques se trouvaient au niveau du deux cent seizième, que deux cernes plus tôt l'affaire Dreyfus déchirait le pays.

Germain avait coché d'un trait de feutre le deux cent cinquante et unième cercle, l'année de sa propre naissance, une manière de faire partie intégrante de l'Histoire lui aussi. Il arrivait que les arbres conservent dans leur tronc la trace des soubresauts de l'humanité, des troncs criblés de mitraille et farcis d'éclats d'obus sur lesquels venait mourir parfois la chaîne des tronçonneuses.

Le vieil homme saisit la nouvelle tranche de près de soixante centimètres de diamètre entreposée par Guillaume Pellegrin au pied de l'escalier et la déposa sur le bureau. Il sortit le registre du tiroir, consigna de son écriture tremblée la date, le lieu d'abattage et l'essence de l'arbre puis attribua un numéro au nouveau venu. Il brancha le pyrograveur. Graver en creux le numéro attribué à l'échantillon avait quelque chose de solennel. La pointe de fer portée à l'incandescence pénétra la chair du bois sans effort au milieu des fumerolles. Le travail terminé, Germain, à l'aide d'un pinceau plat, balaya la surface striée. Loupe en main, il entreprit de dénombrer les anneaux de croissance qui racontaient la vie du feuillu. Remonter le temps, cercle après cercle, de la naissance du hêtre au jour de sa coupe, de l'écorce externe à la moelle au centre en passant par le liber, le cambium puis l'aubier, la partie vivante et le duramen, son cœur mort.

Le vieillard ignorait que cette science si particulière qu'il pratiquait portait le nom barbare de dendrochronologie. Une information dont il n'aurait eu que faire. Germain lisait les arbres de la même manière que d'autres lisent les livres, passant d'un cerne à un autre comme on tourne des pages, sans autre prétention que celle d'interroger les géants sur la marche du temps, à la recherche d'une certaine logique dans ces successions concentriques. L'arbre du jour présentait soixante-quatre cernes. Après un rapide calcul, l'octogénaire inscrivit sur le registre l'année où l'arbrisseau était sorti de terre : 1951. Une rapide consultation de l'encyclopédie chronologique lui apprit que le hêtre qu'il avait sous les yeux avait pointé ses premières feuilles l'année de la mort de Pétain. Le premier choc pétrolier tombait sur le vingt-deuxième cerne, les attentats du 11 septembre sur le cinquantième. Germain n'eut pas à chercher longtemps l'objet de sa quête. La croissance d'un arbre se réalise en deux étapes, une première au printemps et la deuxième plus lente en été. La croissance de printemps donne naissance à un cercle clair tandis que celle d'été aboutit à un anneau beaucoup plus étroit et foncé. Chaque saison laisse ainsi son empreinte indélébile. Le vingt-cinquième cerne, très mince, et dont la partie plus sombre était presque noire, racontait la terrible sécheresse de 1976. Un traumatisme inscrit dans les chairs du feuillu et que le vieil homme retrouvait sur bon nombre de spécimens. Une fois de plus, il n'aima pas ce qu'il vit. La tranche présentait un second anneau noir au niveau de l'année 2014, stigmate de la canicule de l'été précédent. Un cerne de la même couleur de cendre que celui de 1976. La teinte noire d'une mort annoncée.

8

La nuit s'était déjà refermée sur la vallée lorsque Basile passa les portes du Ric's. Jouxtant la place, la brasserie occupait le cœur stratégique du village et son bar était devenu le passage obligé pour les saisonniers de retour sur La Voljoux. Le jeune homme ne dérogeait pas à la règle, ne manquant jamais de franchir le seuil du café sitôt arrivé à la station. L'endroit constituait le meilleur point d'entrée pour prendre le pouls du pays, sa température ambiante, son état de forme général. Et Raffy, son barman historique, un mètre quatre-vingt-quinze pour plus d'un quintal de bagout, n'aurait loupé pour rien au monde une occasion de rendre compte des potins du moment. Le bistrot constituait un véritable entonnoir dans lequel venaient se déverser toutes les infos, bonnes ou mauvaises, vraies ou fausses, des infos que Raffy se faisait un plaisir de régurgiter aux oreilles de qui voulait les entendre. Avec son antique parquet en chêne, ses larges baies vitrées et ses banquettes de moleskine rouge, la grande salle en forme de L semblait tout droit sortie d'un tableau d'Edward Hopper. L'immense miroir qui courait sur le mur du fond donnait à l'ensemble une impression de profondeur saisissante. Alignées tête en bas au-dessus du zinc, les bouteilles exposaient leur doseur sur toute la longueur du bar. Rutilants, les cols de cygne chromés des pompes à bière étincelaient sous l'éclat des spots. Une chanteuse à moitié nue s'époumonait en se tortillant sur le grand écran de la télé murale sans parvenir à couvrir le brouhaha ambiant. L'endroit grouillait de monde en ce début de soirée. Une clientèle de locaux essentiellement composée d'artisans, d'ouvriers, d'employés de commerce qui, leur journée de labeur finie, venaient échouer là leur fatigue. Pour beaucoup, le Ric's avait tout d'une île, une oasis où poser ses guêtres le temps d'avaler un demi pression et de refaire le monde avant de rentrer chez soi. Au milieu de la foule des habitués, les premiers touristes de la saison se remarquaient comme le nez au milieu de la figure. Des familles dégustant des cappuccinos ou sirotant des verres de vin chaud entourées de gosses excités qui venaient mêler leurs cris à la cacophonie ambiante. Après un rapide tour d'horizon à la recherche de visages connus, Basile s'assit sur la première banquette disponible avec le sentiment agréable de retrouver la maison.

— Tiens, un revenant.

Tee-shirt noir siglé au nom de l'établissement, Raffy avait planté sa masse imposante devant le jeune homme avant d'y aller de sa phrase d'accueil favorite. Chaque saisonnier avait droit à son petit « Tiens, un revenant » en entrant au Ric's. Cadeau de la maison.

— Prêt à visser ton cul dans ta chenillette ? poursuivit le barman. Parce que ça ne va pas chômer pour vous là-haut, avec tout le paquet qui est tombé.

« Là-haut », deux petits mots derrière lesquels il fallait entendre le domaine skiable et ses quarante-cinq pistes.

— Il en est tombé tant que ça ?

— Le gros Mimile est passé tout à l'heure, il m'a dit avoir relevé plus de cinquante en haut de la Marie-Do.

Chaque piste portait un nom, nom souvent lié à l'histoire de la station. Concernant la Marie-Do, la piste la plus ancienne du domaine, son appellation faisait référence à la première monitrice de ski à avoir travaillé sur la station dans les années soixante. Basile commanda une bière de Noël, il aimait arroser le début de saison par une bière de Noël.

— Avec un croque, merci.

Pour ce premier soir, le jeune homme ne se voyait pas souper en tête-à-tête avec le vieux dans sa cuisine basse de plafond. Et puis le Ric's était réputé pour ses croque-monsieur légendaires, généreux en béchamel et d'une taille proportionnelle à celle de son serveur. Il sirota sa bière en épluchant le journal local. Il y avait là, couchée entre les pages, toute la vie de la vallée. Ses mariages, ses naissances, ses morts, les résultats sportifs, l'agenda culturel, les faits divers. La carte météo prédisait des flocons sur le massif et de la pluie dans la plaine. Tandis qu'il déposait devant lui son sandwich gratiné à point, le barman minauda une première question :

— Toujours logé chez Lormier, je suppose ?

Les suppositions de Raffy, cette manie exaspérante de prêcher le faux pour savoir le vrai, ne dupaient plus personne depuis longtemps. Ce grossier stratagème pour découvrir le nouveau point de chute du jeune homme fit sourire Basile, bien conscient que le colosse savait déjà tout de sa défection auprès de son ancien proprio.

— Pas cette année, non.

Le barman attendait la suite, suspendu aux lèvres de Basile, qui ressentit une certaine jouissance sadique à le laisser ainsi mariner tandis qu'il attaquait son croque-monsieur.

— Tu loues où ?

Le jeune homme mastiqua avec application sa première bouchée avant de répondre :

— Qui te parle de louer ?

— T'as acheté ?

— Pas dit ça.

Le serveur fronça les sourcils. Toutes ces réponses qui n'en étaient pas.

— T'as dégoté une poule pour t'héberger, c'est ça ?

— Pas une poule, Raffy, non, juste un vieux bouc, avoua Basile sur un ton empreint de mystère. Une ride d'incompréhension vint barrer le front du géant tandis que défilait mentalement le trombinoscope stocké dans sa mémoire d'éléphant pour passer en revue tous les vieux boucs éventuels.

— Je ne vois pas, finit par lâcher le serveur, peu habitué à devoir abdiquer sur un constat d'échec.

— Mon vieux bouc s'appelle Germain.

— Des Germain, Baba, j'en vois qu'un, c'est ce vieil ours de Gégé Grosdemange, mais sauvage comme il est, ça m'étonnerait qu'on parle du même.

Baba, il n'y avait que Raffy pour l'appeler ainsi. Chaque fois qu'un prénom le permettait, le barman vous le raccourcissait en doublant une de ses syllabes. Gérard, Michel, Nathalie, André, Philippe, Roger, Thierry, Robert, Ghislain devenaient dans sa bouche Gégé, Mimi, Nana, Dédé, Fifi, Roro, Titi, Bébert, Gigi.

— J'ai bien peur que si, confirma Basile.

— Ça fait une paye que je ne l'ai plus vu au village. Même un ermite a plus de vie sociale que le père Grosdemange.

Un ermite avec lequel je vais devoir partager la grotte pour les quatre mois à venir, songea le jeune homme en avalant une dernière gorgée de bière.

De rares flocons dansaient en scintillant dans le halo des lampadaires lorsque Basile reprit la route de la ferme. Tandis qu'il garait le combi en haut de la côte, il regarda en direction de la maison voisine. Posée sur le champ de neige, la bâtisse avait des allures de vieux rafiot, un rafiot prêt à sombrer dans l'immensité blanche avec pour seule trace de vie les volutes de fumée s'échappant de sa cheminée. Le jeune homme reporta son attention sur la ferme de son aïeul. Le rai de lumière filtrant entre les volets de la cuisine l'informa que le vieux n'était pas encore couché. Basile s'engagea dans la frayée du pas lourd d'une bête marchant vers l'abattoir, regrettant déjà de ne pas être resté plus longtemps au Ric's parmi les vivants. Il dut batailler pour ouvrir la porte qui finit par céder après une bourrade virile de l'épaule. Nulle trace de l'octogénaire, pas plus au salon qu'à la cuisine. Un reste de soupe de légumes finissait de refroidir dans l'évier. Comme convenu, le jeune homme s'octroya une partie du frigo pour y déposer les quelques provisions ramenées du village. Il s'arrêta au milieu du couloir tandis qu'il regagnait son domaine à l'étage. Un rai de lumière filtrait sous la porte de la cave. Qu'est-ce que le vieux pouvait bien bricoler à l'abri des regards dans sa foutue cave ? Mater des films porno ? Disséquer des chats errants ? Séquestrer des auto-stoppeuses ? Basile ne put s'empêcher de coller son oreille contre le panneau de bois. Seul lui parvint le ronronnement de la chaudière provenant du sous-sol. Il regagna sa chambre, emportant avec lui l'image d'un Landru en train de dépecer sa dernière victime pour l'enfourner dans le corps en fonte de son poêle à charbon. Le jeune homme sombra dans le sommeil comme un bébé, bercé par les glouglous du radiateur et assommé par le comprimé de Zolpidem dix milligrammes qu'il avalait chaque soir depuis maintenant deux ans. Dix milligrammes pour des endormissements qui ressemblaient à des pertes de connaissance, des trous temporels sans rêves d'où il émergeait sur le matin la bouche pâteuse et l'esprit cotonneux. Dix milligrammes d'assommoir chimique, le prix à payer pour ne plus entendre l'affreux bruit du plastique se fracassant contre l'acier, ne plus voir le petit corps désarticulé gisant au pied de la chenillette dans sa combinaison matelassée au milieu des débris de luge. Dix milligrammes pour ne plus entendre les cris alentour, ses propres cris à lui avant l'attroupement, les gyrophares, les secours, le balisage de la zone. Ne plus revivre chaque nuit l'interrogatoire dans la chaleur étouffante du bureau des gendarmes de haute montagne. Oui, les feux de la dameuse étaient bien allumés, oui, il avait emprunté le parcours habituel et oui, les filets étaient en place et le chemin de liaison fermé. Non, la fillette n'aurait jamais dû se trouver là, une piste interdite aux luges la journée alors la nuit, vous pensez. Dix milligrammes pour ne plus avoir à affronter, même en rêve, le regard terrible des parents de la gamine le foudroyant comme s'il était le pire des criminels alors qu'à aucun moment sa responsabilité ne s'était trouvée engagée. Dix milligrammes enfin pour oublier ces yeux qui ne cillaient plus dans la lumière des projecteurs de la dameuse malgré les flocons qui venaient mourir sur la cornée encore tiède avant de glisser le long des joues de la fillette comme des larmes.

9

La sonnerie stridente du réveil tira Basile d'une nuit sans rêves, lové sous le gros édredon de plumes. Le jeune homme redoutait le face-à-face qui l'attendait. Il s'étira et prit une profonde inspiration avant de se redresser. Il avait naïvement espéré que la créature ne l'avait pas suivi jusqu'ici mais le petit fantôme en combinaison de ski était bien là comme chaque matin depuis deux ans, immobile au pied du lit et le fixant de ses yeux éteints. Il avait appris à vivre avec et savait que l'apparition finirait par s'estomper au bout de quelques minutes. Néanmoins le jeune homme refréna l'envie d'apostropher la silhouette éthérée pour lui demander de lui ficher la paix une bonne fois pour toutes, d'aller voir ailleurs s'il y était et d'arrêter de lui pourrir la vie mais quelque chose en lui lui soufflait que ce n'était pas une bonne idée, pas une bonne idée du tout. La gamine n'attendait que ça, qu'il entame la conversation, ça se voyait à sa manière de le contempler du haut de ses six ans. En adressant la parole à la présence vaporeuse qui flottait dans la chambre, il courait le risque de lui apporter de la consistance, de l'engraisser jusqu'à l'ancrer définitivement dans le monde réel. Ne pas lui donner plus d'importance qu'un rideau de tulle se balançant dans le vent restait la meilleure des solutions. Au sortir de la douche, le spectre de la fillette avait disparu.

À la cuisine, Basile avala son petit-déjeuner en compagnie d'un Germain taiseux comme jamais. Ça tombait bien, le jeune homme en phase de réveil préférait cette présence mutique à l'obligation de devoir tenir le crachoir à un octogénaire acariâtre à défaut d'être gâteux. Pendant le quart d'heure passé en sa compagnie, le vieux l'ignora, vaquant à ses occupations sans décrocher le moindre mot, si ce n'est un vague grognement accompagné d'un haussement d'épaules à la vue des victuailles rangées dans le frigo. Basile nettoya la frayée du bout de la pelle, raclant les quelques centimètres de neige tombés pendant la nuit. Les chutes avaient cessé sur le matin et le ciel dégagé laissait présager une belle journée. Le moteur du combi rechigna à démarrer, toussotant poussivement avant de se décider à partir à la troisième tentative. La voiture de la voisine n'était plus là. Tandis qu'il remontait la vallée au sortir du village pour rejoindre la station, il se remémora la scène de la veille, le visage furibond de la femme et ce regard brasillant de colère qui avait pétrifié le vieux sur place. Dix minutes plus tard, Basile garait son van sur le parking du personnel. Face à lui, les pistes de ski dessinaient de grandes déchirures blanches à travers la forêt. Devant le front de neige s'élevait le complexe immobilier construit trois ans plus tôt, des résidences habillées de pierres et de bois parfaitement intégrées au paysage avec, concentré en leurs murs, ce qui se faisait de mieux pour le bien-être des touristes, de la piscine au spa, en passant par le sauna, sans oublier bowling et restaurant. Une centaine de mètres en amont, le vaste hangar à demi caché par les arbres abritait le local technique dans lequel on remisait dameuses et motoneiges ainsi que les innombrables pièces de rechange nécessaires au bon fonctionnement des remontées mécaniques. De là était également pilotée l'usine à neige et ses quatre cents canons disséminés sur tout le domaine.

Une joyeuse effervescence régnait ce matin dans les bureaux de la station. Cette première réunion d'information constituait un temps fort pour l'équipe. Plus d'une centaine de saisonniers viendraient grossir les rangs du personnel la semaine suivante mais pour le moment seuls étaient concernés les dameurs. Des retrouvailles en petit comité dans une ambiance bon enfant. Une famille, songea Basile en pénétrant dans la pièce, une famille dont il se sentait exclu depuis l'accident. Même si ses collègues ne l'évitaient pas franchement, il se sentait dans la peau d'un pestiféré, le front gravé du sceau du malheur. Un rejet sournois plein de non-dits, une mise au ban jamais clairement affichée. Le jeune homme salua à la volée ses collègues avant de s'asseoir. Il flottait dans le bureau une agréable odeur de café et de croissants frais. Les nuits passées aux commandes des engins de damage viendraient peu à peu entamer la fraîcheur des troupes mais en ce jour de reprise, les discussions allaient bon train entre la dizaine d'hommes éparpillée autour de la table. La voix de stentor de Louis Pelletier, le directeur technique de la station, s'éleva au-dessus du brouhaha pour demander le silence. L'homme tapota de l'index la date inscrite au marqueur sur le paperboard.

« Alors pour ceux qui ne sauraient pas lire, le domaine ouvrira le week-end prochain, le vingt-trois novembre », annonça en guise d'introduction celui que tout le monde ici appelait affectueusement Loulou. Pas toujours apprécié pour son franc-parler, ce petit homme rondouillard était respecté de tous. Derrière un physique amène de Sergent Garcia se cachait un vrai tempérament de chef, une main de fer dans un gant de ski, disaient de lui ses subalternes. Entré au service de la station très jeune, l'homme avait tenu à peu près tous les postes au fil des saisons, gravissant les échelons jusqu'à devenir l'un des piliers incontournables de la société.

— De quoi nous laisser le temps d'être prêts à l'heure, poursuivit le chef. Mais vous savez comme moi qu'on peut vite se retrouver dépassés par les événements. Et niveau météo, mauvaise nouvelle : pour les dix jours à venir, la BA annonce un vent orienté ouest, voire sud-ouest avec de fortes précipitations et une limite pluie neige à douze cents mètres.

De toutes les sources existantes, la base aérienne militaire distante d'une centaine de kilomètres était réputée pour la fiabilité de ses prévisions météorologiques sur le massif. Du vent et de la pluie, cela signifiait une dégradation rapide de la couche neigeuse si rien n'était fait pour stabiliser le manteau. Le savoir-faire des techniciens de l'or blanc allait être mis à contribution pour que les vacanciers de Noël disposent d'un maximum de pistes praticables avant que toute la neige ne fonde et ne finisse à la rivière. Louis Pelletier s'éclaircit la voix d'un raclement de gorge, sollicitant une nouvelle fois l'attention des hommes :

— Bon les gars, vous ne l'avez peut-être pas encore vu, mais le petit bijou est arrivé.

Basile sourit. Un petit bijou de plus de treize tonnes. Le Kässbohrer PistenBully 600 Polar SCR était l'engin de damage le plus performant du moment. Ce matin, la nouvelle acquisition de la société des remontées mécaniques de La Voljoux était dans tous les esprits, avec cette question en suspens qui planait au-dessus des hommes : lequel d'entre eux allait se voir confier la gouverne de ce monstre de technologie flambant neuf ? Pour beaucoup, il était clair que cet honneur allait échoir à Pascal, le plus ancien dans le métier. Pascal qui savait tout sur tout, qui avait tout vu, qui avait tout fait, le plus égoïste d'entre eux, refusant systématiquement de bouger son cul du planning pour arranger un collègue. Pascal, l'exact opposé de Loulou, tant par son physique sec et ligneux d'ascète que par son caractère antipathique de perpétuel jaloux. Un Pascal qui, n'y tenant plus, posa la question que tout le monde avait en tête :

— Et on peut savoir qui va la conduire ?

— Arrête Pascal, tu sais très bien comme nous tous ici que ça va être pour ta pomme, siffla l'un des dameurs entre ses dents. Ça revient toujours à celui qui a le plus d'ancienneté au poste, ça a toujours été comme ça.

— C'est pas systématique, Yves, glissa Loulou en regardant ses mains.

L'affirmation estomaqua tout le monde, Pascal le premier qui ne put cacher son ébahissement tant il se voyait déjà aux manettes de la Rolls des dameuses. Que quelqu'un d'autre puisse en hériter était purement et simplement inconcevable.

— Qui ? cracha-t-il avec amertume en balayant de la tête ses collègues.

— Personne ici présent.

La phrase eut sur les hommes l'effet d'une douche froide.

— Et croyez-moi, je ne suis pour rien dans cette décision, ajouta Loulou bien conscient de l'état d'esprit dans lequel cette nouvelle venait de plonger ses gars. Comme vous le savez, il a été décidé dès la saison passée de l'embauche d'un dameur supplémentaire pour cette année, embauche signée il y a moins d'un mois et il se trouve que le choix s'est porté sur ce nouveau collègue pour hériter du bébé, décision de la direction. Alors je vous demande de ranger vos poings et votre orgueil dans vos poches et de lui faire un accueil chaleureux même si je peux comprendre la déception de certains d'entre vous.

— Et il ressemble à quoi ce nouveau dameur ? questionna un Pascal aigri comme jamais.

— Vous jugerez par vous-mêmes. Avec Gilbert, ils sont partis il y a une heure effectuer les premiers tours de chenilles sur le domaine, histoire de vérifier que tout fonctionne avant de tamponner les papelards accusant de la bonne marche de la machine. Ils ne devraient plus tarder, ajouta-t-il en regardant par la fenêtre qui donnait sur les pistes. D'ailleurs les voilà.

Les puissants projecteurs au xénon venaient de surgir en haut du mur de la Marie-Do, crevant l'écharpe de brume matinale accrochée au sommet. Le mastodonte avala la pente en douceur, franchissant avec aisance le passage du chemin qui coupait la piste en diagonale. *La force de l'éléphant et l'agilité du tigre,* proclamait la pub sur les plaquettes du constructeur d'outre-Rhin, image on ne pouvait plus juste à la vue du ballet offert par les treize tonnes de technologie évoluant dans le dévers. Arrivé sur le plat, l'engin libéra une partie des cinq cent vingt chevaux de son moteur six cylindres et vola sur la neige, ses gyrophares éclaboussant de rouge-orangé la piste alentour. La dameuse échoua sa masse à une dizaine de mètres des hommes rassemblés au pied du bâtiment. Emmitouflé dans sa parka jaune et bleu siglée aux armes de la station, Gilbert le chef mécano sauta le premier en bas de l'engin. Un dur à cuire difficilement impressionnable et dont la mimique admirative et les deux pouces levés en direction du groupe en disaient long sur son ressenti à l'issue de cette première sortie. Arrêt du moteur, extinction des rampes de phares. Encore éblouis, les hommes fouillèrent du regard le poste de pilotage, cherchant des yeux la silhouette qui s'activait derrière les reflets de l'immense pare-brise. Malgré les souhaits de leur chef, le sentiment d'animosité à l'égard du nouveau venu était palpable. Ce type sorti de nulle part leur confisquait leur jouet, ce n'était pas juste. La porte côté conducteur s'ouvrit. Le pilote posa un premier pied sur la chenille avant de s'extraire de la cabine. Il enleva sa casquette et secoua sa tignasse. Sous l'effet de la surprise, certains parmi les hommes ne purent étouffer un juron. Loulou se porta à la hauteur de la créature qui venait d'atterrir avec souplesse sur la neige et se tourna vers ses hommes.

— Je vous présente Emmanuelle et je vous demande de l'accueillir comme il se doit.

Tous regardaient bouche bée l'apparition surgie du ventre du dragon.

« C'est une blague ? » cracha Pascal qui regagna la chaleur du bureau, le visage fermé. Le premier moment de stupéfaction passé, Basile se fendit d'un timide sourire à l'intention de cette voisine qui en un instant venait de devenir sa collègue.

10

Louis Pelletier entrouvrit la fenêtre afin d'aérer le bureau surchauffé, espérant par la même occasion refroidir les esprits et diminuer la tension qui crépitait au-dessus des têtes. Tentative dérisoire. Ce moment de convivialité autour du café et des croissants avait rapidement viré au round d'observation. Le regard des hommes glissait sur leur nouvelle collègue sans jamais se fixer, revenait à la tasse de café posée devant eux puis repartait à l'assaut de son visage avant de retomber au sol ou de s'envoler vers le plafond. Ça toussotait, jouait avec les miettes de sa viennoiserie, triturait sa casquette, se grattait le cuir chevelu, de grands couillons ne sachant que faire de leurs mains, chacun fuyant les yeux des autres de peur d'y lire le reflet de leur propre malaise. Seul Basile détaillait le visage de la femme sans ciller, surpris d'y découvrir un charme que la colère de la veille lui avait masqué. Impassible au bout de la table, Emmanuelle attendait, les mains posées bien à plat de part et d'autre de son mug. Une brebis au milieu des loups, songea le chef en contemplant la nouvelle recrue. Elle ne laissait rien paraître des sentiments qui bouillonnaient en elle. Pas la première fois qu'elle se trouvait confrontée à ces attitudes de mâles offensés. Pour l'avoir déjà vécue, la suite se déclinerait en trois temps : d'abord la défiance, suivie d'une mise à l'épreuve, puis l'acceptation ou le rejet. Avec la PistenBully 600 venait se greffer aujourd'hui un nouveau facteur et pas des moindres : la jalousie. Pour commencer, il allait lui falloir pénétrer ce monde d'hommes avec ses codes, ses certitudes et ses vannes graveleuses. Sans parler de la drague qu'il lui faudrait peut-être affronter, de la plus fine à la plus brutale, de l'approche feutrée au rentre-dedans le plus direct dans l'espoir pour le type de décrocher un plan cul à la va-vite entre deux séances de damage. Contrairement à ce que les gens pouvaient croire, son physique n'arrangeait rien. Si elle avait été un laideron doté d'une carrure de déménageur, les choses auraient été moins compliquées. Non pas qu'elle renie ni regrette la beauté un rien sauvage qu'on lui attribuait mais elle restait persuadée que cette joliesse la desservait, la rendait coupable d'un délit de belle gueule. Une dégaine de garçon manqué aurait facilité son intégration sans que cela ne ressemble à une erreur de casting. Chaque début de saison hivernale, au moment de commander sa tenue, Emmanuelle trichait sur ses mensurations, déclarait deux tailles au-dessus. S'habiller comme un sac, glisser son ventre plat, son petit cul rond et sa poitrine 90C dans des vêtements techniques loin du corps, rassembler ses cheveux sous un bonnet ou une casquette, porter des Moon Boot informes pour ne rien dévoiler de la finesse de ses chevilles et de ses mollets, autant de paravents derrière lesquels elle pouvait cacher sa féminité.

— Pouvez-vous vous présenter Emmanuelle, nous parler un peu de votre parcours, de votre expérience dans le métier ?

L'usage du vouvoiement inhabituel chez Louis Pelletier rendait sa tentative de briser la glace pathétique. Peu coutumier de l'exercice, l'homme était mal à l'aise. Loulou n'avait jamais eu affaire qu'à des hommes dans son équipe de dameurs. Cette première perturbait son mode de fonctionnement. Le sentiment de spoliation ressenti par les gars n'était pas pour arranger les choses. Tous les ingrédients d'un cocktail détonant étaient réunis, prêt à exploser à la moindre étincelle. Emmanuelle but une gorgée de café et se leva. Elle préférait affronter ses collègues debout. Depuis toujours, la jeune femme trouvait l'exercice de la parole difficile, non qu'elle manque de vocabulaire, mais elle faisait preuve de défiance vis-à-vis des mots, ces petites choses qui parfois vous échappent sans qu'il soit possible de les ramener dans le fond de votre gorge une fois libérées, comme ces invectives crachées la veille au soir à la face du vieux voisin tandis qu'elle s'emportait. Prendre le temps de trier les mots, choisir les meilleurs et les garder en bouche le temps de la réflexion avant d'en délivrer le juste compte. Elle se lança :

— Bonjour. Donc je m'appelle Emmanuelle Radot, j'ai trente-six ans, célibataire, sans enfants.

À l'écoute des ricanements discrets qui montèrent autour de la table, Emmanuelle se mordit la lèvre inférieure. Une présentation digne d'un site de rencontres. T'es pas dans une séance de speed dating, ma vieille, se sermonna-t-elle. Elle poursuivit :

— Premier poste en station à dix-neuf ans après une formation de pisteur. Certificat de qualif premier degré décroché en 2001 et le deuxième degré deux ans plus tard. Plusieurs stations dont Courchevel, Les Deux Alpes et ces cinq dernières saisons à Tignes. Expérience sur Prinoth, Formatic et depuis une douzaine d'années sur PistenBully. Voilà.

— Et qui nous dit que tu seras à la hauteur de la tâche pour piloter la 600 ? intervint Pascal.

Des propos enrobés de fiel pour une accusation à charge, du dédain dans le tutoiement.

Conserver son calme, ne pas se braquer. Emmanuelle prit une profonde inspiration :

— Je travaille sur une 600 depuis trois saisons. Je ne pense pas qu'on m'aurait laissée continuer si je n'avais pas été à la hauteur.

— Ce que Mademoiselle Radot ne vous dit pas, s'empressa de préciser Loulou, c'est qu'elle a remporté l'année dernière le challenge Pisten-Bully sur une 600 Polar SCR, excusez du peu.

Des sifflements admiratifs saluèrent les paroles du chef. En quelques secondes, Emmanuelle venait de voir son capital sympathie monter en flèche auprès des hommes. Le challenge Pisten-Bully constituait ni plus ni moins que le championnat de France des conducteurs d'engins de damage au cours duquel s'affrontaient chaque année une centaine de concurrents, une véritable compétition avec des épreuves d'adresse, de maniabilité, de conduite en aveugle avec GPS. Seul Pascal parmi les dameurs de La Voljoux s'y était essayé quelques années auparavant, sans succès. Fut alors abordée la raison du choix étrange de venir s'enterrer ici, dans cette station de moindre importance et surtout beaucoup moins prestigieuse que Tignes ou Courchevel. Elle se doutait bien qu'un tel choix ne manquerait pas d'intriguer ses collègues et elle avait soigneusement préparé sa réponse. « Marre des massifs alpins », avoua-t-elle. Envie de forêts, de montagnes rondes et accueillantes qui ne griffaient pas le ciel à longueur d'année de leurs pics enneigés. « Envie de changer d'air, d'aller voir ailleurs, tout simplement », conclut-elle. Et contentez-vous de ça en attendant d'en savoir davantage, se dit Emmanuelle tandis qu'elle s'asseyait et portait le mug à ses lèvres. Ces hommes n'avaient pas besoin de connaître les véritables raisons de sa venue ici.

Le courrier du notaire était arrivé dans sa boîte aux lettres quelques mois plus tôt, une dizaine de feuillets dont le premier l'informait du décès du père survenu huit ans après celui de la mère. Elle avait lu et relu la copie du livret de famille agrafée aux autres documents afin de se persuader de l'existence un jour de cette famille-là, avec ce patronyme qu'elle n'était jamais parvenue à considérer comme sien, abhorré à un point tel qu'elle l'avait fait franciser, entamant des années de démarches administratives pour amputer son nom d'une syllabe. Emmanuelle Radovic était devenue Emmanuelle Radot pour une seconde naissance. Depuis son plus jeune âge, elle avait appris à ne rien attendre de ses parents. Une enfance passée à survivre entre deux zombies qui ne la voyaient pas, deux êtres inaccessibles et mutiques passant le plus clair de leur temps à s'agripper à leurs souvenirs et à leurs rêves lorsqu'ils ne se déchiraient pas. Un père alcoolique et brutal qui, la vodka aidant, gagnait chaque soir la cave de l'immeuble en titubant, sa chapka vissée sur la tête, pour prendre place sur le traîneau entreposé là au milieu d'un fatras de harnais et de cages vides avant d'encourager de la voix un attelage fantôme à s'élancer dans le blizzard à travers des steppes imaginaires. Une mère absente qui se perdait dans la contemplation des pages de son carnet bleu en ânonnant tels des psaumes les colonnes de mots qui s'y trouvaient couchées sur le papier, une mère qui s'était toujours refusée à refermer les bras sur sa fille lorsque celle-ci venait se blottir contre sa poitrine. Une paire de gifles aurait été moins douloureuse que cette indifférence insupportable. Inscrite au club nautique, Emmanuelle échappait dès qu'elle le pouvait à l'atmosphère étouffante de l'appartement pour se rendre à la piscine. S'anesthésier le corps et l'esprit dans une fuite effrénée au rythme des bras qui frappaient la surface de l'eau, suspendue entre ciel et terre, libérée du poids des jours. Petit être invisible, elle avait grandi dans ce nid familial hérissé d'épines entre deux morts-vivants qui ne revenaient à la vie que pour s'écharper. Pas de semaine sans qu'éclatent entre eux de violents échanges verbaux dans cette langue que la gamine allait finir par apprendre à travers les gros mots et la vulgarité, cette langue des cris qui précédait souvent les coups. Avec ce mot maudit qui revient sans cesse, *dom*, un mot qu'ils ne savent qu'aboyer et se crachent à la gueule.

Dom, la maison perdue dans les montagnes à l'autre bout de la France que le couple a quittée comme des voleurs et que le père n'a jamais voulu revendre dans l'espoir d'y retourner un jour avec de nouveaux chiens. *Dom*, la maison du malheur dont la mère ne veut plus entendre parler et pour laquelle ils continuent de payer les traites à la banque. Une maison qui, acte notarié faisant foi, devenait celle d'Emmanuelle à présent que son père était parti rejoindre sa femme dans l'éternité de la tombe.

Ce qui n'avait été qu'une vue de l'esprit des années plus tôt dans sa tête d'enfant entrait dans la réalité en devenant du jour au lendemain un point précis sur la carte de France. Chemin de Chalogne, 88950 La Voljoux. Intriguée, Emmanuelle avait dès les beaux jours pris la route en direction du vieux massif montagneux pour découvrir ce qui restait de cet héritage empoisonné. À sa grande surprise, la bicoque avait tenu bon. Ramassée sur elle-même, elle avait affronté les intempéries sans subir trop de dégâts. Une partie du bardage manquait, les chéneaux mangés par la rouille avaient fini par crever par endroits, une mousse vert tendre recouvrait la toiture, la peinture des volets n'était plus qu'un souvenir mais malgré ces signes de délabrement, il se dégageait de la maison enracinée au milieu du pré un sentiment d'éternité, comme si la nature alentour s'était jusque-là refusée à l'engloutir. Aucune trace de friches, juste une herbe rase, signe que durant toutes ces années un bon samaritain avait pris soin d'entretenir le terrain. Un rectangle plus sombre laissait deviner l'emplacement d'un ancien jardin. Seule la grange n'avait pas supporté le poids des ans. Murs éboulés, amoncellement de tuiles, restes de charpente pourrissant au milieu des ronces. Emmanuelle avait erré dans la maison, se surprenant à imaginer ce qu'avait pu être la vie de ses parents entre ses murs. Avaient-ils connu des moments de bonheur ? Que s'était-il passé ici pour faire de ces deux êtres ce qu'ils étaient devenus ? L'état d'abandon dans lequel se trouvaient certaines pièces racontait la violence du départ. Plus une fuite précipitée qu'un départ organisé. Les élucubrations de son père radotant dans sa barbe qu'il reviendrait finir un jour ce qui avait été commencé prenaient tout leur sens dans ce décor. De retour à Tignes, Emmanuelle n'avait eu de cesse de penser à la maison en bordure de forêt. Sa place se trouvait là-bas. Remonter aux origines, défaire les nœuds, trouver des réponses. L'opportunité du poste de conducteur d'engins de damage n'avait fait que la conforter dans sa décision et à la mi-septembre, Emmanuelle posait ses valises à La Voljoux dans cette maison-sépulture où ses parents avaient un jour enfoui leurs rêves. Et peut-être plus encore.

Journal de Pavlina Radovic
Juillet 1976

Russkoff. *Le mot est tombé de la bouche d'une femme la semaine passée tandis que je promenais mon caddie dans les allées de la supérette. Elle parlait de notre ferme. C'est celle du Russkoff elle a craché à la caissière. Une gifle en pleine figure m'aurait fait moins mal. Le Russkoff. J'ai détesté ce mot jailli de la bouche de cette femme, j'aurais aimé pouvoir le saisir comme on attrape un insecte pour l'écraser de mon talon, le réduire à néant avant qu'il ne s'échappe et n'aille voler d'oreille à oreille en distillant toute la haine que ce genre de mot contient. Le russkoff, comme on dit le bougnoule, le youpin, le négro, le boche, le rital, le rosbif, le manouche, le basané, le pédé, autant de noms pour désigner tous ces autres qui font peur avec leurs différences. Lorsqu'elles m'ont aperçue, les femmes se sont tues. J'aurais pu intervenir, expliquer que l'est de l'Europe ne se limitait pas à la seule Russie, qu'il existait d'autres pays, une multitude d'autres pays et que ce n'était pas parce que l'on s'appelait Radovic et que l'on roulait les « r » à la manière d'Ivan Rebroff que l'on était russe mais je n'ai rien dit. Je regrette ma lâcheté aujourd'hui, ce profil bas lors de mon passage en caisse, cette honte soudaine qui rosissait mes joues alors que je n'étais coupable de rien. Moi, Pavlina Radovic, définitivement réduite à cette appellation imbécile de femme du Russkoff. La femme du Russkoff, au même titre que la ferme du Russkoff, les chiens du Russkoff, le 4 × 4 du Russkoff. Je ne l'ai pas dit à Dragan.*

La sécheresse bat son plein sur tout le pays. Au plus fort de la journée, les montagnes ondulent dans l'air sec saturé de chaleur. Il n'est plus tombé une seule goutte depuis la fin avril, date de la dernière averse. Les anticyclones ancrés aux quatre coins de l'Europe et qui font barrage aux nuages se refusent à abandonner leur base. Dragan craint que la source qui alimente la maison ne finisse par se tarir. Le niveau des cours d'eau est dangereusement bas. Le lit en grande partie asséché de la Voljoux, la rivière qui a donné son nom au village, étire dans la vallée son parterre de galets et de roches blanchies par le soleil. Le jaune pâle des pâtures contraste avec le vert sombre des sapins.

Même la forêt peine à contenir sa fraîcheur sous les frondaisons. Les ruisseaux atrophiés ne parviennent plus à alimenter les lacs de montagne. De mémoire d'anciens, jamais leurs eaux n'ont été aussi chaudes, des eaux qui font le bonheur des baigneurs. Les campings du coin regorgent de touristes venus chercher au cœur du massif un répit à la fournaise. Plus bas dans la plaine, la situation est catastrophique. C'est un perpétuel va-et-vient de citernes pour abreuver les troupeaux. Les bêtes paissent une herbe rare au milieu de champs poussiéreux. De grands convois de camions transportant des bottes de foin sillonnent les routes pour parer à la pénurie de fourrage. Il n'est pas de semaine sans qu'éclatent de nouveaux incendies qui dévorent tout sur leur passage. Le prix des fruits et des légumes s'est vu multiplié par deux. Hier après-midi, le thermomètre accroché au mur de la maison affichait plus de trente-cinq degrés. Le moindre effort nous fait ruisseler de sueur. Grâce à Dieu, la ferme reste relativement fraîche. De leur côté, les malamutes ne semblent pas trop souffrir de la chaleur. Comme nous, ils vivent au ralenti, s'économisent pour ne pas élever leur température corporelle et restent la plupart du temps terrés à l'ombre de leur niche respective. Dragan les ménage et limite les sorties à de courtes balades pédestres en forêt.

Les volets de la ferme, avachis sur leurs gonds, avaient grand besoin d'une remise en état. Nous décapons et ponçons en début de matinée tant que la température est encore supportable et réservons les séances de peinture aux après-midi, abrités du soleil par la grange qui jouxte la maison. L'heure de la baignade dans le lac situé à moins de quatre kilomètres de chez nous survient chaque soir comme une récompense. Je ne me lasse pas de la beauté du lieu. Le lac dessine un immense miroir ovale serti de montagnes dans lequel viennent se mirer les sapins. Selon le ciel et le temps, la couleur de ses eaux va du vert tendre au plus sombre des gris. L'endroit regorge de truites, brochets, tanches, perches, autant de poissons qui font le bonheur des pêcheurs. Dragan emmène chaque soir avec nous l'un des quatre malamutes, jamais le même. Sitôt descendu du 4 × 4, l'élu du jour se rue dans l'eau pour s'y ébattre avec frénésie. On ne tarde pas à l'imiter. Quel délice que la caresse de l'eau sur notre corps. La blondeur de ma peau n'est parvenue qu'à rougir sous le soleil, contrairement à celle de Dragan qui a pris une magnifique teinte cuivrée. La tête de mort surmontée du béret vert tatouée sur son biceps droit s'est fondue pour un temps dans le bronzage. Après la baignade, nous avalons des sandwichs au fromage blanc et au concombre assis sur les pierres encore tièdes qui bordent le lac. Je pourrais rester des heures ainsi, peau contre roche, à contempler l'eau agitée de-ci de-là par les poissons en train de gober les nombreux insectes flottant à la surface.

Hier, la voisine nous a apporté un plein récipient de myrtilles. Ça viendra bien assez tôt, avait prédit Dragan en parlant du voisinage. La curiosité finira bien par les amener un jour jusque chez nous, avait-il ajouté. Clotilde, c'est son prénom, a les cheveux aussi noirs que je suis blonde. Et je n'ai pas le sentiment que ce soit la curiosité qui ait motivé sa venue. J'ai tout de suite aimé son sourire franc et la manière simple avec laquelle elle a accepté le verre de kéfir que je lui proposais. Elles sont petites à cause du manque d'eau, s'est-elle excusée, mais elles sont très sucrées, vous verrez. Ici, on appelle ça des brimbelles. J'ai répété le mot derrière elle. Brimbelle. *Un mot qui m'a rempli la bouche et qui l'a fait rire. Malgré la barrière de la langue, nous avons parlé comme deux amies perdues de vue depuis trop longtemps. À ce que j'ai deviné, elle est cuisinière au collège du village. Son homme est ouvrier forestier. Je me suis inquiétée de savoir si les aboiements des chiens ne les incommodaient pas. Pas du tout, elle a répondu. Et puis ça tient les chevreuils à bonne distance du jardin, elle a lâché dans un grand sourire.*

Ce matin, j'ai abandonné Dragan à ses volets pour mitonner des kolaches, ces petites tartes briochées aux myrtilles comme m'a appris à les cuisiner ma grand-mère. La dernière chose qu'elle m'a transmise avant de se faire dévorer par le cancer. Tandis que je garnissais la pâte, une bouffée de nostalgie a envahi ma tête. Tout à l'heure, je me suis rendue chez les voisins pour leur porter les viennoiseries encore tièdes. L'homme qui m'a ouvert la porte a froncé les sourcils en m'apercevant, des sourcils posés bas sur le front et qui m'ont fait peur. Sa veste en bleu de chauffe dégageait des odeurs entêtantes de copeaux de bois qui se sont mêlées aux effluves sucrés des brioches. J'ai craint un moment qu'il me laisse plantée là comme une idiote avec mes kolaches, à attendre qu'il se décide à parler. La phrase qu'il a marmonnée s'est perdue dans les poils de sa barbe, comme quoi sa femme n'était pas là, qu'elle ne rentrerait pas avant la fin de l'après-midi. Je lui ai abandonné le plateau entre les mains avant de m'en retourner. Il n'a pas refermé la porte tout de suite. Son regard brûlait le creux de mes reins tandis que je descendais la route en direction de la maison.

11

Après avoir remercié Emmanuelle, Louis Pelletier enchaîna sur le tableau de bord de la journée. L'ensemble de la flotte serait engagé pour le damage des soixante kilomètres de pistes et chemins de liaison. Il fallait stabiliser le manteau neigeux avant que la pluie annoncée n'arrive sur le massif. Alain, le plus vieux d'entre tous, se vit désigné pour accompagner Emmanuelle et lui faire découvrir les subtilités du terrain. Basile récupéra son harnais avec la radio puis traversa la cour d'un pas alerte pour rejoindre l'habitacle de sa dameuse. Il aimait l'allure compacte de la Leitwolf, plus ramassée que la PistenBully. La couleur grise de la cabine conférait à l'engin un air guerrier, un côté char d'assaut indestructible. Un animal qui retrouve la chaleur du terrier, songea-t-il tandis qu'il ouvrait la porte du cockpit. Ces quelques mètres cubes étaient toute sa vie, le seul endroit où il se sentait à sa place sur cette terre, à l'abri des éléments et des assauts du monde. Même des assauts d'une gamine lancée à toute allure sur son destrier en plastique rouge, lui susurra avec ironie la petite voix dans sa tête. Ta gueule, jeta Basile à sa conscience. « Évitez le rejet frontal », lui avait conseillé le psy. « Le chemin de la guérison ne peut passer que par l'acceptation », avait-il ajouté. Des mots de curé s'adressant à une ouaille qui s'est éloignée du droit chemin. Le siège central à suspension pneumatique accueillit les quatre-vingts kilos du jeune homme dans un souffle. Reprendre les commandes de sa machine lui procurait un bien-être indicible. Il procéda à une rapide check-list, le temps de retrouver ses marques. Les mécanismes revinrent en quelques minutes. À main droite, le joystick ergonomique permettait de contrôler les mouvements de la lame à l'avant et de la fraise à l'arrière. À main gauche, deux petites manettes, une pour chaque chenille, faisaient office de volant pour manœuvrer et diriger la machine. L'écran tactile du tableau de bord affichait l'essentiel des informations. À tout moment, il pouvait consulter, contrôler et analyser en temps réel une grande quantité de données, gérer le régime du moteur et ajuster le travail de la fraise. Basile arracha les dix tonnes de sa machine de la zone de stationnement et s'élança vers les pistes, fasciné comme au premier jour par toute cette puissance concentrée au bout de ses doigts. L'immense pare-brise descendait très bas et offrait une excellente visibilité panoramique. Il emprunta à sa gauche le chemin de liaison qui s'enfonçait entre les grands sapins et permettait de rejoindre le haut du domaine. Dans les semaines à venir, allait s'engager une lutte journalière entre le monde des skieurs et celui des dameurs. Basile aimait ça, gommer les ratures et autres stigmates qui meurtrissaient la piste, rendre chaque nuit sa virginité au domaine en structurant la neige pour transformer le champ de bataille labouré par les skieurs le jour en étendue plane. Ne devait subsister sur son passage rien d'autre que les sillons parfaitement rectilignes sculptés par la fraise. Si le jeune homme travaillait parfois en musique, il se contentait le plus souvent du silence tout relatif de la cabine. En liaison radio avec les autres, les blagues ne tardèrent pas à crépiter à travers les haut-parleurs. « Alain, ça va ? T'as pensé à prendre ton sac à vomi ? » « Qu'est-ce qui est froid, qui tombe du ciel en hiver, sur quoi on peut faire du ski et qui se termine par "ile" ? De la neige imbécile ! » « Le premier qui voit un chevreuil gagne l'apéro. » Hormis Pascal qui préférait manger le contenu de son tupperware le fessier vissé au siège de sa cabine, l'équipe se retrouva au complet vers treize heures au pied de la seule ferme auberge ouverte pendant l'hiver car située au cœur des pistes. La saison commençait et finissait souvent autour d'un repas dans cet endroit mythique conservé dans son jus. Accrochées à l'une des poutres du plafond, cloches et clarines de toutes tailles s'exposaient, suspendues au bout de leurs lanières en cuir. À cette époque de l'année, le bétail redescendu dans la vallée ne meublait plus les étables attenantes de ses profonds beuglements. La salle du restaurant embaumait le fromage fondu et la viande fumée au bois de hêtre. De grosses bûches flambaient en crépitant dans l'âtre de l'énorme cheminée. Après avoir salué l'équipe, le patron posa d'autorité deux pichets de pinot noir au milieu de la table. Profitant de l'absence d'Emmanuelle partie aux toilettes, Alain rendit compte à ses collègues masculins des capacités étonnantes de la nouvelle recrue aux manettes de la 600. « Une pointure, les gars. Vous voyez le mur de la Gastone ? » s'étouffa l'ancien. Oui, ils voyaient. Le mur le plus abrupt du domaine, une déclivité qui en avait impressionné plus d'un.

— La gamine l'a fait en quatre passes !

— Tu rigoles ?

— Quatre passes je vous dis. J'en aurais chié dans mon froc.

— En lignes directes ?

— En lignes directes, quatre passes.

— Personne n'a jamais fait ça.

— Elle si. Et je vous parle pas de cette putain d'épingle du chemin de liaison avec la JR. Pas eu besoin de lui expliquer trois fois. Elle a tout de suite pigé comment la prendre sans arracher la neige sous les chenilles comme ça le fait souvent à cause de la tête de roche qui affleure à cet endroit.

Un grand silence accueillit le retour de leur collègue. Tous les gars la fixaient comme s'ils la voyaient pour la première fois. Les joues d'Emmanuelle rosirent.

— Un problème ?

— Je viens de leur raconter ton exploit sur la Gastone, lui avoua Alain.

— Une connerie, désolée. J'ai pris un risque idiot, c'était pas très malin. Je ne vois d'ailleurs pas l'intérêt de la manœuvre à part le peu de temps gagné mais ça n'en valait pas la chandelle.

La séance de damage se poursuivit toute l'après-midi et ne prit fin que sur les coups de dix-sept heures. Basile fit une halte au Ric's pour une dernière bière en compagnie d'autres jaune-et-bleu. Tandis qu'il déposait leur commande sur la table, Raffy lança un premier appât :

— Paraîtrait qu'il y a un petit nouveau chez les tasseurs de neige.

— Pas tout à fait exact, s'amusa Basile d'humeur badine.

— On m'a parlé d'un Emmanuel.

— On t'a mal parlé ou tu as mal capté mais tu chauffes.

— C'est pas ça ?

— Le prénom est bon Raffy, c'est l'article indéfini que tu as mis devant qui colle pas.

Le temps que le serveur se plonge dans ses souvenirs grammaticaux, le jeune homme commanda un croque-monsieur à emporter. Une bière plus tard, Basile quittait le Ric's, non sans avoir mis le barman sur la voie :

— Une tasseuse de neige, Raffy, pas un tasseur, une tasseuse.

Le vent avait tourné à l'ouest, apportant des odeurs de pluie. Sous l'action de la potasse déversée dans la journée par les saleuses, la neige sur la route avait fondu et le ruban d'asphalte bordé de cordons immaculés paraissait plus noir que jamais dans le faisceau des phares du combi. Il y avait de la lumière chez la voisine. Qu'est-ce qui peut bien l'avoir poussée à venir s'enterrer ici ? songea Basile. Pas un seul instant le jeune homme n'avait gobé ses bobards sur cette soi-disant lassitude de la haute montagne. Derrière le faux aplomb affiché par sa collègue, il avait décelé de la gêne dans sa voix. Cette femme était un mystère, un mystère que sa beauté rendait plus profond encore. Il trouva Germain assoupi dans le fauteuil du salon devant l'écran neigeux de son téléviseur. Le bruit des centaines de parasites virevoltant dans le poste cathodique emplissait toute la pièce. Le fil d'antenne pendouillait au-dessus du plancher, tranché net. Il y avait belle lurette que le vieil homme ne regardait plus la télé. À quoi bon supporter ce déballage permanent de drames et de misère, de guerres, de catastrophes, ce voyeurisme imposé qui n'apportait rien de bon ? Allumer la télé, c'était laisser entrer le malheur dans la maison. « Ce que l'on ne sait pas ne nuit pas », avait-il expliqué à sa fille lorsque celle-ci avait découvert avec horreur le fil d'antenne sectionné d'un coup de cutter. « Pour ne pas être tenté de le rebrancher », s'était-il justifié. Et puis ras-le-bol de tous ces bulletins récurrents qui à date fixe rabâchaient les mêmes platitudes. Le sempiternel chassé-croisé sur la route des vacances, la rentrée scolaire, les soldes d'été, celles d'hiver, les fêtes de Pâques, de Noël, celle des Mères, des Pères, les premières baignades comme les premières neiges, la chaleur estivale, le froid hivernal, la saison des vendanges, la Saint-Valentin du mois de février, le muguet du mois de mai, avec cette idée déprimante que d'une année sur l'autre rien jamais ne change, pas même le présentateur du JT avec sa bonne tête de premier de la classe, son costume tiré à quatre épingles et ce ton insupportable d'apitoiement lorsqu'il s'agissait d'annoncer une tragédie. Il y avait plus à voir dans le fourmillement des parasites que dans tout ce blabla inutile et si l'octogénaire se plaisait encore de temps à autre à allumer son poste, c'était pour le seul plaisir de noyer son regard dans la multitude des points blancs qui s'agitaient derrière l'écran et de laisser dériver son esprit bercé par leur crachotement. Pendant un bref instant, Basile crut que le vieux était mort, que son cœur fatigué l'avait lâché là au milieu de son salon ou qu'un vaisseau sanguin quelque part dans sa tête s'était rompu, que d'une manière ou d'une autre Dame Faucheuse venait de trancher net son fil d'antenne personnel. Plus de son, plus d'images. La pâleur du visage, le corps affaissé sur le fauteuil, la tête basculée en arrière et cette bouche grande ouverte d'où ne sortait plus aucun bruit, pas même un râle, tout donnait l'illusion de la mort. À cet instant, les sonneries des téléphones retentirent de concert. Posé sur le guéridon du couloir, le Socotel S63 d'un autre âge couvrait de son puissant timbre à deux tons celui beaucoup plus discret du téléphone sans fil de la cuisine. De quoi réveiller un mort, pensa le jeune homme à la vue de Germain qui avait tressailli dans son fauteuil. Il fallut six sonneries au vieux pour recouvrer ses esprits et six supplémentaires pour atteindre le combiné. « Il n'y a que ma fille pour tenir plus d'une douzaine de sonneries sans raccrocher », grommela l'octogénaire en passant devant Basile. Il porta le téléphone à la meilleure de ses deux oreilles et attendit en silence que la personne au bout du fil prononce les premiers mots. Cette vilaine habitude de laisser ses interlocuteurs démarrer la conversation avait le don d'ulcérer Françoise. Alors que le jeune homme s'apprêtait à regagner sa tanière, Germain le héla et lui tendit le combiné :

— Pour toi. Au rapport.

Débit nerveux et voix claire. Sa parente désirait savoir comment s'était passé le début de son séjour, s'il était bien installé, si son père ne lui avait pas trop fait de misères. Le jeune homme fit un compte-rendu rassurant de ces premières journées de cohabitation, se surprenant à enjoliver les choses. Oui, l'accueil avait été des plus chaleureux, ils avaient longuement parlé de la famille. Oui, le vieil homme était plus que raisonnable, non, il ne l'avait pas vu fumer et pour le vin, juste un fond de verre pour accompagner les repas, jamais plus. Dort comme un bébé, mange d'un bel appétit. Tout allait pour le mieux dans le meilleur des mondes. « Je n'ai pas connu mon grand-père mais j'aurais aimé qu'il lui ressemble », conclut Basile tout sourire devant la mine renfrognée de l'ancien qui avait plaqué l'écouteur contre son oreille.

— Nous serons à La Voljoux pour Noël. Vous réveillonnerez avec nous, annonça pleine d'entrain son interlocutrice.

Ce n'était pas une question et ça n'attendait pas de réponse. Le jeune homme crut lire un semblant de compassion dans le regard de Germain après que Françoise eut raccroché.

— Un réveillon avec ma fille, gamin, c'est

comme de se retrouver au cœur d'un cyclone tropical, tu es content une fois qu'il est passé. Et n'en fais pas trop concernant notre bonne cohabitation, on ne berne pas ma Françoise comme ça, j'en sais quelque chose. Elle est plus perspicace que Columbo et Sherlock Holmes réunis.

— Vous avez soupé ? s'enquit Basile.

— Pas faim, grogna le vieux.

— Ça me ferait plaisir de partager mon croque-monsieur avec vous, vraiment. J'ai surestimé mon appétit et il y en a largement assez pour deux personnes qui n'ont pas faim, plaisanta le jeune homme.

Germain réfléchit. Un croque-monsieur. Il n'avait jamais aimé ceux de Clotilde. Trop secs, trop durs, trop cuits. Pas une seule fois en toutes leurs années de mariage il n'avait osé lui en faire la remarque. Si elle n'excellait pas dans l'art culinaire, son application à bien faire la rendait touchante et excusait tout le reste. Il fallait la voir mitonner des plats compliqués le nez collé à ses livres de recettes, suivant les instructions au gramme et au centilitre près, se réjouissant comme une gamine à la vue d'un soufflé bien ventru avant de se lamenter lorsque le même soufflé se dégonflait au sortir du four.

— Avec un fond de verre de vin, maugréa l'octogénaire en se dirigeant vers la cuisine.

Cinq minutes plus tard, Germain piquetait du bout de sa fourchette le triangle de pain de mie posé devant lui, intrigué. Suspicieux, il avala une première bouchée avec l'impression de faire une infidélité à sa femme. Moelleux à l'intérieur, croustillant à point sur l'extérieur, généreux en jambon, en gruyère et en sauce béchamel, il n'avait jamais soupçonné que cela puisse être aussi savoureux. Le repas se déroula religieusement dans un face-à-face accompagné du seul bruit de leur mastication. Plusieurs fonds de verre de vin plus tard, le vieux laissa à Basile le soin de débarrasser la table et partit se coucher après avoir ânonné un bonsoir. Moins de conversation qu'une porte de prison, le grand-père rêvé, pensa avec amertume le jeune homme au moment de se coucher tandis qu'il déposait sur sa langue le comprimé de Zolpidem dix milligrammes.

12

En entrant dans la cuisine ce matin, Germain avait jeté un rapide coup d'œil au calendrier de cette année 2015. Même s'il connaissait la date du jour, il aimait s'en assurer de visu. Mardi vingt-deux décembre, solstice d'hiver. Un trait de stabilo vert fluo colorait la journée la plus courte de l'année. Un même trait marquait les équinoxes de printemps et de l'automne ainsi que le solstice d'été. Des dates qui rythmaient la vie du vieux depuis près de quarante ans. Comme à chaque jour d'offrande, l'octogénaire avait passé la matinée à tourner en rond, à errer du salon à la cuisine, de l'horloge comtoise de l'un à la pendule de l'autre, à suivre l'avancée des heures, à attendre ce milieu du jour qui semblait ne jamais vouloir arriver. Il allait avoir besoin de toute son énergie pour accomplir le rituel malgré l'immense fatigue qui ne le quittait plus. L'expiation passait par là. Il se sentait si faible. En septembre, plus d'une heure lui avait été nécessaire pour se rendre là-haut. Une gigue de cerf sur l'épaule, il avait cru crever mille fois, s'était arrêté à plusieurs reprises avant de reprendre sa marche, autant de stations d'un chemin de croix qu'il connaissait par cœur à force d'en faire chaque trimestre l'ascension. Il s'assit un instant devant le cuissot de sanglier posé sur la table de la cuisine. Près de douze kilos de viande bien charnue. Libérée de sa fine pellicule de givre, la pièce de gibier sortie du congélateur la veille au soir présentait une jolie teinte violacée. Germain s'approcha de la fenêtre pour écarter le rideau. Le ciel chargé de nuages sombres dispensait une lumière moribonde. Les aiguilles de la pendule affichaient quinze heures. Il fut tenté de réveiller son petit-neveu. Plus d'un mois que le gamin partageait son toit et ils n'avaient pas échangé plus de soixante mots. Le jeune homme partait au boulot peu après minuit et rentrait du travail sur les coups de dix heures trente. Un zombie qui avalait son café en trois gorgées et montait prendre sa douche avant de se glisser dans son lit. C'était fou le nombre de douches que pouvait prendre ce garçon. Une douche avant le coucher, une autre après le lever, comme si rien ne pouvait commencer ou se terminer sans une foutue douche. Basile ne se lèverait pas avant un bon moment. Utiliser sa force serait tellement plus simple, songea le vieil homme. Mais à l'idée de toutes les questions que le gamin ne manquerait pas de poser, il jugea préférable de le laisser dormir. Ce chemin de croix-là ne se partageait pas. Il se gravissait seul.

L'octogénaire attrapa le cuissot volumineux et le glissa dans le sac à dos. Il chaussa ses bottes fourrées, enfila son anorak, vissa un bonnet sur sa tête et saisit le bâton de ski qui lui servait de canne lorsqu'il s'aventurait dehors. De la neige tombée fin novembre, il ne restait plus que des vestiges. Des flaques éparses dans les prés, des bourrelets sales en bordure de route, des taches mourantes sur les toitures. Déchargés de leur manteau immaculé, les sapins s'étiraient en un rempart sombre. Germain gravit la route en direction de la forêt, insensible à la bruine qui vernissait son visage et brouillait sa vue. Il aurait pu faire le trajet les yeux fermés. Le bitume sur deux cents mètres, puis le chemin qui s'enfonçait sous le couvert des arbres en un tunnel sombre. Bifurquer à droite cinq cents mètres plus loin au niveau de l'émergence rocheuse qui bordait le sentier. Quitter alors le sol ferme et caillouteux de la sente pour pénétrer dans le sous-bois. À partir de là, plus aucune piste à suivre. Il foulait un parterre hostile couvert de branchages, de roches moussues, d'éboulis où chaque trou et chaque bosse menaçaient à tout moment de causer sa chute. Ses genoux lui faisaient souffrir le martyre. Des entrelacs de branches basses accrochaient ses vêtements, griffaient ses joues, battaient ses cuisses, l'obligeant à mille contorsions. Ce coin de forêt primaire pourtant si proche du monde des hommes était resté vierge et sauvage comme aux premiers jours de la création et lui faisait payer cher chacune de ses intrusions. Le dénivelé forcissait sur une centaine de mètres avant de s'adoucir. Le vieux s'affala à mi-pente sur un rocher, le souffle court. Au-dessus de sa tête, les frondaisons pleuraient des gouttes lourdes qui heurtaient les branches en crépitant. Quelques mètres plus loin, un geai cacarda de mécontentement et s'ensauva dans un éclair bleuté. La tentation de s'allonger là pour toujours traversa l'esprit de l'octogénaire. S'étendre sur le lit de lichens et attendre que la mort le saisisse au milieu de cette nature frémissante de vie. Que le sol jour après jour digère son corps pourrissant, que ses cellules se mêlent à l'humus et nourrissent les racines de ces arbres qu'il aimait tant. Il chassa cette idée morbide et reprit son ascension. Une vingtaine de minutes plus tard, Germain entraperçut enfin l'étendue vert tendre derrière le rideau d'arbres. La clairière. Cette trouée dans la forêt l'avait toujours intrigué. Il ne s'expliquait pas pourquoi les grands feuillus alentour avaient épargné l'îlot de verdure sans jamais l'ensemencer de leurs graines, se contentant de rester en bordure pour ne pas occulter le puits de lumière. On aurait dit le résultat paysager d'une volonté divine. Il y poussait chaque printemps une herbe grasse qui faisait le délice des chevreuils, des biches et autres ruminants du sous-bois. Comme tombé du ciel ou jailli des entrailles de la Terre, un énorme rocher ornait ce carré de verdure. Germain s'avança en direction du bloc de granit luisant d'humidité. Le sol tourbeux accueillit ses pas en douceur. Il tira du sac la pièce de gibier et la déposa sur le haut du monolithe naturel.

La Bête viendrait. Elle attendrait le départ de l'homme mais elle viendrait. Elle venait toujours, comme les autres, comme la mère avant elle qui avait hanté le massif trente-huit ans plus tôt avant de se volatiliser, remplacée par sa descendance. Quatre fois l'an, Germain déposait son offrande à cet endroit. Il achetait aux chasseurs de belles pièces de gibier, cuissots de chevreuil, de sanglier voire de cerf. Il souhaitait le meilleur pour la Bête. Clotilde se moquait souvent de lui. « Tu n'es même pas sûr que ta bestiole existe, disait-elle. Si ça se trouve, tu fais le bonheur des renards, du lynx ou du loup. » Sa bestiole existait bel et bien, il l'avait aperçue à plusieurs reprises au cours de toutes ces années à arpenter le massif au gré des coupes de bois. De furtives apparitions à la limite du champ de vision. Moins trapue que le chien mais plus massive que le loup, un crâne large et triangulaire, des pattes puissantes bien que plus courtes que celles de son cousin. De la chienne subsistaient cette ligne sombre sur l'échine, le poitrail clair et puis ce masque blanc reconnaissable entre tous. Chaque nouvelle génération de louveteaux voyait apparaître parmi la portée un nouveau sang-mêlé, un animal hybride portant les traits du malamute, un rappel à l'ordre en chair et en os du passé. Le croisement était génétiquement possible, Germain s'était renseigné après les premières apparitions. La probabilité demeurait très faible, certes, mais il pouvait arriver qu'un loup solitaire couvre une chienne malamute et que de cette union naisse un hybride. Quelques rares cas de ces spécimens baptisés wolamutes ou malawolfs avaient été répertoriés et photographiés de par le monde. Même si les croisements successifs au fil des quarante années écoulées avaient fortement dilué les gènes initiaux du canidé dans ceux du *canis lupus*, il en restait suffisamment pour que chaque descendant direct de la lignée conserve en lui le souvenir de l'homme et de leur ancienne complicité, comme si le peu d'hérédité de la mère qui coulait dans ses veines en charriait encore la souvenance. À maintes reprises, le vieux avait senti le regard de la Bête se poser sur lui. Et puis il y avait les traces, toutes ces traces qui ne mentaient pas, ces empreintes qu'il découvrait parfois jusque dans la cour de la maison. L'octogénaire frissonna. La nuit n'allait plus tarder à s'abattre sur la forêt, il fallait partir. Attendre ne servait à rien, la Bête ne se montrerait pas, même si elle était déjà là, il en avait la certitude, tapie quelque part, ne perdant rien des gestes de l'homme. Dans une heure, le quartier de viande aurait disparu, emporté pour être dévoré sous le couvert des arbres. Le vieil homme regagna le sous-bois non sans se retourner une dernière fois sur la petite clairière et son rocher. Un mausolée, songea-t-il. Un mausolée pour abriter toute cette repentance qui l'étouffait.

Trempé jusqu'aux os par la pluie glaciale, Germain grelottait de tous ses membres à son arrivée à la maison. Transi et à bout de forces, claquant des dents à s'en briser les mâchoires, il se traîna jusqu'à la salle de bains et passa le quart d'heure suivant sous le jet brûlant de la douche, assis nu sur le fauteuil en plastique de salon de jardin qui ne quittait plus le bac, une assise beaucoup plus confortable que le strapontin mural pour personne à mobilité réduite que sa fille avait fait installer à prix d'or l'année précédente. La chaleur finit par regagner son corps, faisant refluer la mort qui aurait aimé y prendre ses aises. Au sortir de la douche, le vieil homme se glissa dans son peignoir et se rendit à la cuisine. L'estomac noué à l'approche de sa mission, il avait à peine touché à son plateau repas du midi. À présent, son ventre criait famine. Il n'avait plus connu ça depuis longtemps, ce vide au milieu du corps qui ne demandait qu'à être comblé. Une faim de loup. Aux deux œufs sur le plat qui crépitaient dans la poêle, il ajouta une tranche de lard et dévora le tout à même le poêlon, enfournant de grosses bouchées de pain imbibées de jaune d'œuf, croquant avec délectation le lard suant sa graisse. Son taux de cholestérol qui flirtait avec la ligne rouge d'après les dernières analyses attendrait un autre jour pour décider de la composition de son menu. Un généreux morceau de fromage vint conclure son repas. Repu et à demi étourdi par les deux verres de vin avalés, Germain alla s'échouer sur le canapé du salon. Il ferma les yeux et pensa à la Bête, l'imagina dévorant voracement le cuissot de sanglier, déchirant à pleines dents la chair, insensible à la pluie qui mouillait son pelage. À l'étage, Basile hurla. Germain sourit. Le gamin venait de découvrir l'eau froide après avoir épuisé les derniers litres du ballon d'eau chaude.

13

L'imposant Porsche Cayenne vint se garer dans la cour de la ferme en début d'après-midi. Fini la tranquillité, songea Germain en voyant sa fille ouvrir le coffre du véhicule et décharger les cartons de victuailles. Françoise et son mari prendraient la route de Lyon le lendemain matin pour fêter la Nativité chez les parents d'Éric. Se partager entre leurs deux familles respectives répondait à ce perpétuel souci d'équité cher à sa fille, obligeant le couple à une vraie gymnastique entre réveillon chez l'une et jour de Noël chez l'autre. Ce passage en coup de vent convenait plutôt bien à Germain. Arrivé tard de Paris la veille au soir, le couple fidèle à ses habitudes avait réservé une chambre pour deux nuits au Grand Hôtel La Gentiane. « Pour ne pas te déranger dans tes habitudes, papa », avait dit Françoise au téléphone. Surtout parce que la moquette de la suite Edelweiss du quatre étoiles est plus agréable sous les pieds que le carrelage froid et usé de la maison de ton père, avait songé Germain. La suite Edelweiss ! Il n'y avait que des investisseurs chinois pour oser baptiser une suite du doux nom d'Edelweiss dans une région où il n'avait jamais poussé que des jonquilles et des perce-neige. Éric déposa le carton de bouteilles qui encombrait ses bras sur la table de la cuisine et saisit avec précaution la main de son beau-père comme s'il s'emparait d'un oiseau blessé tombé au sol. Polo Lacoste, doudoune Ralph Lauren, barbe de trois jours, jeans, chevelure poivre et sel encore bien fournie malgré la soixantaine passée, l'homme affichait un subtil mélange de raffinement et de décontraction.

— Bonjour beau-papa. Comment il se porte aujourd'hui ? En pleine forme on dirait.

Cette façon de lui parler comme à un demeuré irritait Germain. Comme l'irritaient tous ces « beau-papa » dont usait et abusait son gendre à longueur de phrase. Beau-papa par-ci, beau-papa par-là, persuadé de faire plaisir au vieux en soulignant leur lien familial. En réponse, l'octogénaire se bornait lui aussi à ne jamais appeler le mari de sa fille par son nom de baptême.

— Bonjour gendre.

Statut contre statut.

« Il a un prénom je te rappelle », glissa Françoise à son père tandis qu'elle le saluait d'une bise sur le front. Elle aimait l'embrasser ainsi, une mère embrassant son enfant. Germain la contempla à la dérobée tandis qu'elle remplissait le frigo. Avec l'âge, il retrouvait les traits de Clotilde dans le visage de sa fille. Dans certaines postures aussi, cette manière par exemple bien particulière de pencher la tête sur le côté pour marquer son attention. La comparaison s'arrêtait là. Contrairement à sa femme qui jusqu'à la fin de sa vie avait été le calme incarné, Françoise était une véritable pile électrique, une pile qui, sitôt le coffre de la voiture déchargé, lança ses premières directives. Toujours ce besoin de régenter, de structurer le temps à sa façon, d'organiser militairement les choses. « Papa, un Noël sans sapin et sans crèche, c'est comme un gâteau d'anniversaire sans bougies et sans chantilly, ça ne ressemble à rien », le sermonna-t-elle après avoir constaté l'absence de décoration. Le vieil homme ne comprenait pas l'intérêt qu'il y avait à sacrifier tous les ans à la même époque des centaines de milliers de jeunes arbres de par le monde pour le seul plaisir des yeux. Armé d'une scie, Éric fut envoyé prélever un sapin en lisière de forêt sous le regard amusé de Germain. Son avocat de gendre n'avait jamais su faire la distinction entre un sapin et un épicéa. Si le Code civil vous inculquait les lois, il ne vous apprenait pas à distinguer les différentes essences de résineux. Françoise consigna son père au salon avec pour mission de ne rien faire d'autre que de remplir ses grilles de sudoku et monta au grenier chercher le carton contenant les décorations de Noël. Le sudoku, une activité anodine devenue rapidement addictive et dans laquelle était tombé Germain sans s'en rendre compte, grille après grille, d'abord en matinée puis à n'importe quelle heure du jour et même de la nuit lorsque le sommeil se refusait à lui. Combler les cases vierges en les noircissant de chiffres de 1 à 9 avait quelque chose d'apaisant. Ainsi accaparé, l'esprit en oubliait les tracas de la chair et faisait refluer pour un temps les questionnements qui n'en finissaient pas de ronger son existence. L'octogénaire se contentait du niveau facile avec pour seule motivation le besoin obsessionnel de compléter chaque grille avant de pouvoir passer à la suivante pour un nouveau combat entre lui, les chiffres et sa cataracte. Éric réapparut une demi-heure plus tard, la tignasse dégoulinante de pluie, traînant par la cime un conifère au branchage squelettique. Cette année encore, le sapin serait un épicéa.

« Le plus beau que j'ai pu trouver », s'excusa déconfit le bûcheron d'un jour devant la mine dubitative de son épouse.

« Ça gardera bien ses aiguilles jusqu'à la Saint-Étienne », se moqua le vieux à la vue de l'arbuste frêle qui retrouva un semblant d'allure une fois fixé sur son support au milieu du salon. Françoise s'activa aussitôt à en noyer les branches sous une avalanche de guirlandes lumineuses, de boules multicolores, de bougies artificielles et de toute une bimbeloterie miniature. Chapeauté d'une imposante étoile dorée, le résineux finit par s'avouer vaincu et inclina sa cime de plusieurs degrés en signe de soumission. Une fois raccordées au secteur, les nombreuses LED disséminées dans sa ramure enflammèrent l'arbuste de clignotements lumineux. Satisfaite, la maîtresse de cérémonie étala le papier rocher au pied de l'arbre et entreprit d'ériger la crèche. Une vague d'émotions envahit Germain à la vue de sa fille agenouillée sur le tapis, exhumant les santons de terre cuite qui depuis près d'un an dormaient au fond du carton entre deux matelas de coton. À cet instant la femme de soixante-deux ans redevenait la gamine émerveillée qui chaque veille de Noël se voyait octroyer l'insigne privilège de s'occuper des précieuses figurines. La Vierge Marie, Joseph, les bergers et leurs moutons, chacun retrouva sa place autour du berceau vide. L'Enfant Jésus, lui, devrait encore attendre minuit pour quitter le moelleux du coton et rejoindre son couffin de paille caressé par le souffle chaud de l'âne et du bœuf.

La salle à manger ne retrouvait sa fonction originelle que dans les grandes occasions et la pièce reprit rapidement vie sous les mains expertes de Françoise. Elle commença par ouvrir les fenêtres pour diluer par un apport d'air frais l'odeur de renfermé qu'emprisonnaient les murs. Une nouvelle fois, Éric dut affronter la pluie pour aller ponctionner quelques feuilles de houx sur le grand spécimen adossé au mur nord de la maison. « Et ne nous ramenez pas du laurier, gendre, le houx, c'est les feuilles qui piquent », lui balança avec malice Germain depuis le salon. Toute cette agitation, ces incessants va-et-vient au milieu des claquements de porte finirent par tirer Basile de son lit. D'équipe de nuit, il s'était couché en milieu de matinée après une halte petit-déjeuner au Ric's. Le jeune homme hirsute se traîna jusqu'à la salle de bains comme un zombie sans même vérifier la présence ou non du petit fantôme. Pas d'humeur aujourd'hui à affronter le regard accusateur de la gamine, pas une veille de Noël, pas avec toutes ces heures de sommeil en moins au compteur. Françoise suspendit les préparatifs le temps de l'accueillir de deux bises qui le réveillèrent définitivement en claquant sur ses joues. Le jeune homme, victime collatérale du caractère autoritaire de sa parente, se trouva aussitôt embauché au dressage de la table. Le plateau en bois de hêtre fut recouvert d'une nappe blanche au centre de laquelle on déploya un chemin de table finement brodé. On ouvrit les portes du placard où dormait le service à vaisselle. La sexagénaire dirigeait son monde avec l'efficacité d'un chirurgien assisté dans sa tâche par des servants dociles.

Verres à pied, verres à pied. Fourchettes, fourchettes. Couteaux, couteaux. Petites cuillères, petites cuillères. Un cyclone tropical, avait dit le vieux. Un cyclone que Basile vivait à présent de l'intérieur, ballotté et bousculé par la débauche inépuisable d'énergie dont faisait preuve la maîtresse femme. Elle saupoudra le chemin de table de perles colorées, y ajouta la vingtaine de feuilles de houx ramenée par son mari et garnit les assiettes de serviettes aux couleurs de Noël. Fenêtres refermées, elle poussa le radiateur à son maximum et se dirigea d'un pas vif vers la cuisine escortée de ses deux assistants. Le vin fut aéré, le four allumé, les plats dressés. Quatre grilles de sudoku plus tard, tout le monde passait à table pour un repas marathon avec huîtres, escargots, foie gras, chapon et ses petits légumes, assortiment de fromages et bûche au moka, le tout arrosé de vins fins et de champagne rosé.

Au milieu des bruits de couverts et du tintement des verres, Françoise menait la conversation, animait le jeu des questions réponses sur des thèmes aussi variés que la météo, la situation économique dans la vallée ou le loup. On avait dénombré près d'une cinquantaine d'attaques sur le massif au cours de cette année 2015. « Cinquante-six exactement », précisa Germain qui tenait une comptabilité au jour le jour des événements. Le loup prélevait son dû avec une régularité de métronome, frappait là où on ne l'attendait pas, tantôt dans le sud du massif, tantôt plus au nord, poussant ses escapades jusque dans la plaine, laissant derrière lui des troupeaux exsangues et des éleveurs à bout de nerfs. On parlait de plusieurs prédateurs, des équipées sauvages venues des massifs transalpins et lancées à la reconquête d'anciens territoires. « Même chez les loups, il y a des migrants », plaisanta Éric qui après plusieurs coupes de champagne commençait à se faire de plus en plus volubile. « On a aperçu une voiture stationnée devant la ferme des Russkoffs en arrivant, dit Françoise. Quelqu'un y habite ? »

Les Russkoffs. Le nom plana un temps au-dessus de la table, prit ses aises telle une vieille connaissance de retour en terrain connu après une trop longue absence. De retour comme les loups, se dit Germain en frissonnant. Il lui sembla que la température de la pièce venait de chuter de plusieurs degrés. Les Russkoffs, jamais à l'époque le vieil homme n'avait pu se résoudre à les appeler de la sorte, se contentant de dire « les voisins ». Là où Clotilde n'hésitait pas à donner du Pavlina à la femme, Germain lui usait du pronom personnel « elle ». Ne pas la nommer, en parler comme d'une entité abstraite, moyen dérisoire de maintenir un semblant de distance. Le vieil homme confirma à sa fille la venue d'une nouvelle voisine au début de l'automne. « L'est arrivée avec les premières gelées », précisa l'ancien. « Et à part remettre des bûches dans le poêle pour chauffer cette ruine, je me demande bien ce qu'elle est venue faire dans le coin », avoua l'octogénaire.

— Elle est saisonnière, intervint Basile. Dameuse sur la station.

— On sait d'où elle vient ?

— Elle travaillait sur Tignes les saisons passées. Quand on lui a demandé pourquoi elle venait s'enterrer ici, elle nous a dit vouloir changer d'air.

— Elle a peut-être de la famille sur le secteur, supposa Françoise. Comment s'appelle-t-elle ?

— Radot. Emmanuelle Radot, répondit le jeune homme.

— C'est marrant ça, c'était pas Radovic le nom des Russkoffs ? fit remarquer Éric.

Germain manqua s'étouffer en avalant de travers sa gorgée de champagne. L'autre jour, le facteur avait glissé par inadvertance un courrier destiné à Mademoiselle Radot dans sa boîte aux lettres. Il avait remis en main propre la missive à sa destinatrice le jour même mais pas un seul instant il n'avait fait le rapprochement. Radot, Radovic. Ça ne pouvait pas être une simple coïncidence. L'octogénaire se resservit une coupe sous le regard désapprobateur de sa fille. Les dates dansaient dans sa tête. À trente-huit ans d'intervalle, l'histoire se répétait. 1976-2014, la sécheresse. 1977-2015, les attaques du loup. Et à présent ce nom de Radovic qui remontait à la surface comme une pierre au milieu d'un pré sous l'effet du gel. L'exclamation de Françoise fit sursauter tout le monde :

— La messe de minuit ! Si on ne part pas maintenant, on ne va plus trouver de place pour se garer. On débarrassera plus tard.

Il allait de soi pour Basile que ce « on » incluait tout le monde, lui compris. Le jeune homme ne se souvenait plus de la dernière fois où il avait mis les pieds dans une église.

— Quelle idée de mettre la messe de minuit à dix heures du soir, bougonna Germain tandis que sa fille l'aidait à passer son manteau. Ça ne ressemble plus à rien une messe de minuit à dix heures du soir, poursuivit l'ancien. Entre l'heure d'été qui avance et la messe de minuit qui recule, on finit par ne plus savoir où on en est avec tous ces changements d'heure.

— Il faut vivre avec son temps papa. Et puis tu sais bien que la messe de minuit à La Voljoux, c'est pas la même chose. C'est plus exotique que n'importe où ailleurs, s'extasia Françoise en ceignant son cou d'un foulard Hermès.

14

Emmanuelle ouvrit la porte de l'ancienne écurie qui donnait sur l'arrière de la maison et sortit au milieu de la nuit, nue comme un ver. Les lueurs du village plus bas dans la vallée peinaient à repousser les ténèbres emprisonnées sous le plafond nuageux. La plante des pieds posée sur l'herbe glaciale, elle laissa le froid humide monter à l'assaut de ses jambes. Des paquets de neige tombés du toit les jours précédents, il ne restait plus qu'un mince cordon au pied du mur. Tandis que la pluie s'abattait sur ses épaules, elle prit une pleine poignée de cristaux et s'en frictionna le corps énergiquement. Elle renouvela l'opération à plusieurs reprises avant de retourner sous le jet brûlant de la douche. Elle aimait ça, le feu après la glace. De quoi réveiller une morte. Et vous colorer l'épiderme d'un beau rouge écrevisse, constata-t-elle en se contemplant dans le miroir. À trente-six ans, son corps n'allait pas tarder à subir les assauts du temps, alors elle s'entretenait, coiffeuse, esthéticienne, footing et natation, s'entretenait comme on entretient un bateau au mouillage, accastillé et la carène prête à prendre la mer dans l'éventualité d'embarquer un jour à son bord un beau marin. Sa dernière aventure amoureuse remontait à Mathusalem. Un pisteur de Val d'Isère, un beau ténébreux nanti d'un petit cul ferme à souhait, une machine à jouir de chair et d'os à peine plus bavarde que le sextoy rangé dans sa table de chevet. L'idylle avait tenu une saison avant de fondre avec la neige à l'arrivée du printemps.

Trois mois qu'elle vivait ici. Trois mois passés à dompter cette maison qui n'avait plus abrité de présence humaine depuis des lustres. Emmanuelle connaissait à présent chaque imperfection de la bâtisse. Poutres qui craquent, clenche de porte défectueuse, robinet qui goutte, interrupteurs qui rechignent à fonctionner, volets qui ferment mal. Après avoir fait ramoner la cheminée, elle avait osé une première flambée dans le poêle à bois. À sa grande surprise, le corps en fonte avait englouti les bûches tel un mort de faim avant de restituer sa chaleur à la maison. Les boiseries en avaient gémi de contentement. Du passage de ses parents entre ces murs, il ne restait presque rien. Du mobilier abandonné, de la vaisselle oubliée, quelques magazines défraîchis, des fragments d'existence aussi peu consistants que la poussière qui les recouvrait. Seul véritable témoignage de leur présence passée, les anneaux des chiens arrimés sur la façade côté cour et rongés par la rouille. À quoi avait pu ressembler la vie du couple au milieu de ces vieilles montagnes ? Quels rêves avaient-ils abandonnés dans ce coin perdu avant de partir s'enfermer l'existence à des lieues d'ici, entre des barres d'immeubles sans âme ? Les archives du journal local de l'époque faisaient mention d'un différend entre les éleveurs du village et ce couple d'étrangers vivant du côté de la chaume de Chalogne. Un problème de divagation d'animaux et d'attaques à répétition sur les troupeaux d'ovins. Des bruits de portières vinrent interrompre Emmanuelle dans ses pensées. Depuis la fenêtre de sa cuisine, elle vit le Porsche Cayenne garé chez le voisin balayer le pré de ses phares puissants avant de prendre la route.

Emmanuelle s'habilla à la hâte et après une rapide séance de maquillage, prit à son tour la direction du village. Elle n'aurait loupé la messe de minuit pour rien au monde, non pas dans le but de satisfaire un quelconque devoir religieux – comment croire en l'existence d'un Dieu lorsque vous-même doutiez de votre propre réalité face à des parents défaillants – mais parce qu'un tel rassemblement présentait l'occasion unique de prendre le pouls de la communauté. Si pour beaucoup Noël était synonyme de fête, ce n'était pas le cas pour Emmanuelle, qui gardait de ces journées le souvenir d'un père ingurgitant encore plus de vodka qu'à l'accoutumée. Après avoir garé sa voiture dans une ruelle adjacente, elle remonta en courant sous la pluie battante les trois cents mètres qui la séparaient de l'édifice religieux, pestant contre toute cette flotte qui n'en finissait pas de s'abattre sur la vallée. Elle grimpa deux par deux les marches de l'escalier et s'engouffra sous le porche où s'égouttaient accrochés aux porte-manteaux des dizaines de parapluies telles de grandes chauves-souris aux ailes luisantes d'eau. L'église était noire de monde. Il se dégageait de la masse humaine rassemblée sous la nef une chaleur humide de troupeau fraîchement rentré à l'étable. Le curé jouerait ce soir à guichets fermés devant une assemblée maussade d'avoir vu ses espoirs de vivre un Noël blanc anéantis par la pluie, une assemblée maussade et souffreteuse qui, entre deux raclements de gorge, toussotait, se mouchait et éternuait à tout va. Emmanuelle remonta l'allée centrale et se glissa sur le premier banc à disposition. Les mains posées sur le bois lustré, elle reprit son souffle, s'enivrant des odeurs d'encens, de parfums et de cire chaude qui flottaient dans les airs. Suspendu au-dessus de l'autel, un Christ en croix offrait aux regards son corps d'albâtre. Les flammes vacillantes des cierges faisaient danser l'ombre du crucifié sur le plafond. Rencognée au fond de l'église, l'imposante crèche fabriquée façon locale tenait plus du chalet suisse que de la grotte de Judée. Décor et public en place, le spectacle peut commencer, songea Emmanuelle qui n'avait jamais considéré la célébration de l'Eucharistie autrement que comme une pièce de théâtre soporifique jouée sur ce drôle de ton chantant qu'adoptent tous les curés du monde lorsqu'ils déclament les textes bibliques. Comme s'il avait lu dans ses pensées, l'organiste niché dans les tribunes plaqua sur le clavier les premières notes d'un *Gloria* qui tombèrent sur la foule bigarrée massée en contrebas. La chorale qui n'en attendait pas moins pour démarrer joignit aussitôt ses voix à la musique sous les ordres de son chef gesticulant. Les enfants de chœur sortirent en file indienne de la sacristie avant de s'égailler autour de l'autel, suivis de près par le prêtre. L'apparition du père Francis faisait toujours son petit effet sur l'assemblée. Petit homme rondouillard, sa peau d'un noir d'ébène contrastait avec son aube d'une blancheur éclatante. Originaire de la République démocratique du Congo, le père Francis, de son vrai nom Francis-Tryphon Mulumba, avait quitté cinq ans plus tôt sa ville de Basoko pour venir prêcher la bonne parole le long des rives de La Voljoux, rives un peu plus fraîches et moins tumultueuses que celles du fleuve Congo. Emmanuelle ne put retenir un sourire. Après les bons pères blancs en Afrique noire, les abbés noirs en pays blanc, un juste retour d'investissement pour le Vatican qui avait trouvé là l'unique moyen de remédier au déficit local des vocations. Hormis quelques bigots latinistes adeptes du port de la soutane, le curé s'était vu rapidement adopté par ses ouailles. Sa bonhomie, sa simplicité et surtout sa faconde lors de ses sermons contribuaient à faire de l'homme d'Église l'une des figures de la vallée. Entre les baptêmes, les mariages et les enterrements, le prêtre obéissait à un véritable agenda de ministre, sautant d'une église à une autre au gré des célébrations, épaulé dans sa tâche par une poignée de laïques dévoués. Sans parler des invitations, toutes ces invitations à dîner, à souper, à banqueter, chacun désirant avoir l'honneur de le recevoir à sa table. Sa bonne bouille charbonneuse et son accent africain teintaient les repas d'un exotisme savoureux qui enchantait les convives. Entre les gratins de pommes de terre, les choucroutes et autres blanquettes de veau, le tout souvent arrosé des meilleurs crus, le pauvre abbé qui avait forci de près de douze kilos depuis son arrivée dans le diocèse se prenait parfois à regretter le régime manioc et bananes plantain de son Congo natal. Si son estomac avait fini par s'accoutumer à ces ripailles, il n'en allait pas de même pour tout. Son corps ne parvenait pas à s'acclimater au froid qui transpirait en hiver au travers des murs épais de la cure et chaque nouvelle chute de neige le traumatisait. Toute cette blancheur qui venait couvrir le monde tel un linceul recelait du malheur, il en était sûr. Il craignait sa venue comme un enfant qui a peur du noir redoute l'arrivée de la nuit. Lorsque la neige était là, le père Francis buvait plus que de raison des breuvages un peu plus forts que le vin de messe, s'en confessait une fois le printemps venu tout en sachant que dès l'apparition des premiers flocons l'hiver suivant, il recommencerait à se donner du courage à coups de vieille prune ou d'armagnac. Ce soir, le brave curé devait bien être le seul à se réjouir de la pluie, une pluie purificatrice qui lavait le sol comme la confession lave le péché des hommes. Il étouffa un rot dans son poing – les deux parts de bûche glacée qui avait suivi le chapon pesaient sur son estomac – et se lança dans la lecture de l'Évangile selon saint Luc narrant la naissance de Jésus. La Bible restait à ses yeux le meilleur livre qu'il ait jamais lu. Un super-héros, du suspense, une pointe de fantastique, un soupçon de violence et de l'amour à profusion, tous les ingrédients réunis pour faire une bonne histoire. Chacune de ses homélies nécessitait de la part des paroissiens un moment d'adaptation, le temps que l'oreille se familiarise avec l'accent prononcé du prêtre. Les « Naza-ouète », « Vierge Ma-ouie » et autres « ange Gaboui-yel » résonnaient sous la nef pour la plus grande joie des paroissiens.

L'assemblée s'ébranla au moment de la communion pour aller recevoir le Corps du Christ au pied des marches de l'autel. Emmanuelle resta à sa place et contempla l'interminable mille-pattes qui foulait le dallage de grès rose de l'allée centrale. Combien parmi tous ces gens avaient connu ses parents ? Quels souvenirs avaient-ils gardés du couple d'étrangers ? Dans la foule elle reconnut Basile et le vieux. Elle n'avait pas encore eu le courage d'aborder l'octogénaire après son coup de gueule poussé à propos du déneigement. Il en savait certainement beaucoup plus sur ses parents que n'importe qui des environs. Le mois précédent, le bonhomme était venu lui rapporter une lettre malencontreusement glissée dans son courrier. « On leur donne des vélos électriques mais ils ne sont pas foutus de lire les adresses correctement », avait grommelé l'ancien au sujet du préposé des postes. Elle l'avait invité à entrer, en vain. Le vieil homme avait décliné l'invitation, fuyant son regard, bougonnant un « pas le temps » dans sa barbe avant de s'en retourner chez lui en cahotant, les jambes arquées et le dos voûté comme s'il portait sur les épaules toute la misère du monde. Apprivoiser ce vieux taiseux n'allait pas être simple. Pas le genre de personnage à s'adresser à la première venue, peu importe que celle-ci soit sa plus proche voisine. Emmanuelle sursauta lorsque explosa dans les haut-parleurs un « Allez dans la paix du Couist » libérateur. Tandis que la foule s'égaillait sur le parvis, une poignée de fidèles vint papillonner gaiement autour du prêtre. Elle se demanda quel accueil aurait reçu dans le village un migrant africain vêtu d'un simple jogging.

Un peu plus tard, tandis qu'Emmanuelle, d'équipe de nuit, s'apprêtait à retrouver sa dameuse pour sauver du domaine skiable ce qui pouvait encore l'être, le père Francis regagnait la cure où l'attendait la bouteille de lunguila reçue la veille de la part d'un cousin de Brazzaville pour son Noël. Cette nuit, la liqueur à base de canne à sucre, aussi blanche que du lait, adoucirait sa solitude en déposant un peu de son Congo natal sur son palais.

Journal de Pavlina Radovic
Septembre 1976

Le scieur est venu la semaine dernière. De la dizaine de stères entassés contre la grange il ne reste plus qu'une empreinte sur le sol. Le sifflement strident de la lame de scie mordant dans les quartiers de hêtre s'est vrillé dans nos oreilles une journée durant. Les malamutes, tête basculée en arrière, n'ont pas cessé de hurler de concert tout le temps qu'a duré l'opération. Les jours suivants, le bruit de la hache fendant le bois et du fer rebondissant sur le billot est venu remplacer celui de la scie. Dragan n'est jamais aussi beau que lorsqu'il est en mouvement. Le geste dans l'effort sublime son corps. Le dessin de ses vertèbres lorsqu'il se penche pour saisir une bûche, les muscles bandés de ses bras quand il lève la cognée, la contraction de ses abdominaux au moment de l'abattre, les gouttelettes qui volent de ses mèches emperlées de sueur, je pourrais regarder pendant des heures ce spectacle hypnotique mais il me faut charger les morceaux de bois dans le panier et les emporter vers le fond de la grange pour les ranger. Un travail de jeu de construction qui a accaparé mon esprit et pendant lequel je n'ai pensé à rien d'autre qu'au bon ordonnancement de leur empilement. Oublier pour un temps les absences mentales de plus en plus fréquentes de Dragan, la violence qui affleure parfois dans ses propos et dans ses gestes, qu'il combat à grandes lampées d'alcool. Je n'avais pas jusque-là pris toute la mesure de ces troubles confusionnels qui peuvent s'abattre sur lui à n'importe quel moment de la journée et qui à présent me glacent le sang. Il m'arrive de rejoindre les chiens et d'attendre l'accalmie, entourée de leur présence rassurante.

La sécheresse n'est plus qu'un mauvais souvenir. Jeudi, les salissures qui barbouillaient l'azur depuis le matin se sont agglutinées sur les sommets en une masse ventrue couleur ardoise que le tonnerre a fini par éventrer, libérant les eaux. Les premières gouttes se sont ruées sur le feuillage moribond des arbres en crépitant violemment, avant que les trombes ne s'abattent sur le massif et cascadent des versants de la montagne pour aller grossir le lit de la Voljoux, noyant ses pierres rassasiées de soleil. Compactes et dures, les terres desséchées ont d'abord refusé ce cadeau du ciel, laissant le ruissellement boueux glisser sur l'herbe jaunie des prés avant de s'ouvrir à lui. Il n'a pas arrêté de pleuvoir depuis. Les chiens ont accueilli ces premières averses avec des jappements joyeux, s'ébrouant sous le déluge mais après plusieurs jours de ce régime, ils ont réintégré leur niche qu'ils ne quittent plus qu'à l'approche du repas et restent allongés la plus grande partie de la journée, à somnoler le museau posé sur leurs pattes avant. La cour devant la ferme n'est plus qu'un magma fangeux dans lequel s'embourbent les chaussures dès que l'on s'y aventure. Nous vivons dans un monde de grisaille, à nous demander qui du ciel ou de la terre boira l'autre. La température a chuté fortement. L'autre soir, nous avons fait une première flambée dans le poêle et sommes restés un long moment à écouter les flammes lécher le corps en fonte, fascinés, tandis que le feu ronflant rougissait nos visages et repoussait le froid hors de la cuisine. Il n'y a pas de chauffage dans la chambre. Nous nous empressons de glisser nos corps nus sous l'édredon et nous blottissons l'un contre l'autre, entremêlant nos jambes. J'aime poser mes pieds glacés contre la peau chaude de Dragan. Son désir ne tarde jamais à venir. Je *me trouve alors au plus proche de cette rage contenue qu'il porte en lui, une rage contre lui-même et contre la terre entière et que je peux sentir dans son corps tendu comme un arc tandis que mes mains courent sur sa peau, une rage qui va refluer pour un temps au fond de son esprit mais qui sera de nouveau là au réveil, je le sais, aussi pleine et entière que la veille. À trente ans passés, mon rêve d'avoir un enfant est plus fort que jamais. Après chaque période de règles, je calcule et note scrupuleusement sur le calendrier les dates du prochain cycle d'ovulation. J'ai le secret espoir qu'un nouveau-né, outre le fait que cela me comblerait, pourrait apaiser Dragan. Lui-même semble l'avoir compris, il n'y a qu'à voir avec quel abattement il partage ma déception lorsque, après une attente emplie d'espoir, je lui annonce qu'un nouveau filet de sang est venu maculer mon entrejambe.*

Depuis le mois d'août, la voisine m'offre un peu de son temps libre pour me faire travailler mon français. Deux fois par semaine, cahier sous le bras et un gâteau entre les mains, je retrouve Clotilde dans sa cuisine pour découvrir à ses côtés les subtilités de la langue en épluchant des magazines. Moi qui aurais rêvé d'être institutrice, me voilà comblée, j'ai enfin une élève, m'a-t-elle avoué dans un fou rire. Sous son regard bienveillant, il me faut alterner lecture et écriture. Sans aller jusqu'à tenir une longue conversation, je parviens à présent à me faire comprendre et à saisir le sens des propos que l'on me tient. Le charabia des débuts s'est enrichi de nombreux mots, leçon après leçon. La prononciation reste le gros problème. Après avoir longuement essayé d'empêcher les « u » de se transformer inévitablement en « ou » une fois dans ma bouche et les « r » de rouler sur la langue, il a été finalement convenu que l'accent n'était pas un problème et nimbait au contraire mes paroles d'un exotisme charmant. Après une heure passée à jouer l'élève obéissante pour l'une et la maîtresse sérieuse pour l'autre, nous terminons la leçon autour d'un thé en picorant le gâteau du jour. La relation se fait alors plus intime, un échange de femme à femme et non plus de disciple à professeur. J'expose à Clotilde le projet de Dragan de proposer des balades en chiens de traîneau aux touristes pendant la saison d'hiver, lui confie mon désir d'enfanter. Elle me parle de sa fille unique qui lui manque depuis qu'elle est partie vivre aux États-Unis aux côtés de son mari. Elle me questionne sur mon pays, je l'interroge sur la vie du village. Certains jours, l'homme de Clotilde nous gratifie de sa présence silencieuse dans la pièce d'à côté. Il feuillette le journal ou sculpte un morceau de bois à l'aide de son couteau, suspendant régulièrement sa lecture ou son geste pour glisser un œil dans notre direction avec cette façon furtive qu'ont certains hommes de vous déshabiller du regard. Je n'aime pas ces jours-là.

15

La pluie cessa sitôt les derniers cristaux de neige dissous, comme si toute l'eau tombée sur le massif n'avait eu pour seule mission que de faire fondre la neige. En l'espace d'une nuit, l'anticyclone monté du sud avait lavé le ciel de toutes ses souillures, un ciel qui se retrouvait aussi propre que l'écran d'une ardoise magique après qu'on l'a secouée pour en effacer les gribouillis. Au sortir de plusieurs semaines de grisaille, on ressentit un profond soulagement à retrouver le beau temps, le genre de soulagement qui vous envahit lorsque la lumière revient après une longue coupure d'électricité. En une journée, le village bascula du noir et blanc à la couleur. On passa le jour de l'An dans une douce euphorie, à tomber les doudounes et à se prélasser sur les terrasses, à siroter des spritz plutôt que du vin chaud tandis que le soleil caressait les visages de ses rayons. Au début, on ne trouva aucune raison de s'inquiéter de cette température inhabituelle pour la saison, plutôt heureux même de constater que l'anticyclone arrimé aux montagnes ne semblait nullement pressé d'aller œuvrer ailleurs. Entre la piscine municipale, la patinoire artificielle et les innombrables circuits de randonnée, il y avait largement de quoi distraire les vacanciers et les consoler de l'absence de neige. Alors que partout ailleurs sur l'Hexagone sévissait le mauvais temps, giboulées sur les Pyrénées et les Alpes, pluies dans l'Ouest et le Sud, tempête sur la Bretagne et la Corse, un soleil indécent brillait sur le massif. Même le froid, ce froid vif habituellement glissé dans les bagages de l'anticyclone et qui aurait permis la fabrication de neige de culture, n'était pas au rendez-vous. Déboussolés, des oiseaux se mirent à chanter le printemps en plein mois de janvier. On vit des bulbes de crocus pointer le bout de leurs feuilles, des taupinières pousser au milieu des prés, des escargots émerger de leur coquille et même des grenouilles sortir de leur léthargie hivernale. Mais le signe le plus frappant du dérèglement fut les cyclistes ressortant leur vélo pour sillonner les routes de montagne comme au plus fort de l'été. Le monde ne tournait plus rond. De mémoire d'anciens, jamais une telle douceur n'avait été observée à cette époque de l'année, un privilège qui allait finir par coûter cher si la situation perdurait. La perspective d'un hiver sans neige gagna peu à peu les esprits. Et si le précieux or blanc qui faisait vivre le village ne revenait pas cette année ? Dans les bars, les restaurants, les magasins, au sein même des familles, la météo devint l'unique sujet de conversation. On évoquait le réchauffement climatique, ce fléau qui venait chambouler les saisons même ici, à La Voljoux, un endroit que l'on pensait épargné par les soubresauts du monde. Quand vint la nouvelle lune, les hautes pressions daignèrent enfin se décaler vers les pays nordiques, ouvrant la porte au front nuageux qui poireautait plus à l'ouest aux frontières du département. Certains l'avaient prédit, le changement de lune allait arranger la situation. À les écouter, l'astre lunaire avait ce pouvoir de remettre les choses à leur juste place. On y crut, au début. En quelques heures, le ciel se teinta uniformément de gris. Pas vraiment des nuages, juste des salissures sans réelle consistance qui glissèrent paresseusement dans l'azur avant de venir buter sur les montagnes pour s'y agglutiner et coiffer la vallée d'un bord à l'autre. S'installa alors ce que plus tard les météorologues baptisèrent le vent mort, une période sans le moindre souffle d'air et qui enlisa la station dans un état de sclérose jamais rencontré par le passé. Une température oscillant entre six degrés la nuit et douze le jour, un taux d'hygrométrie constant de soixante-dix pour cent, une pression atmosphérique stable, une aiguille du baromètre indétrônable rivée sur variable. L'enlisement impacta tout le monde, habitants comme vacanciers. On assista bientôt à la défection de nombreux touristes qui abrégèrent leur séjour au grand dam des loueurs et des hôteliers. À quoi bon rester alors que même le soleil avait déserté l'endroit ? Les gens levaient la tête pour interroger du regard ce voile stérile tendu au-dessus du village et qui se refusait à cracher le moindre flocon. Le père Francis lui-même en arriva à souhaiter la venue de cette neige qu'il haïssait. Sans elle, même le meilleur des cognacs devenait insipide. Le chômage technique fut décrété pour le personnel de la station. Désœuvrés, pisteurs, moniteurs de ski, dameurs, perchmans, toutes les victimes collatérales du défaut d'enneigement venaient tuer le temps au Ric's, à défaire et refaire le monde, à noyer leur déception à coups de tournée d'apéro, à s'échauffer l'esprit en cherchant un coupable au dérèglement, transformant la brasserie en une poudrière au bord de l'explosion. On imputait la situation aux Chinois, aux mauvaises politiques d'aménagement du territoire, aux ondes émises par les portables, aux avions, aux migrants, aux terroristes, à Évelyne Dhéliat.

— Ah on ne les entend plus les experts en changement de lune ! Il est où le changement de temps les gars ?

— Ça va, c'est pas non plus une science exacte.

— Si ça ne tombe pas pour février, c'est mort.

— Tu verras qu'elle est capable de se pointer en avril quand on n'en voudra plus !

— Faudrait que le froid descende du nord pour venir chatouiller toute cette merde au-dessus de nos têtes.

— Appelle-le, ton froid, peut-être qu'il va venir si tu lui demandes gentiment.

C'est là, au Ric's, l'endroit le plus fertile pour ce genre d'éclosion, que le mot jaillit d'une bouche une première fois :

— Une procession.

— T'as dit quoi Momo ?

Momo-la-Chopine, surnommé ainsi pour son inclination à boire des chopes à longueur de journée, avait pour habitude de baragouiner seul dans son coin, ne s'adressant la plupart du temps qu'à lui-même ou au clébard pelucheux qui lui collait aux basques. Avec sa gueule ravinée par l'alcool, il faisait partie des meubles et avait sa place attitrée dans le renfoncement à droite de l'entrée.

— Une procession, répéta le bonhomme tout en balançant un morceau de bretzel à son cabot. Faudrait faire une procession, ça se faisait dans le temps pour la peste noire ou la sécheresse. Ça se fait encore dans plein de pays quand la pluie ne veut plus tomber, quand le bétail crève à cause des épidémies ou quand on veut détourner le mauvais œil.

Procession, un mot tombé dans l'oubli depuis des décennies voire des siècles et qui refaisait surface dans le brouhaha à l'heure de l'apéritif, lâché négligemment entre deux brèves de comptoir par le plus gros poivrot du village. Un mot qui poussait sur le terreau des peurs et par l'entremise duquel les hommes en dernier recours quémandaient l'aide du Tout-Puissant. Dès le lendemain, il voletait de bouche en bouche dans tout le village, du supermarché à la station-service en passant par le bureau de poste et les salons de coiffure, sans oublier les réseaux sociaux où il se répandit vitesse grand V. Quelques jours lui suffirent pour étendre son domaine jusqu'aux endroits les plus reculés. Ce qui au départ ressemblait à une boutade devint une évidence pour la majorité des habitants de La Voljoux, même pour les plus athées d'entre eux : il fallait organiser une procession à la gloire de Dieu pour que revienne la neige. On alla trouver le curé. D'abord réticent, craignant que l'entreprise ne se transforme en défilé de kermesse ou en parade de carnaval, l'homme d'Église finit par accepter. Le temps pressait. Une réunion paroissiale fixa la date au dimanche suivant. On diffusa l'info à l'aide de tous les moyens de communication disponibles. Radio locale, flyers, Facebook, grand panneau d'affichage sur l'unique rond-point de la commune. Seule condition imposée par le curé : la tenue d'une veillée pénitentielle avant le jour J afin d'absoudre ses ouailles de leurs péchés. De même que l'on ne va pas chez le dentiste sans s'être lavé les dents, on ne se présente pas devant le Créateur pour quémander l'aumône avec une âme souillée, répétait à qui voulait l'entendre le prêtre. Pendant près de trois heures, des paroissiens emplis de repentance s'agenouillèrent à tour de rôle au pied du confessionnal pour balancer au travers du volet ajouré leurs fautes dans les oreilles du curé avant de s'en retourner du pas léger des purs. Une épreuve marathon pour le père Francis qui regagna la cure ce soir-là avec la sensation de charrier dans son corps plus d'immondices que le fleuve Congo lui-même n'en avait jamais transporté à la sortie de Brazzaville.

16

En ce début de dimanche après-midi, tous les participants à la procession se trouvaient rassemblés sur le parvis de l'église. Jamais dans son histoire le village n'avait connu un tel engouement pour un événement quel qu'il soit, pas même pour la Coupe du monde de VTT organisée sur ses terres deux ans auparavant. La foule impatiente battait le pavé en attendant son guide dans une ambiance bon enfant. Ça parlait fort, ça riait, s'interpellait gaiement. Une décontraction feinte qui peinait à contenir l'excitation grandissante. Tous gardaient en tête l'enjeu de cette folle entreprise : la neige, cette neige qui se refusait à eux. Se tenaient là des familles entières avec femmes et enfants, des gens de tous âges, les associations culturelles et sportives, le maire et le conseil municipal dans son ensemble, élus de l'opposition y compris, les moniteurs de l'école de ski tout de rouge vêtus, sans oublier le personnel de la station, près de cent cinquante employés reconnaissables à leur tenue jaune et bleu. Sur les conseils de l'office de tourisme qui ne savait plus quoi inventer pour les occuper, les vacanciers avaient été chaleureusement invités à se mêler aux autochtones dans le but de vivre une expérience originale en lieu et place de la traditionnelle descente au flambeau annulée faute de neige. Ne manquaient que les malades, les impotents, les pensionnaires de l'EHPAD et les rares réfractaires pour lesquels l'idée d'aller pleurnicher dans le giron du Créateur relevait de croyances d'un autre âge. Germain était de ceux-là. Plus encore que l'épreuve physique que représentait l'ascension jusqu'au calvaire, la démarche religieuse l'insupportait. Il n'aimait pas ça, cette demande d'intervention divine sur le climat. Le Grand Manitou avait bien d'autres chats à fouetter qu'un manque d'enneigement sur des pistes de ski. Mêler Dieu aux affaires des hommes n'avait jamais rien donné de bon par le passé, à part des guerres. On commençait par une procession et puis après, on faisait quoi si l'Autre restait sourd aux supplications ? On passait aux sacrifices ? D'abord un coq puis un agneau et si ça ne suffisait pas, un bœuf ? Et ensuite ? On montait encore d'un cran sur l'échelle de la bondieuserie, un pauvre pécheur que l'on porte au bûcher pour un joli autodafé comme au bon vieux temps de l'Inquisition ? Et quand bien même le Très-Haut dans sa grande bonté se déciderait à faire un geste, on n'avait toujours pas fini de lui rembourser le solde des intérêts pour le don de son Fils. Inutile donc d'en rajouter, aux yeux de Germain.

Au moment où le vieil homme attaquait une nouvelle grille de sudoku, à la sacristie, le père Francis finissait d'enfiler ses habits sacerdotaux. L'aube et la chasuble n'ayant pas pour réputation de tenir chaud, le curé avait pris soin auparavant de glisser son buste dans l'épais pull-over qu'une ouaille énamourée lui avait tricoté l'hiver précédent. L'homme d'Église ceignit son cou de l'étole brodée, saisit son bâton pastoral et rameuta les quatre enfants de chœur réquisitionnés pour l'accompagner dans sa tâche pendant qu'au-dehors l'équipe liturgique terminait de distribuer les petits fascicules imprimés pour l'occasion avec chants et prières. Une ovation accueillit l'abbé sitôt franchi le porche de l'église. Un berger et son troupeau. Jamais depuis son ordination en la cathédrale Notre-Dame du Congo à Kinshasa, Francis-Tryphon Mulumba n'avait ressenti à ce point la charge de son sacerdoce. L'émotion le gagna à la vue de toutes ces brebis rassemblées sur le parvis, qu'il allait devoir mener jusqu'au sommet de la montagne où se découpait sur le gris du ciel la silhouette du calvaire. Une transhumance pénitente de près de trois kilomètres à parcourir, quatre cents mètres de dénivelé positif à arpenter au rythme des quatorze stations du chemin de croix, des croix de bois plantées à même le sol comme autant de balises pour guider leurs pas. La veille, le curé avait pour la première fois de sa vie franchi le seuil d'un magasin de sport afin de faire l'acquisition de chaussures plus adéquates pour la marche que les éternels mocassins de cuir vernissé qui ne quittaient pas ses pieds. Son choix s'était porté sur des baskets portant le nom d'un roi-prophète, Salomon. Chaussures flambant neuves aux pieds, le père Francis fendit la foule qui s'ouvrit sur son passage telles les eaux de la mer Rouge devant Moïse. Le cortège se mit en branle paresseusement et s'écoula à sa suite dans la rue principale. La gravité gagna bientôt ces pénitents d'un jour, éteignant les derniers éclats de voix. Le prêtre égrena un premier Notre Père repris timidement par les marcheurs impressionnés par l'événement et qui, hésitant sur le comportement à adopter, se fiaient aveuglément à leur berger, calquant leurs pas aux siens tout en reprenant les paroles de sa prière en écho. Le blason du village porté par le plus âgé des enfants de chœur se balançait au bout de la hampe au rythme de la marche. Le lourd drapé couvert d'armoiries venait lécher le dos du curé par intermittence, l'encourageant dans sa progression. Après avoir parcouru les ruelles du centre, la procession franchit le pont enjambant

La Voljoux, traversa un dernier lotissement avant de s'étirer en un long défilé pour emprunter l'étroit sentier qui serpentait à flanc de montagne. L'arrêt à la première station du chemin de croix occasionna une bousculade. Les gens se pressèrent autour du prêtre qui entama un chant à la gloire du Sauveur, aidé dans l'exercice par la chorale au grand complet. On vit s'élever au-dessus de l'auditoire plusieurs bras armés de smartphone afin de filmer la scène. Le cortège reprit sa progression, faisant halte à chaque nouvelle station rencontrée, le temps d'une prière ou d'un chant liturgique. Au fil des mètres parcourus, les gens s'enhardirent à chanter à pleine voix et à prier avec dévotion, toute gêne disparue. Même les plus timides d'entre eux se surprirent à brailler haut et fort des alléluias tonitruants, faisant s'envoler les oiseaux à l'approche de cet immense mille-pattes bruyant et envahissant qui venait perturber le calme de la forêt. Lorsque s'accentua la déclivité du terrain, le rythme ralentit sans que cela n'entame en rien la foi des participants. Des bras solides vinrent soutenir les moins valides, des parents hissèrent leurs enfants sur leurs épaules, on allongea les temps de pause pour laisser aux essoufflés la possibilité de reprendre haleine. Au sortir de la forêt, le chemin s'élargissait, balafrant le pré en une longue diagonale. La pente adoucie et le moelleux de l'herbe sous les pieds redonnèrent un nouvel élan à la procession. À l'approche du calvaire planté sur l'arrondi de la chaume, quelques-uns parmi l'assistance commencèrent à psalmodier une supplique naïve : Que la neige soit avec nous, que son règne vienne ! D'abord simple murmure, la litanie enfla rapidement, reprise en chœur par tous les participants qui se mirent à scander la phrase avec ferveur en direction du crucifié. « Que la neige soit avec nous, que son règne vienne ! Que la neige soit avec nous, que son règne vienne ! » L'air se mit à vibrer au rythme hypnotique des syllabes qui roulaient sur la montagne. Quelqu'un frappa dans ses mains pour marquer la cadence, bientôt imité par d'autres. Une minute plus tard, près de mille paumes s'entrechoquaient de concert pour aider la supplique à atteindre Dieu le Père par l'intermédiaire de son Fils martyr. « QUE LA NEIGE SOIT AVEC NOUS » CLAP « QUE SON RÈGNE VIENNE » CLAP. Rendu au pied du calvaire, le père Francis s'agenouilla, imité par la foule qui n'en continua pas moins à frapper dans ses mains et à psalmodier à tue-tête. Fraîchement repeinte, la statue du supplicié d'un réalisme saisissant exposait aux regards la plaie de son flanc droit d'où perlaient des gouttes de sang plus vraies que nature.

Cela débuta par un assombrissement du ciel, un changement si subtil que rares furent ceux dans l'assemblée à le remarquer. Rien à voir avec le genre d'obscurcissement rapide auquel on assiste à l'approche de la nuit, non, juste une légère modification de teinte qui fit passer le voile nébuleux d'un gris souris à un gris ardoise tandis que la masse nuageuse se densifiait, transformant son aspect vaporeux en une consistance cotonneuse. Au fil des minutes, il se forma des boursouflures sombres au sein desquelles s'agitaient des entrailles plus sombres encore. Il fut bientôt évident pour tous que le temps était en train de changer. La température chuta brutalement. Un vent froid glissa sur le pré pour venir s'enrouler autour des épaules et mordiller les joues. Suspendue entre effroi et espoir, l'assemblée se tut. Un ultime claquement de mains retentit puis ce fut le silence. Des corbeaux passèrent au-dessus de la chaume en croassant avant de disparaître au loin. Alors le ciel libéra un premier flocon, minuscule point blanc au milieu de la grisaille qui telle une plume tournoya dans les airs avant de venir mourir sur la plaie du crucifié, mêlant son eau au sang du Christ. Après un bref moment de stupéfaction, les gens se relevèrent. Hébétés comme au sortir d'un long sommeil, ils se consultèrent du regard. L'avaient-ils rêvé ce flocon venu de nulle part ? N'était-ce pas le fruit d'une hallucination collective ? Incrédules, ils virent d'autres cristaux scintiller au-dessus des têtes, une neige poussiéreuse sans plus de consistance qu'un mirage, si fine et si légère que l'on avait peine à croire en sa réalité. D'abord éparse, la chute duveteuse s'épaissit, les flocons s'empâtèrent et se ruèrent sur la chaume en un essaim immense. Une première exclamation de joie jaillit de l'assistance, arrachant les pèlerins à l'état d'ébahissement dans lequel ils se trouvaient plongés. La neige était de retour sur le massif ! On exulta, on cria d'allégresse, on rit, on pleura d'émotion, on s'embrassa, on se congratula, on se distribua de vigoureuses claques dans le dos, on dansa sur le pré. Une frénésie communicative qui toucha tout le monde sans distinction, jusqu'aux plus jeunes des enfants qui applaudissaient sans réserve même s'ils ne comprenaient pas véritablement la raison de cet emballement, électrisés qu'ils étaient par l'agitation générale. Le père Francis dut donner de la voix pour ramener le calme parmi le troupeau gagné par l'hystérie. Il escalada le socle en granit sur lequel était érigé le calvaire et s'adressa à ses paroissiens tandis que le vent agitait son étole et que les flocons piquetaient la peau de son visage. « En ce jour de janvier, proclama-t-il avec solennité, au sommet de cette montagne dénudée, Dieu a daigné faire preuve de bienveillance envers notre insignifiante communauté de pécheurs. En ce jour béni, il a fait de vous le peuple élu, celui pour lequel deux mille ans après avoir donné son Fils, il nous fait don de la neige. À nous à présent de faire preuve de gratitude envers lui. Il va nous falloir prier, prier plus que jamais pour remercier le Très-Haut de sa divine bonté. Amen. » Là-dessus, le père Francis égrena un énième Notre Père puis invita ses ouailles à venir baiser les pieds du Christ en croix. Obéissant à l'injonction du prêtre, la foule se rangea sagement sur le pré et défila à la queue leu leu devant le calvaire, chacun venant embrasser le métal froid, certains du bout des lèvres, d'autres à pleine bouche. La nuit était tombée lorsque la procession s'engagea sur la route pour regagner le village, un parcours légèrement plus long que le sentier mais moins abrupt et mieux éclairé. Les gens marchaient de front, euphoriques malgré les muscles endoloris, les pieds meurtris et les rafales qui cinglaient les visages. Ce fut une nuit de fête, on sortit les marmites de vin chaud et le Ric's ne désemplit pas jusqu'à sa fermeture.

De retour dans sa cure et bien que fourbu, Francis-Tryphon Mulumba peina à trouver le sommeil. Pendant près d'une heure, défilèrent en boucle dans sa tête les images de l'apparition de la neige. Loin de l'avoir plongé dans un état d'allégresse, le phénomène le perturbait. Il avait décliné l'invitation à se mêler aux réjouissances, prétextant le besoin de se retirer pour prier. Le miracle aurait pourtant dû le réjouir, car il s'agissait bien ici d'un miracle, cela ne faisait aucun doute, le Divin avait mis son grain de sel dans cette histoire, il sourit, grain de sel pour de la neige, celle-là il la ressortirait pour son prochain sermon, et pourtant quelque chose le titillait. Ça ne collait pas avec l'idée que l'homme d'Église se faisait d'un miracle. Quelles pouvaient être les motivations du Très-Haut pour se pencher sur une cause aussi insignifiante qu'un manque de neige dans un bled perdu comme La Voljoux ? Il y avait tant d'autres situations sur cette terre qui méritaient l'attention du Tout-Puissant. Les occasions d'intervenir ne manquaient pas, la liste était même longue et le choix cornélien entre les guerres, les sécheresses, les tremblements de terre, les famines, des raisons autrement plus honorables qu'un foutu hiver stérile. Non seulement les voies du Seigneur étaient impénétrables mais elles s'avéraient aussi fichtrement tordues, songea l'abbé tandis qu'il quittait son lit pour écarter les épaisses tentures de velours qui occultaient la fenêtre. Au-dehors, la tempête faisait rage. Près d'une dizaine de centimètres recouvrait le sol. Les flocons virevoltaient dans le halo des lampadaires tels des insectes fous, une vision qui lui rappela les essaims de sauterelles de son enfance. Il frissonna. Et si finalement tout cela n'était pas une bénédiction mais un fléau, une épreuve envoyée aux hommes par le

Créateur ? Il interrogea du regard le crucifix suspendu au-dessus du lit et crut déceler un début de sourire sur le visage du Christ. Alors qu'il se versait un premier verre de whisky, le père Francis se remémora le passage du livre de l'Exode de l'Ancien Testament traitant de la huitième plaie d'Égypte : *Elles recouvrirent la surface de toute la terre et la terre fut dans l'obscurité.*

17

Au moment où le cortège quittait le parvis de l'église pour s'élancer à l'assaut du calvaire, Emmanuelle sonnait à la porte du vieux, armée d'un paquet de boudoirs et d'une bouteille de vin, autant de munitions pour essayer d'amadouer l'ancien. Elle frotta ses lèvres l'une contre l'autre afin d'effacer les dernières traces de rouge à lèvres. Après avoir passé près d'une demi-heure devant le miroir de sa salle de bains à jouer du mascara, du fond de teint et du fard à paupières, elle avait finalement renoncé à se pomponner. Réflexion faite, ressembler à une putain maquillée comme un camion volé n'était sûrement pas la meilleure des façons de rentrer en grâce auprès de Germain Grosdemange. À cette heure, elle savait le vieil homme seul dans sa maison. Comme la quasi-totalité de ses collègues dameurs, Basile avait décidé de prendre part à la procession. Ces dernières semaines, le manque de neige avait fait naître une ambiance exécrable au sein de la compagnie. Malgré le chômage technique décrété, beaucoup, lorsqu'ils ne se trouvaient pas au Ric's, venaient errer sur leur lieu de travail, tournant autour des machines telles des bêtes en cage, à boire café sur café pour tuer l'ennui insupportable qu'infusaient les jours. L'idée de la procession était arrivée à point nommé pour arracher les hommes à l'état d'apathie général dans lequel ils se trouvaient englués. Emmanuelle s'apprêtait à sonner une troisième fois lorsque l'octogénaire entrouvrit la porte. Le vieux semblait perdu dans ses pensées. Sourcils froncés, il mit un certain temps à reconnaître sa voisine. Je le tire de sa sieste, songea celle-ci à la vue du visage chiffonné et des cheveux en bataille.

— Ah, c'est vous.

Une constatation neutre, sans chaleur ni animosité.

— Désolé mais le gamin n'est pas là, poursuivit l'ancien.

— Oui je sais, mais c'est vous que je venais voir. On m'a toujours dit que l'on avait jusqu'à la fin du mois de janvier pour souhaiter ses bons vœux, alors me voilà.

Les vœux de bonne année, seule entrée en matière potable qu'elle avait trouvée pour se présenter devant Germain. Mauvaise idée a priori, au vu de la tête de son interlocuteur plongé dans l'expectative. Elle prit une profonde inspiration et se lança :

« Une bonne année et une bonne santé à vous, Monsieur Grosdemange », s'exclama Emmanuelle sur un ton qui se voulait guilleret. Ce disant, elle avança d'un pas et glissa d'autorité la bouteille et le paquet de gâteaux entre les mains de l'octogénaire avant de déposer deux bises au milieu de la broussaille qui tapissait ses joues.

Il montait du tricot du vieil homme des odeurs enivrantes de foin tiédissant, des senteurs de clapier.

— Oh ! Il y a belle lurette que les bonnes années sont derrière moi. La bonne santé aussi d'ailleurs, constata amèrement l'ancien.

— Il y en a beaucoup qui aimeraient être comme vous à votre âge, vous savez.

Attention à ne pas trop en faire ma vieille si tu ne veux pas qu'il se referme comme une huître, se sermonna Emmanuelle. Mais quand allait-il se décider à l'inviter à entrer ? Plantée sur le paillasson, elle n'en pouvait plus de conserver sur les lèvres ce sourire figé qui devait à présent ressembler à une grimace absurde. La chaleur s'échappait de la cuisine, léchant son visage au passage.

— Vous n'êtes pas à la procession ? Tous les jaune-et-bleu y sont d'après le gamin.

Le vieux avait appuyé sa question d'un regard suspicieux.

— Non, je ne voulais pas en être. D'abord parce que je ne crois pas en Dieu et puis quand bien même il existerait, je préfère ne rien lui demander pour ne rien lui devoir.

Germain se fendit d'un large sourire. La petite marquait un point. Exactement le genre de réponse qu'il aurait pu faire suite à une telle question. Une réponse qui avait valeur de Sésame. Il s'effaça pour laisser entrer sa voisine.

— Faites pas attention au désordre. On va aller au salon.

Le vieil homme chaussa ses lunettes et émit un sifflement de connaisseur à la vue de l'étiquette qui ornait la bouteille. Gewurztraminer vendanges tardives. Un deuxième bon point pour la gamine. Il s'absenta, le temps d'aller chercher verres et tire-bouchon tandis qu'Emmanuelle prenait ses aises et ôtait son anorak sans attendre que son hôte l'y invite.

— Je n'y connais pas grand-chose en vin mais le vendeur m'a juré que c'était un pur nectar, lui cria-t-elle depuis son fauteuil. Ne vous sentez surtout pas obligé de l'ouvrir maintenant, vous pourrez la boire plus tard.

— Boire seul, c'est de l'alcoolisme, boire à deux, c'est de la convivialité ! asséna Germain de retour de la cuisine.

L'or liquide coula dans les verres, éclaboussant d'éclats dorés la table basse au travers du cristal. Ils burent en silence tout en grignotant les boudoirs. Après chaque bouchée, le vieil homme balayait du plat de la main les miettes et le sucre glace échoués sur son tricot. Il y avait quelque chose d'attendrissant à voir ainsi cet homme tout en rudesse, ce type qui en son temps avait été une force de la nature, brosser délicatement son lainage à l'aide du battoir qu'il avait en guise de main. Emmanuelle rompit le silence avant que la gêne ne s'installe et bloque les mots au fond de sa gorge :

— Cela fait plusieurs mois que j'ai posé mes valises à la ferme d'à côté et je ne me suis jamais présentée. Je suis la fille de vos anciens voisins.

— Les Radovic ?

— C'étaient mes parents.

Germain ne put masquer son étonnement.

— Étaient ?

— Ma mère est morte il y a maintenant huit ans et mon père au printemps de l'an passé.

Le vieil homme accusa le coup. Huit ans. À peu près l'époque où la volumineuse enveloppe de papier kraft adressée à Madame Clotilde Grosdemange avait atterri dans sa boîte aux lettres. Depuis la mort de son épouse, Germain se contentait de relever le courrier une seule fois dans la semaine, courrier limité la plupart du temps à une poignée de prospectus qui finissaient au feu sans même qu'il les compulse. Ce jour-là, il avait découvert l'enveloppe au milieu des brochures publicitaires, avec à l'intérieur le cahier et ses pages noircies de cette écriture tout en rondeur, qu'il connaissait si bien pour l'avoir vue tant de fois couchée sur les feuilles de brouillon abandonnées sur la table de la cuisine après que Clotilde eut donné son cours à la voisine. Le cœur battant, il avait feuilleté le cahier une première fois sans rien comprendre au texte rédigé dans cette drôle de langue de pays de l'Est. Tout juste avait-il deviné grâce aux dates inscrites en haut des pages qu'il s'agissait là d'un journal intime. Germain avait lu et relu à s'en brûler les yeux ces lignes qui allaient en se délitant au fil des pages, les parcourant sans relâche, se persuadant naïvement qu'à force de persévérance tout ce charabia saupoudré d'accents allait finir par se révéler à lui. En vain. Las, il avait remisé le cahier dans le tiroir de sa table de chevet. Il lui arrivait encore de le feuilleter au cœur de la nuit, s'essayait même parfois à prononcer à haute voix certains mots, comme ça, pour le seul plaisir de retrouver un peu de l'ancienne voisine au milieu des sonorités étrangères.

— Condoléances.

— Oh, vous savez, mes parents étaient en quelque sorte déjà morts quand je suis née. J'aimerais que vous me parliez d'eux quand ils vivaient ici. Quels souvenirs il vous reste ?

Le vieux balaya de la main les miettes tombées sur son pantalon, feignant de fouiller sa mémoire défaillante à la recherche de réponses.

— Les chiens.

— Pardon ?

— Le souvenir le plus vivace que je garde du passage de vos parents ici, c'est les chiens.

Il plongea le nez dans son verre et but une longue gorgée liquoreuse pour masquer son trouble. Mentir n'avait jamais été le fort de Germain, mais comment faire autrement ? Avouer à la gamine que bien plus que les chiens, c'était Pavlina qui occupait ses pensées à longueur de temps ? Pavlina, bien avant sa propre femme, bien avant tout le reste. Son accent, ses cheveux, son corps, ses yeux, sa bouche, ses seins, son sexe. Une Pavlina belle à couper le souffle, à rendre fou le plus sage des hommes. Il piocha un nouveau boudoir avant de poursuivre :

— Quatre bêtes énormes. Il fallait voir votre père lorsqu'il s'élançait à l'assaut de la montagne tiré par cet attelage terrifiant.

— Que s'est-il passé avec les chiens ?

Le vieil homme remplit de nouveau les verres. La gamine avait l'air d'en savoir plus qu'elle ne le disait.

— Le loup, tout a démarré avec le loup.

— Vous voulez parler des attaques ? J'ai lu ça dans les archives du journal local.

— La Bête, c'est comme ça que les gens l'ont appelée. Elle a débarqué sur le massif au printemps 1977. Des moutons mis en pièces aux quatre coins du département. Des attaques aussi fulgurantes qu'imprévisibles. On a tout de suite pensé au loup. Un animal démoniaque et insaisissable qui échappait aux battues et déjouait les pièges comme par magie. Chaque nouvelle attaque était vécue comme un affront par les chasseurs et les éleveurs du coin. Ça les rendait dingues. Au bout de quelques mois, certains ont fini par voir la main de l'homme derrière les massacres. Toutes ces tueries, c'était trop bien organisé pour être le seul fait d'un animal, même pour une bestiole aussi rusée que le loup. La rumeur s'est mise à circuler. Vous savez comment sont les rumeurs, des trains sans conducteur impossibles à arrêter une fois lancés sur les rails. Les gens ont commencé à parler de chiens. Pas n'importe quels chiens, de grands canidés dressés pour tuer, trimballés par leur maître à travers tout le massif pour aller massacrer les troupeaux. De là à faire le rapprochement avec les chiens de vos parents, il n'y avait qu'un pas que les gens n'ont pas mis longtemps à franchir.

— Mes parents ont dû partir, c'est ça ?

— La dizaine de brebis éventrées découvertes à deux pas d'ici du côté de la petite chaume a été l'attaque de trop. Toutes les suppositions, tous les on-dit, tout ça s'est transformé d'un seul coup en certitude. On tenait le coupable idéal : le Russkoff, ce drôle de type qui avait racheté la ferme des Mangel, un type débarqué d'on ne sait où, avec cette femme trop belle pour être honnête et ces chiens énormes tout droit sortis de l'enfer, ces malamutes qui foutaient la trouille à tout le monde.

— Le Russkoff ?

— C'est comme ça qu'on les appelait au village, à cause de ce drôle de nom de Radovic, un nom qui venait de l'Est.

— Quel homme était mon père ?

— Un type taciturne, pas vraiment commode. Ça n'a pas plaidé en sa faveur.

Pas commode, une façon polie de parler d'un homme qui avait l'alcool mauvais et n'hésitait pas à cogner ses chiens à la moindre contrariété.

— Et ma mère ?

— À l'inverse de votre père, elle était plutôt gaie. Elle s'était liée d'amitié avec ma femme. Plusieurs fois par semaine, elle montait retrouver Clotilde ici pour améliorer son français. On peut dire qu'elles riaient plus qu'elles ne travaillaient. Il fallait les voir papoter comme deux gamines, à se confier leurs petits secrets, à siroter leur thé en s'empiffrant de gâteaux, à parler de tout et de rien.

Emmanuelle tenta d'imaginer la femme gaie derrière l'être éteint et froid qu'elle avait connu, sans y parvenir.

— C'est tout ce que je peux vous en dire, conclut le vieil homme. On n'a jamais su ce qu'ils étaient devenus après leur départ. Je crois que Clotilde aurait aimé garder le contact avec votre mère. Où sont-ils allés après La Voljoux ?

La jeune femme se tortilla dans son fauteuil, mal à l'aise. C'était elle qui était venue chercher des réponses et voilà maintenant que les rôles se trouvaient inversés. Le vin lui échauffait la tête. Elle étouffait dans ce salon étriqué, avait envie d'air frais. Pour la énième fois, Germain tenta de déceler dans la fille les ressemblances avec la mère. Plus corpulente, yeux noisette, chevelure épaisse et foncée, rien dans Emmanuelle ne rappelait Pavlina sinon les doigts délicats, des doigts de Joconde d'une finesse incroyable. La ressemblance se terrait ailleurs, dans le timbre de la voix ou dans cette manière étrange par exemple de tenir son verre à deux mains comme pour s'y réchauffer.

— Ils ont atterri dans le Nord. Je crois que mon père s'est dit qu'une région qui avait accueilli autant de Polonais par le passé n'était pas à deux étrangers près et pouvait bien supporter un couple de Slovaques supplémentaire. Après La Voljoux, ils se sont retrouvés avec des terrils en guise de montagnes et des rêves revus à la baisse, rien de bien intéressant, répondit la jeune femme.

— Il reste une trace du passage de votre mère ici, annonça l'ancien qui alla farfouiller dans le buffet de la cuisine et revint victorieux avec un classeur qu'il éplucha pour en extraire une feuille volante.

« Clotilde aimait consigner ses recettes de cuisine. Celle-là a été écrite de la main de votre mère, tenez, vous pouvez la garder.

Emmanuelle parcourut l'écriture appliquée qui détaillait la recette des kolaches. Elle n'aurait jamais soupçonné que sa mère ait pu un jour prendre plaisir à confectionner des gâteaux. Comme elle n'aurait pu imaginer celle-ci se lier d'amitié avec qui que ce soit. Elle remercia l'octogénaire et se leva pour prendre congé.

— N'en voulez pas trop aux gens d'ici, trouva bon d'ajouter le vieil homme. La Bête avait mis les nerfs en pelote à tout le monde. Vos parents, c'était mieux qu'ils partent, avant que la grogne ne se transforme en quelque chose de plus expéditif.

Tandis que la voisine regagnait son domicile et que le ciel s'assombrissait, Germain descendit à la cave. Il s'en voulait d'avoir trop causé, de la parlote juste bonne à tisonner les mauvaises braises. Il s'assit au bureau et tira le tiroir à lui. La relique roula et vint heurter la paroi en émettant un bruit sec. De la canne il n'avait conservé que le pommeau. L'octogénaire saisit délicatement l'objet que ses mains avaient sculpté trente-huit ans plus tôt dans le bloc de tilleul. Contrairement à la plupart des arts, la sculpture ne pardonnait pas l'erreur. Un coup de maillet mal dosé, un éclat de bois en trop et c'en était fini. C'était ce qui lui plaisait, à Germain, ce challenge permanent qui consistait à soustraire de la matière en une succession d'actes définitifs sans possibilité aucune de retour en arrière. Aussi irrémédiable que d'abattre un arbre, songea l'ancien. Il y avait bien longtemps que le vieil homme n'avait plus travaillé le moindre morceau de bois. Les gouges et autres ciseaux finissaient de prendre la poussière au-dessus de l'établi dans le petit appentis collé au cul de la maison. Il en avait passé des heures à confectionner des pommeaux, des pommeaux par dizaines pour répondre à des commandes, pour offrir ou tout simplement pour le plaisir du geste. Dans de l'essence de tilleul, de bois de rose ou de cerisier selon l'envie et les besoins, des têtes de canard, de chat, de chien, de taureau, de grenouille, tout un bestiaire qu'il fixait ensuite sur les cannes en châtaignier. Le vieil homme ferma les yeux et laissa courir son index sur la forme qui pesait agréablement dans la paume de sa main. Il pouvait se souvenir de chaque geste qui l'avait façonnée. Des heures de travail à l'abri des regards passées à dégrossir, tailler, creuser, copeau après copeau, à ciseler les creux, râper les arêtes et puis poncer les arrondis jusqu'à atteindre la perfection, une copie aussi fidèle que le modèle original. Durant toutes ces années, il n'était jamais parvenu à se résoudre à se débarrasser du pommeau. Le brûler aurait été si simple. Au lieu de cela, il l'avait conservé comme l'on conserve une épine plantée dans ses chairs et que l'on se refuse à extraire malgré la douleur.

18

Germain se réveilla sur les coups de huit heures au lendemain de la procession, émergeant péniblement d'un mauvais sommeil après une nuit entrecoupée par le besoin impérieux de soulager sa vessie. Dehors, le ciel floconnait toujours. L'octogénaire sortit sur le pas de la porte et huma l'air tel un animal au sortir du terrier. La température avoisinait zéro degré. Il était tombé près de quarante centimètres de poudreuse pendant la nuit et la tempête continuait de faire rage, limitant la visibilité à une cinquantaine de mètres. Tout juste pouvait-il deviner derrière l'épais rideau neigeux la masse sombre de la ferme voisine en contrebas. Il frissonna. Ce drôle de duvet froid qui n'en finissait pas de venir grossir le matelas immaculé posé au sol ne lui disait rien de bon. Une neige trop belle pour être honnête, songea le vieux tandis qu'il réchauffait un restant de café sur la gazinière. Ses cachets, ce matin, lui laissèrent un goût amer sur la langue. Jamais le printemps avec ses odeurs boisées et ses couleurs vert tendre ne lui avait paru aussi lointain. Le vieil homme enviait les arbres. Leur faculté à se retirer du monde à l'approche de l'hiver, à figer la course du temps dans le cœur des racines avant de laisser la sève gorgée de vie affluer de nouveau vers leurs branches à l'arrivée des beaux jours le fascinait. Une existence passée à mourir pour mieux ressusciter. Et eux au moins n'étaient pas tirés de leur sommeil toutes les trois heures par une furieuse envie de pisser, pensa le vieux amèrement. Après avoir bu un fond de bol de café bouilli et avalé sans appétit une tranche de pain complet, Germain enfila bottes et parka, pressé d'aller en découdre avec l'envahisseur blanc. Il vissa sur sa tête la casquette polaire offerte par le gamin à Noël. Un cadeau utile comme il les aimait, pas comme le téléphone portable que sa fille lui avait glissé entre les pattes au moment de partir. « Tiens papa, s'était-elle exclamée enthousiaste. Ça ne prendra pas plus de place dans ta poche que ton Opinel et je t'ai mis notre numéro en mémoire. » Perplexe, il avait contemplé la chose de la taille d'une petite calculette qui s'ouvrait à la manière d'un coquillage. « C'est un Doro à clapet papa, et c'est très facile à utiliser, regarde. » Françoise avait passé le quart d'heure suivant à lui expliquer le fonctionnement de l'appareil, comment l'allumer, l'éteindre, le recharger, accéder au répertoire. Lunettes sur le nez, il avait manipulé ce concentré de technologie dont l'utilité lui échappait, écrasant de ses gros doigts les touches minuscules au gré des instructions de sa fille. Le portable avait rejoint dès le lendemain le bracelet d'alarme dans le tiroir de la table de chevet.

Armé de sa pelle, le vieil homme libéra le perron de la congère qui s'y était formée puis entreprit d'ouvrir une tranchée en direction de la route. Il avait progressé sur une dizaine de mètres lorsque la douleur se rua sur lui. Une brûlure vive derrière le sternum, un début de crampe dans la mâchoire et la sensation d'étouffer, comme si tous ces flocons qui dansaient devant ses yeux lui confisquaient soudain son oxygène. Irradiant sur son flanc gauche, le feu rayonna jusqu'à l'extrémité de son bras. Cramponné au manche de frêne, il posa un genou à terre, le souffle court, et ferma les yeux. Faire le dos rond, être un galet de rivière dans les eaux tumultueuses d'un torrent de montagne, ne pas offrir au mal plus de prises que nécessaire, ne plus bouger et serrer les dents en attendant que ça passe, ça finissait toujours par passer. Comme lors des alertes précédentes, l'étau qui enserrait son torse se relâcha tandis que la douleur refluait lentement, le laissant seul avec son hébétude. Germain ne se faisait aucune illusion, cette nouvelle banderille posée par la mort le rapprochait un peu plus de l'estocade finale. Il n'eut même pas la force de sursauter lorsque Basile posa la main sur son épaule. Un Basile en pyjama et échevelé qui aida le vieux à se relever avant de l'entraîner lentement vers la maison.

— Ça va ?

— Un étourdissement, c'est rien, grommela l'ancien.

— Vous êtes sûr ? Vous êtes tout pâle.

— C'est rien, je te dis. Une crampe, ça m'arrive parfois. Et surtout pas un mot de tout ça à ma fille, pas la peine de l'affoler pour une crampe.

— Qu'est-ce que vous aviez besoin de déneiger aussi, c'est à moi de faire ça, pas à vous, le réprimanda le jeune homme une fois à l'abri dans la cuisine. Vous ne pouviez pas attendre que je sois levé, ça vous démangeait tant que ça ?

— Oh moi, je peux bien t'attendre, pas de problème, mais la neige, elle, elle t'attendra pas, gamin. C'est pas une fois que la cale du bateau est pleine d'eau qu'il faut commencer à écoper. Et comme c'est parti, ça n'a pas l'air de vouloir se calmer. On dirait bien que le Grand Manitou là-haut a entendu vos prières mais toute divine qu'elle soit, votre fichue neige à bon Dieu n'est pas plus facile à pelleter qu'une autre.

— Ne vous inquiétez pas, je suis de la deuxième équipe de nuit, je vais avoir toute la journée pour m'en occuper mais pas avant d'avoir pris mon café.

Basile fit couler une nouvelle cafetière après avoir versé le contenu de la veille dans l'évier. Plusieurs tasses ne seraient pas de trop pour effacer la vilaine migraine qui barrait son front. Au retour de la procession, il avait comme beaucoup arrosé l'événement au Ric's et bu plus que de raison. Tout à l'heure, les raclements de la pelle sur le pavage avaient bercé son réveil, un réveil comateux sous le regard flippant de la gamine. La fillette prenait de plus en plus ses aises et ne se gênait plus à présent pour asseoir son corps éthéré sur le bord du lit. Au train où allaient les choses, il ne serait pas surpris de la découvrir un de ces quatre matins allongée à ses côtés, à lui souffler au visage son haleine glaciale. Le petit fantôme avait tourné la tête en direction de la fenêtre tandis qu'au-dehors les bruits de frottement du fer contre les dalles cessaient brutalement, alertant du même coup Basile qui s'était rué dans l'escalier à la vue du vieux agenouillé et statufié au milieu de la cour.

Le jeune homme remplit deux tasses fumantes pendant que Germain tirait du buffet la bouteille de gnôle pour allonger son café d'une généreuse rasade d'alcool.

— Ce n'est peut-être pas très raisonnable, ça, fit remarquer Basile.

— Rien de tel qu'un coup de fouet pour faire redémarrer un vieux canasson tel que moi.

Quelques gorgées suffirent à raviver les couleurs sur les joues de l'ancien qui alluma une cigarette sous le regard désapprobateur de son petit-neveu.

— Je sais, ça aussi c'est pas raisonnable. Tu n'auras qu'à mettre ça sur le compte de la sénilité.

— La météo annonce quoi ce matin ?

— Pas écouté. Avec leurs bulletins d'alerte de toutes les couleurs qu'ils dégainent pour un oui pour un non, ils passent leur temps à foutre la trouille à tout le monde. Quand c'est pas la canicule, c'est les inondations et quand c'est pas les inondations c'est le verglas. Y a pas de semaine sans qu'ils ne nous colorient un coin de la carte de France en rouge ou en orange.

À l'entendre ainsi râler, Basile fut rassuré sur l'état de santé de son aïeul qui avait retrouvé sa mauvaise humeur habituelle.

— Et puis à quoi bon vouloir connaître le temps qu'il va faire dix jours à l'avance, tu peux me le dire ? À force d'avoir les yeux plongés dans leurs écrans, les gens ne savent même plus lever la tête pour lire le ciel.

— Et il dit quoi, le ciel, ce matin ?

— Oh ce matin, il me dit qu'il n'en a pas fini de se vider. Il n'y a pas un souffle d'air, les flocons tombent tout droit et au train où ça dégringole, il serait bien capable de nous en remettre cinquante centimètres d'ici ce soir.

Basile s'attela à la tâche sans plus attendre et après un réveil musculaire laborieux, trouva rapidement son rythme de croisière. L'exercice physique évacua les dernières traces de migraine emprisonnées derrière son front. Plus d'une heure fut nécessaire au jeune homme pour dégager une grande partie de la cour et désenclaver le combi prisonnier du bourrelet du chasse-neige. Il renouvela l'opération en milieu d'après-midi et une dernière fois en fin de soirée sous les injonctions répétées de l'octogénaire qui enrageait de ne pouvoir accomplir le boulot lui-même. Sur les coups de minuit, Basile partit au travail, impatient de dompter l'or blanc du haut de sa chenillette. Il embarqua en chemin une Emmanuelle tout aussi enthousiaste que lui à l'idée de retrouver les commandes de sa dameuse après deux semaines de chômage technique et pas mécontente de se plier de nouveau au rituel du covoiturage. Bref coup de klaxon, la portière droite qui s'ouvre en laissant s'échapper le blues du jour, et la bise de bienvenue, l'occasion pour Basile de voler une bouffée de parfum à sa collègue, ce jour-là un parfum aux senteurs d'abricot qui lui évoqua un verger après une pluie d'été.

— Salut le gamin, lâcha sa passagère avec un sourire espiègle.

— … ?

— C'est pas comme ça que ton grand-père t'appelle ?

— Si mais c'est pas mon grand-père, juste un grand-oncle. J'ai quelque chose pour toi, tiens.

Ce disant, il sortit de sous son siège un paquet enveloppé de papier cadeau.

— En quel honneur ?

— Je voulais te l'offrir pour Noël mais le colis n'est arrivé que cette semaine. On dira que c'est pour fêter le retour de la neige.

Le paquet pesait agréablement entre les mains d'Emmanuelle.

— Je ne sais pas quoi dire.

— Alors ne dis rien et ouvre !

Elle déchira maladroitement le papier doré sous le regard amusé de Basile.

— Non, c'est pas vrai !

Les yeux écarquillés, elle tourna et retourna en tous sens la réplique miniature de sa Pisten-Bully 600, une réplique à l'échelle 1/24 en tout point identique à l'originale.

— Tu vas même pouvoir t'entraîner, elle est radiocommandée.

Submergée par l'émotion, Emmanuelle ne put contenir ses larmes. Elle ne se souvenait plus de la dernière fois où elle avait reçu un cadeau. Comme beaucoup de natifs du vingt-cinq décembre, son anniversaire se trouvait chaque année noyé au milieu des festivités de

Noël, quand festivités il y avait. À sa naissance, sa mère lui avait collé le prénom du saint du jour, répétant à qui voulait l'entendre que cette gosse qui lui était tombée du ventre était tout sauf un cadeau.

— Désolé, je ne voulais pas te faire de peine, s'excusa le jeune homme penaud.

— C'est pas ça, c'est juste que j'ai pas l'habitude. Merci, elle est superbe.

Basile eut droit à une seconde bouffée de parfum pour son plus grand plaisir. Il démarra et engagea le van dans la pente, le regard vissé droit devant lui. Le dernier passage du chasse-neige remontait au début de la soirée et il leur fallut un bon quart d'heure pour rejoindre le pied de la station, un quart d'heure employé par Emmanuelle à contempler à loisir son chauffeur. Derrière la tignasse fournie et la barbe de trois jours, la gueule d'ange s'était refermée sur son mystère.

L'euphorie régnait parmi les dameurs. Le changement d'équipe se fit dans la bonne humeur au milieu des odeurs de café frais. La procession de la veille était dans toutes les bouches. Même les plus sceptiques n'hésitaient plus à parler d'intervention divine. Après avoir demandé le silence, Louis Pelletier ne perdit pas de temps en fioritures inutiles et alla droit au but :

— Bon, pas la peine de vous dire qu'il y a du boulot. On en voulait, on en a, et pas qu'un peu. La première équipe a dégrossi le travail mais deux passes ne seront pas de trop pour stabiliser tout ça. Je ne vous demande pas de fignoler pour aujourd'hui. Les jalons couchés, les filets décrochés, laissez tout ça aux pisteurs, c'est leur job. Un seul mot d'ordre pour cette nuit : damage, damage et encore damage. La BA annonce de grosses précipitations neigeuses sur le massif pour les jours à venir alors pas question de se laisser déborder. Vous connaissez tous votre secteur et vous savez ce que vous avez à faire. On est partis pour une course contre la montre et j'espère bien qu'on va la remporter.

Les dameurs regagnèrent les vestiaires pour s'équiper. Les portes des armoires métalliques claquèrent tandis qu'ils enfilaient leur harnais et vérifiaient les radios. Ils s'égaillèrent au pas de course en direction des engins. On aurait dit une escadrille d'aviateurs se ruant sur leurs appareils pour partir au combat. L'armada s'éparpilla sur le domaine, les puissants projecteurs au xénon peinant à crever le rideau de flocons qui se refermait aussitôt dans leur sillage. Tels des aéroglisseurs glissant sur les flots, les engins volaient sur la poudreuse, compactant les cristaux sous leur poids. Sept heures durant, les monstres de plusieurs tonnes sillonnèrent le domaine, jouant de tous leurs chevaux pour dompter la tempête. À la fin du service, l'équipe au complet se retrouva en haut de la Marie-Do pour y parquer les machines avant de regagner le bas de la station en télésiège, tandis que les premiers skieurs montaient à l'assaut des pistes. Basile aimait l'idée de ces deux mondes qui se côtoyaient sans jamais se rencontrer, deux univers qui une fois par jour se croisaient en glissant dans les airs à la vitesse de quatre mètres par seconde. Quand l'un en avait fini, l'autre commençait. Il arrivait parfois au jeune homme de chausser les skis le temps de quelques descentes pour une intrusion dans l'autre monde, avec la sensation étrange de trahir sa caste en dévalant et lacérant les pistes à grands coups de carres, ces mêmes pistes qu'il allait lui falloir panser la nuit venue.

Le trajet de retour à bord du combi se fit en silence. Épuisés, les yeux rougis de fatigue à force d'avoir percé du regard la nuit durant l'essaim blanc qui se ruait sur leur pare-brise, Basile et Emmanuelle rêvaient de retrouver les bras de Morphée. Le jeune homme dut encore déneiger avant d'aller se coucher, faisant jurer au passage à Germain de ne pas s'approcher de la pelle à moins de cinq mètres sous peine de devoir en référer à sa fille.

— Je peux quand même faire le perron, tenta l'ancien.

— Même pas en rêve, le menaça son petit-neveu avant de regagner sa chambre.

Juste avant de basculer dans le sommeil, Basile se demanda quelle fragrance fruitée allait abriter le cou d'Emmanuelle à leur prochaine séance de covoiturage.

Journal de Pavlina Radovic
Janvier 1977

Deux mois déjà que le froid s'est installé sur le massif. Un méchant froid qui, poussé par le vent du nord, réussit à se glisser sous les fenêtres de la ferme pour venir planter ses crocs dans la peau de mes mollets malgré le poêle qui ne parvient pas à le refouler. La neige est arrivée juste à temps pour les fêtes de fin d'année. Un ravissement enfantin a illuminé le visage de Dragan à la vue des premiers flocons. Cela faisait des années que je n'avais pas vécu la magie d'un Noël blanc.

J'ai traîné Dragan à l'église pour la messe de minuit. J'aime les églises. On y brûle partout le même encens, y psalmodie les mêmes prières, y pratique la même liturgie, prie les mêmes saints. C'est le seul endroit au village où j'ai l'illusion d'appartenir au même monde que les autres, de ne plus être la Russkoff, le temps d'une messe. Dragan m'a offert un bijou. Un magnifique bracelet en pierres d'améthyste qu'il a dû payer une fortune. La chapka que je lui ai achetée l'a ravi. Une vraie toque de trappeur. La fourrure de lapin fait bien illusion, même si ça ne tient pas aussi chaud que le renard argenté.

La semaine passée, j'ai appelé les parents au pays pour leur souhaiter la bonne année. Eux n'appellent jamais, le téléphone à l'international coûte cher. C'est toujours moi qui les contacte, même si c'est de moins en moins souvent. Des communications à sens unique. Mon père s'est contenté d'un merci avant de passer le combiné à ma mère. Ma mère et moi, aussi empruntées l'une que l'autre, nous sommes envoyé mutuellement des banalités, comme si l'on n'avait rien de plus intéressant à nous dire. Les épanchements sentimentaux n'ont jamais été le fort de la famille Kovacs et l'éloignement a fini par faire de nous des étrangers embourbés au milieu de leurs silences, incapables de se raconter et encore moins de s'écouter.

Les cinq cents prospectus commandés par Dragan chez l'imprimeur sont enfin arrivés. Ils sont magnifiques. Ces bouts de papier qui sentent bon l'encre fraîche contiennent tout son rêve.

Nous avons fait la tournée des magasins, en avons déposé aux quatre coins du village. Une nouvelle activité, c'est toujours un plus pour la station, nous a dit le directeur de l'office de tourisme tandis qu'il glissait les plaquettes sur le porte-prospectus mural au milieu de la multitude qui s'y trouvait déjà. Du jour au lendemain, les journées nous ont semblé beaucoup plus longues, passées à attendre que les clients se manifestent, à regarder fixement le téléphone comme s'il allait se mettre à sonner du simple fait de notre volonté. Dragan tournait dans la maison comme un fauve en cage. Même les chiens étaient nerveux. Quand les premiers clients se sont manifestés – un jeune couple venu passer le week-end à la montagne –, Dragan était dans tous ses états. Un vrai jeune marié avant la nuit de noces. Ça s'est plutôt bien passé. Ils avaient pris la formule baptême, une heure de course avec présentation des chiens et explications sur le travail de musher. Le soir, Dragan n'arrêtait pas de recompter ses premiers francs gagnés avec son attelage. Il a insisté pour m'inviter au restaurant. Je n'ai pas voulu gâcher son enthousiasme en lui faisant remarquer que cet argent aurait pu servir à des choses moins futiles qu'un souper aux chandelles. Les chiens nous coûtent une fortune en nourriture. Et au dire de Dragan, deux malamutes de plus ne seraient pas de trop pour renforcer son attelage.

J'ai bien progressé en français. J'ai acheté un carnet à spirales pour y consigner les expressions que m'apprend Clotilde. Un dictionnaire fait maison que j'emporte partout avec moi. Je crois que les leçons qu'elle me donne sont pour elle aussi un moyen de s'évader de son quotidien. Son homme nous honore de plus en plus souvent de sa présence. Tu n'as donc rien d'autre à faire que de nous tourner autour ?, l'a gentiment sermonné Clotilde l'autre jour. Tourner autour, *une expression que je me suis empressée d'inscrire dans mon carnet. En grosses majuscules.*

19

Les premiers jours qui suivirent la procession précipitèrent les retardataires vers les concessions automobiles afin d'équiper leur voiture en pneus hiver. Dans un branle-bas général, on se rua sur l'unique magasin de bricolage du coin pour dévaliser les rayons en grattoirs, pelles, balais et sacs de potasse et pour la première fois depuis longtemps le vendeur local de matériel agricole connut une rupture de stock sur les turbines et autres souffleuses à neige. De leur côté, jamais les boutiques de prêt-à-porter n'avaient vendu autant de gants, bonnets et doudounes, même en période de soldes. À l'agitation fiévreuse du début succéda rapidement la routine du déneigement dictée par les chutes incessantes qui ne laissaient aucun répit aux hommes. La tempête, matin après matin, sortait le village de sa léthargie, le transformait en une fourmilière besogneuse, chacun œuvrant selon ses moyens et ses capacités pour lutter contre l'engloutissement en éliminant la couche tombée pendant la nuit.

Sur le pied de guerre, les employés communaux travaillaient sans relâche à nettoyer les accès aux bâtiments publics. Nuit et jour, les chasse-neige volaient sur les routes, éclaboussant de la lueur bleutée de leur gyrophare les gerbes soulevées par les étraves. Les mastodontes regagnaient leur base le temps de faire le plein en gasoil et en potasse puis repartaient au combat. Le soir venu, les illuminations de Noël toujours en place transformaient le centre du village en un décor féerique et paisible qui ne laissait rien deviner de la guerre en train de se jouer entre les hommes et les éléments. Au huitième jour, les deux imposantes turbines à neige des services techniques entrèrent en action afin de désengorger les rues et libérer les places de stationnement. Mètre par mètre, les fraises gloutonnes moissonnèrent les bourrelets, taillant à vif dans la masse compacte avant de recracher leur récolte dans les bennes des camions qui allaient déverser ensuite leur chargement dans les flots tumultueux de la rivière. Un nettoyage en règle avec le sentiment pour les riverains de respirer de nouveau. Un répit de courte durée et une victoire illusoire sur la tempête qui, blessée dans sa chair, redoubla de violence. Au vu des chutes abondantes, l'alerte rouge succéda à l'état de vigilance orange. La préfecture demanda aux gens de limiter leurs déplacements et annonça pour la plus grande joie des enfants la fermeture des établissements scolaires en attendant un retour à la normale. Difficile d'imaginer que dans ce même endroit frappé de paralysie hivernale, on sirotait moins d'un mois plus tôt des spritz aux tables des terrasses. Les grandes chaînes nationales, BFM TV en tête, dépêchèrent sur place leurs envoyés spéciaux tandis qu'en plateau à Paris des journalistes autoproclamés experts météo tentaient de décrypter le phénomène. Tous s'accordaient à souligner la virulence de la perturbation tout en s'étonnant de sa localisation limitée au seul secteur de La Voljoux. En effet, dès que l'on s'éloignait de l'épicentre et quelle que soit la direction empruntée, les précipitations denses s'arrêtaient brusquement quelques kilomètres après le panneau de sortie d'agglomération. Elles ne se raréfiaient pas, ne se transformaient pas en averses pluvieuses comme c'était souvent le cas lorsque vous descendiez plus bas dans la vallée, non, elles s'éteignaient subitement après un dernier rideau de flocons derrière lequel prés et forêts exposaient de nouveau leur verdure sous un ciel stérile. On aurait dit qu'une cloche gigantesque emprisonnait la perturbation au-dessus de la commune, la condensant à l'extrême. Interviewés par les reporters, quelques autochtones eurent droit à leur minute de gloire, confirmant que oui, la neige, ça tombait en hiver, que c'était froid, que ça rendait les routes glissantes et qu'il fallait bien faire avec. Étonnamment et sans que personne n'ait besoin de se concerter, aucun des habitants interrogés ne fit mention de la procession. Pas envie de faire les choux gras des journaux télévisés en passant pour des ploucs victimes d'un Dieu espiègle.

Comme ses congénères, Basile avait de plus en plus le sentiment déprimant d'écoper en vain les cales d'un navire qui n'en finissait pas de sombrer. Il aurait payé cher pour bénéficier de quelques heures de sommeil supplémentaires. Il rentrait du travail sur le matin lessivé et commençait par dégager la frayée comblée par la tempête pendant la nuit, pelletant et ahanant dans le froid en rêvant de son lit. Après un semblant de douche recroquevillé dans sa baignoire sabot, il s'affalait sur sa couche ivre de fatigue. Ce n'est qu'en milieu d'après-midi que, poussé par la faim, il débarquait dans la cuisine, ouvrait le frigo et dévorait tout ce qui lui tombait sous les crocs. Depuis quelque temps, Germain lui concoctait de vrais repas, histoire que le gamin bâfre autre chose que des cochonneries. « C'est pas avec tes chips, ton pain de mie et ton Nutella que tu vas tenir le coup, mon garçon. Faut avaler du chaud et du consistant », le maternait l'ancien tandis qu'il lui servait de pleines plâtrées de pâtes, d'omelette aux champignons ou de pommes de terre rissolées accompagnées de lardons, les trois seules choses qu'il savait à peu près maîtriser en cuisine. Le vieil homme trouvait une forme de satisfaction à préparer cette tambouille que son petit-neveu engloutissait à son réveil en moins de temps qu'il n'en avait fallu pour la préparer. Pendant que Basile mangeait, Germain feuilletait le journal. Deux taiseux qui avaient fini par s'apprivoiser au milieu des bruits de mastication et des pages que l'on tourne.

La puissante sonnerie du téléphone retentit dans la maison alors que Basile s'apprêtait à gagner l'étage. Le rai de lumière qui filtrait de sous la porte de la cave l'informa que le vieux se trouvait dans son antre. Que pouvait bien bricoler son aïeul là-dessous pour y passer autant de temps ? Sur l'écran du téléphone sans fil, le mot FILLE clignotait en lettres lumineuses comme pour mieux enjoindre le correspondant à répondre. Le jeune homme bafouilla un timide allô.

— Basile ? Bonjour, France à l'appareil.

Toujours ce ton sévère d'institutrice pète-sec qui lui faisait perdre ses moyens.

— Bonjour.

— Tout va bien ?

— Tout va bien, merci.

— On est rentrés d'Australie hier et je suis encore en plein jetlag mais je voulais savoir comment ça se passait avec toute cette neige que vous avez. On a découvert ça aux infos, c'est *amazing*.

— Oui, ça tombe sans arrêt depuis plus d'une semaine et ça n'a pas l'air de vouloir s'arrêter. Il faut déneiger au moins deux fois par jour et je ne sais plus où la mettre.

Tout en parlant, Basile avait ouvert la porte donnant sur la cave. Apporter le téléphone à Germain lui fournissait une excuse valable pour braver l'interdit et découvrir ce que mijotait l'ancien à l'abri des regards.

— Même si je suis rassurée de te savoir sur place, avoua sa correspondante, je me fais du souci pour papa.

— Ne vous inquiétez pas, je lui ai formellement interdit de toucher à la pelle.

— Heureusement qu'il y a la fraise.

— La fraise ?

— Oui, la fraise.

Planté au pied de l'escalier, l'octogénaire agitait nerveusement la main, lui intimant de lui donner le téléphone.

— Passe-la-moi.

— Je vous passe votre père, il était aux toilettes.

Clin d'œil appuyé de Basile au vieux qui en réponse lui lança un regard courroucé.

— Papa, ça va ?

— Ça va, oui. On est en train de battre le record de l'hiver soixante-neuf et ça continue de tomber.

— Éric pense que ce n'est pas raisonnable que tu restes là-haut avec ce temps, que ce serait mieux que tu viennes passer quelques jours à la maison. Il se propose de venir te chercher si tu veux. Une semaine ou deux à Marly, le temps que la météo redevienne clémente et on te ramène.

La seule évocation d'un séjour en région parisienne terrorisait Germain autant qu'une chambre en EHPAD. Il gardait de son dernier passage à Marly-le-Roi quelques années plus tôt un souvenir abominable. Dix jours épuisants avec en permanence sur le dos sa fille et son gendre qui lui avaient réservé un emploi du temps digne d'un tour-opérateur pour clientèle asiatique avec jamais moins de deux visites journalières au programme, de peur qu'il s'ennuie. Versailles, la tour Eiffel, Notre-Dame, Paris by night, le musée d'Orsay, les bateaux-mouches, le Louvre, Grévin, le Moulin-Rouge, les Champs-Élysées, Beaubourg, la butte Montmartre, sans oublier la place des Vosges qui n'avait de Vosges que le nom. Et des repas interminables dans des restaurants réputés voire étoilés où l'on vous servait le pain avec de grosses pinces à sucre et où les toilettes en marbre ressemblaient plus à des cryptes qu'à des lieux d'aisance. Il était revenu de son séjour étourdi, harassé et nauséeux comme après une longue traversée en radeau sur une mer démontée.

— Merci ma fille, c'est gentil mais ça va aller.

Comme à son habitude, Françoise insista, histoire de ne pas s'avouer vaincue sans combattre :

— Tu es sûr ? Je serais vraiment rassurée de t'avoir à la maison.

— Non, ça va aller je te dis.

— Il n'y a que cinq heures de route si c'est ça qui te fait peur.

— Je préfère rester ici. Et puis je ne suis pas tout seul, j'ai le gamin avec moi.

Le gamin en question déambulait dans la cave, intrigué par les centaines de rondelles de bois entreposées sur les claies. Il eut droit à un deuxième regard courroucé de la part de Germain tandis qu'il balayait du plat de la main l'un des spécimens exposés, soulevant dans les airs un nuage de poussière qui scintilla dans la lumière des néons. Ce n'est pas une cave mais un tombeau, songea Basile. Malgré le plafond bas, se promener entre les rayonnages au milieu des odeurs boisées avait quelque chose d'apaisant. Enfant, il avait visité les catacombes lors d'un voyage à Paris avec l'école. Étrangement, la déambulation entre les empilements d'ossements lui avait procuré ce même sentiment de quiétude que celui ressenti en cet instant au cœur de cette nécropole à la gloire des arbres. Germain le héla et lui tendit le téléphone :

— Elle veut te parler.

— Oui ?

— Tu seras gentil de vérifier son pilulier en début de semaine, j'ai peur qu'il se mélange un peu les pédales dans le tri de ses cachets et qu'il oublie certains de ses traitements. Tout est noté sur les boîtes de médicaments.

— Oui, bien sûr.

Demain, ça sera quoi ? songea le jeune homme. La toilette intime ? La prise de tension ? Je ne suis pas aide-soignant mais conducteur d'engins de damage, eut-il envie de rappeler à sa parente. Françoise mit fin à la conversation après un rapide rappel des recommandations à suivre.

— Puisque t'es là, autant que tu te rendes utile, grogna Germain dans sa barbe. Va me chercher la trois cent soixante-quatorze, c'est au fond à droite, la quatrième étagère, et dépose-la sur le bureau. Et si tu veux bien remettre la cent vingt-sept à sa place sur l'étagère du bas de la première rangée, ça m'arrangerait.

Aide-soignant et maintenant manutentionnaire, se dit Basile.

— C'est quoi tout ça ? osa le jeune homme en désignant du bras les rondelles posées sur les rayonnages.

— Des fragments d'Histoire, gamin.

Devant la moue d'incompréhension de son petit-neveu, l'octogénaire l'invita à s'approcher de l'imposant disque tricentenaire exposé sur les tréteaux. Une multitude de marques de feutre et de post-it ornait sa surface.

— Qu'est-ce que tu vois là ?

— Une tranche d'arbre. Un vieil arbre d'après le diamètre.

— Exact, un très vieil arbre mis à terre par un méchant coup de vent juste avant le passage dans le nouveau millénaire. Tu as là trois cent dix-neuf ans qui te contemplent mon garçon.

Germain se lança alors dans un long exposé enfiévré sur la capacité mémorielle des arbres et leur faculté à garder dans leur chair les traces du temps qui passe.

— Tu vois cette cicatrice qui fait comme une sale virgule au niveau du cinquante-cinquième cerne en partant depuis l'écorce ? Il est tombé plus de cent mille obus sur le secteur en quarante-quatre et l'arbre a encaissé un éclat à cette époque qui a laissé à jamais sa marque.

Une heure durant, Basile écouta religieusement son aïeul, un aïeul métamorphosé, bien loin du vieillard voûté, grognon et avare de paroles qu'il connaissait. Se tenait devant lui un conférencier passionné et volubile dont le regard enflammé brillait derrière le voile opaque de la cataracte. Les doigts noueux couraient sur la surface striée du bois, s'arrêtaient le temps d'un éclaircissement sur un cerne marqué d'un trait de feutre ou épinglé d'un bout de papier, puis reprenaient leur course, remontant les ans jusqu'au cœur mort du géant. En conclusion de son exposé, Germain demanda à Basile son année de naissance.

— Mille neuf cent quatre-vingt-deux.

Le vieux saisit le marqueur noir dans le pot à crayons et traça avec application une croix sur le cerne correspondant avant d'y adjoindre un nouveau post-it sur lequel il inscrivit le prénom de son petit-neveu.

— Te voilà entré dans l'Histoire, mon garçon.

Le jeune homme se surprit à ressentir une forme de fierté à se voir ainsi intronisé dans l'univers secret de son aïeul.

20

Ce n'est qu'une fois remontés à la surface que la remarque de Françoise revint à l'esprit de Basile tandis que les deux hommes buvaient un café à la cuisine.

— Au fait, c'est quoi cette histoire de fraise ?

— De... ?

— De fraise, votre fille m'a parlé d'une fraise.

— Ah elle voulait sûrement parler de la turbine.

— La turbine ?

— La turbine à neige.

— Vous avez une turbine à neige ?

Basile avait presque crié cette dernière phrase. Penaud, Germain contempla ses mains tel un gosse pris en flagrant délit de mensonge.

— Oui, enfin une petite, finit-il par avouer dans un murmure en se tortillant sur sa chaise.

— Où elle est ?

— Au fond du garage, mais ça fait des années qu'elle n'a pas servi, ajouta l'octogénaire pour justifier son oubli.

Il s'abstint de préciser à son petit-neveu que l'engin n'avait été sollicité qu'une seule fois. Basile dut jouer de la pelle comme un forcené pendant près d'une demi-heure pour atteindre le garage accolé à la maison. Après avoir bataillé pour dégager la porte bloquée par les congères, il se glissa à l'intérieur. L'interrupteur claqua dans le vide, sans résultat. Depuis combien de temps le vieux n'avait pas foutu les pieds ici ? se demanda le jeune homme. La saleté accumulée sur le carreau de l'unique fenêtre tamisait la lumière du dehors et ses yeux mirent plusieurs secondes à s'accoutumer à la pénombre. Il montait du sol bétonné des odeurs rances d'huile de vidange. Il se fraya un chemin au milieu d'un fatras d'objets hétéroclites pour atteindre la machine qui dormait, remisée sous une bâche. Seule émergeait sa cheminée de tôle déployée vers le plafond tel un gros index, comme pour attirer l'attention du visiteur. Malgré la poussière qui ternissait l'éclat de la carrosserie, il sautait aux yeux que la turbine était flambant neuve. Après un aller-retour jusqu'au van pour récupérer le jerrican de carburant qu'il gardait toujours en réserve, Basile sortit la fraise à l'air libre et s'empressa d'en remplir le réservoir. Le sélecteur de vitesses en position point mort, il amorça l'arrivée d'essence, tira le starter et actionna le démarreur. Le moteur toussa et hoqueta, surpris d'être rappelé à la vie, puis se mit à tourner à plein régime. La fraise avala une première bouchée glaciale que la cheminée expulsa en un long jet blanc. Le jeune homme exulta, mêlant son cri victorieux aux pétarades de l'engin. À l'aide de la manivelle, il orienta le déflecteur de la bouche d'éjection de manière à diriger le jet le plus loin possible sur sa droite, vissa ses deux mains sur les poignées et remonta la frayée en direction de la route, avançant prudemment pour ne pas engorger la gueule avide. Les vibrations montaient dans ses bras, se propageaient dans tout son corps, tandis que cramponné aux commandes, il s'efforçait de dompter la machine qui l'entraînait vers l'avant. On aurait dit une bête gloutonne lancée dans une dévoration frénétique, une ogresse insatiable qui avalait goulûment tout ce qui se présentait à elle avant de le recracher dans les airs. Après la première passe, Basile tailla dans la masse à coups de pelle de part et d'autre de l'allée pour élargir le passage, faisant s'effondrer des pans entiers que la turbine se fit un plaisir d'éjecter au loin. Ce qui n'était au départ qu'une sente allant de la maison à la route ressembla bientôt à une venelle bordée de murs blancs. Pas sûr, jugea le jeune homme, que le double-mètre pliant du vieux suffise aujourd'hui à mesurer la hauteur de ces murs. La veille, Germain avait annoncé le résultat de son dernier relevé avec une pointe d'inquiétude dans la voix, inhabituelle chez l'octogénaire. « Une hauteur d'homme, gamin. On passe le mètre quatre-vingts. Si jamais le temps se met à tourner à la pluie, avait-il poursuivi gravement, on sera bons pour devoir alléger la toiture avant que la charpente ne lâche. » Il parlait de la neige comme d'une entité vivante. « Elle a horreur du vide, faut qu'elle remplisse, c'est dans sa nature », maugréait-il chaque matin en découvrant la frayée en partie rebouchée par les chutes de la nuit.

Dans sa lancée, Basile descendit la route sur une cinquantaine de mètres et engagea la fraise en direction de la ferme voisine. Le bruit assourdissant de la machine et les vibrations du moteur finirent par procurer au jeune homme une ivresse agréable. Les prés alentour, le ciel, les flocons, toute cette blancheur dans laquelle il se mouvait l'étourdissait. Alertée par le tintamarre, Emmanuelle ne tarda pas à sortir sur le pas de la porte. Chapka sur la tête, elle exulta à la vue de la turbine et applaudit des deux mains avant de se ruer sur la pelle pour aider Basile dans sa tâche. Ils travaillèrent de concert, elle taillant dans les flancs immaculés, lui maniant la fraise pour dégager le passage. Trois passes furent nécessaires pour transformer l'étroit chemin d'accès en un large corridor à ciel ouvert. Il coupa le contact, laissant le silence reprendre possession du monde ouaté qui les entourait, et pénétra dans la maison à la suite de la voisine qui, débarrassée de sa parka et de son couvre-chef, lui apparut plus féminine que jamais, loin de la collègue habituellement engoncée dans sa tenue de travail informe. Chemisier, jeans, chevelure relâchée. Un papillon hors de sa chrysalide, se dit Basile tandis qu'elle le conviait à s'asseoir. Avec ses meubles en formica, son carrelage jaune orangé et son évier en granit, la cuisine présentait des allures de musée. Pire que chez le vieux, songea le jeune homme en découvrant la suspension monte et baisse pendouillant du plafond. Seule touche de modernité, le micro-ondes paraissait déplacé au milieu de ce décor suranné. De la vaisselle dans l'évier, des vêtements pêle-mêle sur un séchoir, plusieurs signes de désordre indiquaient que le musée était habité. La touffeur de sauna que diffusait le poêle ronflant obligea Basile à ôter doudoune et laine polaire. Tandis que son hôte partait chercher des boissons fraîches, il se tortilla sur sa chaise, mal à l'aise de se retrouver ainsi plongé dans l'intimité de sa voisine. Éparpillées sur la table, s'étalaient des photocopies d'articles de presse locale datant de la fin des années soixante-dix, des coupures qu'Emmanuelle de retour de la cave s'empressa de ramasser.

— Excuse-moi pour le foutoir mais Cendrillon et moi ça fait deux.

Plusieurs exemplaires d'un même prospectus

trônaient en pile sur la toile cirée. Basile ne put s'empêcher d'en parcourir le contenu. L'image racoleuse d'un musher menant son attelage sur un chemin enneigé promettait une expérience inoubliable. Un tableau récapitulatif détaillait les différentes formules ainsi que leur tarif en francs.

— Mon défunt père, précisa Emmanuelle devant le regard interrogateur du jeune homme. C'est tout ce qui reste de son projet de balades touristiques avec chiens de traîneau. Un projet mort-né qui n'est pas allé beaucoup plus loin que cette brochure de papier glacé.

— Jolie photo.

— Il se prenait pour Jack London mais la seule chose qu'il ait jamais partagée avec l'aventurier, c'était son goût immodéré pour la boisson.

— Belles bêtes. Des huskys ?

— Des malamutes. Toute sa vie il les a pleurés ses chiens, à brailler leurs noms entre deux gorgées de vodka. Amarok, Chinook, Kodiak, Louka, égrena-t-elle d'une voix nasillarde. Des noms faits pour courir les étendues glacées, tout un programme.

Ses propos étaient empreints d'amertume.

— Mais on n'est pas là pour parler des disparus, se reprit Emmanuelle. J'ai quelque chose pour toi.

Elle s'absenta dans la pièce d'à côté et revint

moins d'une minute plus tard, de la malice dans le fond des yeux.

— Tiens, de quoi occuper tes longues soirées d'hiver.

Incrédule, Basile contempla le paquet qu'elle venait de déposer devant lui.

— Chacun son tour, mon vieux. Tu n'espérais tout de même pas t'en tirer comme ça.

Il déchira le papier cadeau, mettant au jour la boîte de puzzle mille pièces, et sourit à la vue de l'image à reconstituer : un combiné Volkswagen T2 en tout point identique au sien.

— Merci mais il ne fallait pas te sentir obligée, je ne sais pas quoi dire.

L'embarras qu'affichait son visage accentuait la finesse de ses traits. Elle le trouva plus beau que jamais.

— Ne dis rien et contente-toi de venir m'embrasser, ce sera déjà pas mal.

Des propos qui soulevèrent une foule de questions dans la tête du jeune homme. Que fallait-il entendre derrière cette phrase pleine de sous-entendus et jetée comme un défi ? Embrasser comment ? Une simple bise déposée sur la joue ? Un baiser langoureux sur la bouche ? Il existait tellement de manières d'embrasser. Le rouge aux joues, Basile se leva et alla déposer un baiser délicat à la frontière des lèvres, effleurant leur commissure en feignant la maladresse, une façon lâche de laisser à l'autre le soin de choisir entre bouche et joue. Des effluves sucrés de cerisaie montaient du cou d'Emmanuelle.

— Tu ne crois quand même pas t'en tirer à si bon compte.

Ce disant, elle l'attira à elle pour un baiser vertigineux. Sa langue avait conservé le goût du thé glacé qu'elle venait de boire. Ils suspendirent leur étreinte le temps de lire dans le regard de l'autre le même désir avant d'unir de nouveau leurs lèvres. Les mains s'envolèrent à la découverte des corps, habitées d'une vie propre. D'abord légères, les caresses se firent de plus en plus impérieuses malgré l'entrave des étoffes. Ils se déshabillèrent avec maladresse, des gestes gauches et tout en heurts tant ils étaient corps et âme grisés par la jouissance à venir. S'ensuivit un jeu d'effleurement, peau contre peau, poitrine contre poitrine, ventre contre ventre. Basile s'agenouilla, goûta du bout des lèvres l'intimité brûlante qui s'offrait à lui, encouragé par une Emmanuelle impatiente qui saisit sa tignasse à pleines mains.

— Ne va surtout pas t'imaginer le moindre commencement d'histoire d'amour, ânonna-t-elle le souffle court. C'est purement hygiénique, rien de sentimental dans tout ça, d'accord ?

— Hygiénique, rien de sentimental, ça me va, haleta-t-il tout en levant le bras pour empaumer le sein droit de sa partenaire.

— Attends.

Elle exhuma du sac à main accroché au portemanteau un préservatif.

— Même avec le meilleur des capitaines, je ne prends pas la mer sans gilet de sauvetage, lui susurra-t-elle à l'oreille.

Quelques instants plus tard, Basile repartit explorer le corps d'Emmanuelle. Brûlante de désir, elle finit par asseoir le jeune homme avant de s'empaler sur lui dans un soupir. Pendant quelques secondes, l'idée saugrenue que ses parents avaient peut-être eux aussi fait l'amour dans cette cuisine vint parasiter son plaisir. Elle imagina sa mère chevauchant son père tandis qu'au-dehors les chiens fous d'excitation aboyaient à la lune. Elle poussa un cri de rage suivi d'une volée de jurons qu'elle jeta vers le plafond dans sa langue maternelle. Pas question de laisser ses vieux lui pourrir son orgasme. La vague de jouissance la submergea, chassant ces images au loin. Les amants restèrent un long moment accrochés l'un à l'autre, à reprendre leur souffle tandis que refluait le désir, oubliant pour un temps les flocons au-dehors qui cognaient aux carreaux tels des insectes fous.

21

Le loup frappa au douzième jour de tempête. Une attaque éclair menée pendant la nuit aux portes du village. Jamais encore l'animal n'avait poussé l'audace jusqu'à pénétrer dans une bergerie. Au matin, une scène de carnage attendait l'éleveur venu nourrir ses moutons. Des brebis gisaient sur le sol, la gorge ouverte, la laine imbibée de sang. Sur la quarantaine de bêtes, huit étaient mortes, pour beaucoup des mères pleines prêtes à mettre bas dans les semaines à venir, certaines retrouvées à demi dévorées, la panse déchirée, leurs viscères étalés sur la paille, d'autres intactes si ce n'était cette béance sanguinolente au milieu du cou. Il fallut en abattre cinq autres suite aux blessures infligées par le prédateur. Quant aux rescapées, on les retrouva blotties les unes contre les autres au fond de la bergerie, en état de choc. Poussé hors de ses retranchements par la tempête, le tueur avait pris des risques insensés pour prélever sa pitance. La hauteur de neige lui avait permis d'accéder facilement à l'ouverture située trois mètres au-dessus du sol, ouverture dont il avait arraché le treillis métallique à coups de griffes. Dans leur panique, les brebis avaient en partie défoncé la porte principale, créant un interstice suffisant pour permettre à leur persécuteur de prendre la fuite une fois son forfait accompli. La neige de la nuit avait effacé en grande partie les traces qui s'en allaient mourir dans le sous-bois.

Au lendemain de l'attaque, l'événement monopolisait toutes les conversations parmi les dameurs, des dameurs de plus en plus désemparés face à la situation climatique. Comble de l'absurde en ce premier jour de vacances de février, l'activité sur la station se trouvait à l'arrêt à cause de l'excès d'enneigement. Chaque nouveau relevé supplantait le record historique de la veille. Près de quatre mètres cinquante en haut de la Marie-Do, du jamais-vu. À demi enfouies, les gares de départ et d'arrivée des télésièges restaient à l'arrêt. L'euphorie des premiers temps avait depuis longtemps laissé place au découragement face à cet ennemi qui jour après jour ensevelissait le travail des hommes. On damait sans conviction, lancé dans une guerre d'usure sans véritable ligne de front où concentrer ses forces. Avec la fatigue accumulée, le personnel était à cran et ce d'autant plus que Louis

Pelletier leur avait annoncé tout à l'heure une nouvelle période de chômage technique. Maintenir opérationnelle une station tombée dans un état végétatif profond tenait du ridicule. À quoi bon engloutir des milliers d'hectolitres de carburant pour garder skiables des pistes désertes ? Le loup arrivait comme un exutoire sur lequel passer l'humeur maussade du moment. On tenait un coupable à tout ce merdier qui leur tombait dessus avec ce drôle d'hiver qui ne ressemblait à aucun autre.

— Ça recommence comme en soixante-dix-sept. Cette année-là, la Bête aussi avait étripé ses premiers moutons en février.

— Ils me font rigoler avec leurs pauvres autorisations préfectorales de tirs de défense. C'est pas ça qui va l'empêcher de massacrer tout ce qui passera à portée de crocs. Un loup sera toujours plus malin qu'un préfet.

— Si le mauvais temps continue, vous verrez que la Bête va finir par entrer dans le village pour s'attaquer à nos gosses.

— Je ne voudrais pas être mauvaise langue, jeta Pascal en regardant le fond de sa tasse, mais chaque fois que des Russkoffs viennent habiter La Voljoux, on y a droit, comme par hasard. Si c'est pas une drôle de coïncidence ça.

Tous les regards se tournèrent vers Emmanuelle dont plus personne au village n'ignorait les origines familiales.

— Fous-lui la paix Pascal, t'es gentil, intervint Basile.

— Oh oh ! Qu'est-ce qu'il a le bellâtre ? Pas touche à sa petite amie, c'est ça ?

Le rouge qui monta aux joues des deux amants valait tous les aveux. Rien dans leur comportement au travail n'avait jusque-là trahi la relation particulière qui les unissait, cette addiction à l'autre à laquelle ils succombaient tous les jours lorsque Basile, après avoir passé la turbine, retrouvait sa voisine pour un déchaînement des corps dans cette cuisine d'un autre âge devenue un temple consacré à la félicité de la chair. Devant leur silence gêné, Pascal profita de son avantage :

— Elle ne sait peut-être pas que monsieur a eu son heure de gloire lui aussi.

Basile s'était levé, menaçant, tandis que l'autre se gaussait de lui en le désignant d'un ample geste théâtral :

— Le Dameur-de-la-Mort en personne.

Le jeune homme surprit tout le monde. Lui, le calme incarné, le type mesuré et sans histoire qui préférait toujours la discussion à l'affrontement, se rua sur Pascal et l'agrippa par le collet, le plaquant au mur.

— Tu vas fermer ta gueule !

La voix de stentor de Loulou claqua dans la pièce comme une sommation :

— Ça suffit !

Alors que Basile relâchait sa prise, Pascal en profita pour lui asséner un coup de tête qui l'étendit au sol. Groggy, l'arcade ouverte, le monde autour de lui se voila de rouge. Le chef ordonna à l'équipe d'aller tuer leur temps libre ailleurs pour aujourd'hui pendant qu'Emmanuelle s'occupait du blessé. Alors qu'elle s'apprêtait à désinfecter la plaie à l'aide de compresses stériles, Basile lui attrapa le poignet :

— Rassure-moi, c'est purement hygiénique, rien de sentimental dans tout ça ?

Elle effaça d'un baiser le sourire idiot qui étirait sa bouche.

— Imbécile.

La boîte de strips adhésifs récupérée dans l'armoire à pharmacie suffit pour suturer l'entaille. Pour le trajet du retour, Emmanuelle prit d'autorité le volant du combi.

— Pas question de te laisser conduire dans cet état, Coco-Bel-Œil.

À la vue de l'œil poché de son petit-neveu, Germain ne posa pas de questions et se contenta dans un premier temps de le faire asseoir. Il invita Emmanuelle à faire de même puis sortit la bouteille de gentiane du placard, en imbiba généreusement le tissu d'un mouchoir et ordonna à Basile de l'appliquer sur sa pommette enflée qui avait déjà pris une belle teinte violacée. Dans le même temps, il remplit de gnôle les trois verres à liqueur tirés du buffet. Alors seulement le vieux s'inquiéta de savoir ce qui s'était passé. Ils rapportèrent les propos inamicaux de Pascal à l'encontre des Russkoffs, l'emportement de Basile et le coup de boule qui s'ensuivit.

— Pascal, celui de la ferme des Poujol ?

Le jeune homme confirma d'un hochement de tête. L'octogénaire ricana et regarda Emmanuelle :

— Je comprends mieux. Ils n'ont jamais avalé dans cette famille la dérouillée infligée par votre père à l'oncle de Pascal après qu'il a abattu le premier chien.

— Les chiens ont été tués ?

— En partie.

— Que s'est-il passé ?

— Je vous ai dit l'autre jour que la dizaine de brebis découvertes à l'époque, massacrées tout près d'ici du côté de la petite chaume, avaient été à l'origine du départ forcé de vos parents mais c'est surtout l'empreinte de malamute retrouvée près des dépouilles qui a vraiment levé les derniers doutes concernant l'implication des chiens de votre père et accéléré les choses en déclenchant la colère des hommes. Il n'en fallait pas plus pour légitimer une expédition punitive, ils n'attendaient que ça.

— Qui ça, ils ?

— Les éleveurs, les chasseurs, tous ceux persuadés que la main de l'homme était derrière les attaques. Cette empreinte de malamute imprimée dans la boue, c'était la preuve qui confirmait leurs soupçons, une preuve qui est tombée dans la tête de ces abrutis comme une goutte d'eau froide dans un caquelon d'huile bouillante.

L'octogénaire avala cul sec le contenu de son verre, le tourna entre ses doigts épais tandis que son regard allait se perdre dans l'envahisseur blanc agglutiné contre les vitres. Seule la porte d'entrée de la maison restait dégagée grâce aux efforts journaliers de Basile. La neige obturait à présent toutes les fenêtres du rez-de-chaussée et les lampes restaient allumées du matin au soir afin d'apporter la lumière au sein de ce monde enseveli. Il répéta les derniers mots :

— Comme une goutte d'eau froide dans un caquelon d'huile bouillante.

Suspendue aux lèvres du vieil homme, Emmanuelle attendait la suite. Germain se versa une nouvelle rasade de gnôle. Les vapeurs terreuses de gentiane saturaient l'air étouffant de la cuisine. Ce deuxième verre ne serait pas de trop pour l'aider à remonter le temps.

— Cette nuit-là, il faisait aussi noir que dans le cul d'une vache. Vous savez, ce genre de nuit sans lune, tellement épaisse que l'on en vient à se demander si l'aube parviendra à la repousser le moment venu. Je n'arrivais pas à dormir. Clotilde était partie pour plusieurs jours chez sa sœur à Nancy, ta grand-mère, gamin, qui venait d'accoucher de sa dernière. Un accouchement difficile et avec trois autres petiots en bas âge, une paire de bras supplémentaire n'était pas de trop. Dans l'après-midi, les gendarmes étaient venus rendre visite à votre père pour l'interroger sur la présence d'un de ses chiens sur le lieu du carnage. Il a nié, juré que ses chiens restaient toujours attachés quand il ne les faisait pas travailler mais lorsqu'ils lui ont montré les photos Polaroïd prises le matin même dans le parc à moutons, il a tout de suite identifié l'empreinte comme étant celle de Kodiak, le grand mâle, une empreinte reconnaissable entre mille avec la cicatrice d'une ancienne coupure sur le plus gros des coussinets. Pour preuve les alentours de la niche du malamute qui en étaient couverts. Dragan ne s'expliquait pas la présence de cette empreinte au milieu du carnage, ne comprenait rien à cette histoire. Les gendarmes sont repartis non sans l'avoir convoqué au poste pour le lendemain. Cette nuit-là, je désespérais de trouver le sommeil lorsque les types ont débarqué à grands coups de klaxons à bord de deux voitures devant la maison de vos parents. L'aboiement hystérique des chiens m'a arraché du lit. J'ai pu compter six ou sept gars à travers le faisceau des phares, des gars tous plus bourrés les uns que les autres et qui, je l'ai su plus tard, avaient passé leur dimanche après-midi à s'échauffer l'esprit et à attiser leur haine de l'étranger à coups de tournées de pinard. J'entends encore les portières claquer à la volée tandis qu'ils gueulaient après le Russkoff. Certains brandissaient des fusils. La lumière du perron a illuminé la cour et Dragan est apparu torse nu au moment même où ils abattaient le premier chien. Votre père s'est rué sur le tireur, Roger Poujol, je l'ai su après, lui a arraché le fusil des mains avant de l'allonger d'un coup de poing en pleine figure. Ah il savait se battre, votre père, y a pas à dire. Un vrai démon qui cognait comme un sourd en hurlant. Je crois qu'il aurait tué le tireur de ses mains nues si ses potes n'étaient pas intervenus pour l'arracher aux griffes de Dragan. Ils ont dû s'y mettre à plusieurs. Une mêlée de corps qui faisait une grosse pelote d'ombres gesticulantes au milieu de la cour. Pendant la bagarre, votre mère a jailli de la maison et a détaché les trois autres chiens qui n'ont pas demandé leur reste pour s'enfuir dans la nuit. Leurs aboiements ont résonné un temps dans le bois du dessus avant de s'éteindre. Les types sont repartis en emportant leur blessé. « Tes bestioles ne perdent rien pour attendre, le Russkoff, on va les crever tes clébards de merde », ils gueulaient. Votre père est resté un long moment affalé au pied du mur de la maison à serrer le corps sanglant du malamute contre lui. Il pleurait, criait contre le monde entier, invectivait le ciel, enfin je suppose, tout ça en slovaque. À un moment, il a ri. Le rire le plus effrayant que j'aie jamais entendu. Il a passé le reste de la nuit à sillonner les chemins forestiers à bord de son 4 × 4 pour essayer de récupérer ses bêtes, en vain. Ils ont abattu le gros mâle du côté de la chaume de Chalogne le lendemain et sont revenus balancer son cadavre dans la cour en poussant des cris victorieux. C'est votre mère elle-même qui a enterré les deux chiens abattus, je crois que Dragan était trop ivre à ce moment-là pour le faire.

Germain suspendit son récit et contempla son verre vide. Ensevelir les dépouilles avait occupé la voisine une bonne partie de l'après-midi. Il revit Pavlina soulever la lourde pioche pour arracher les mottes d'herbe dans le pré derrière la maison, sa silhouette menue s'arc-bouter sur le manche de la pelle pour creuser la terre noire avant de brouetter les deux malamutes jusqu'au bord du trou pour ensuite les balancer dans cette sépulture improvisée. Il avait observé toute la scène depuis l'appentis, la gorge serrée, à se sentir aussi mort que ces cadavres de chien que la voisine venait de mettre en terre, bien conscient que le remords né au cœur de cette nuit d'encre n'était pas prêt de s'éteindre, qu'il allait au contraire se nourrir du dégoût qu'il avait de lui-même et forcir telle une tumeur maligne, à se dire que rien de ce qu'il avait fait cette nuit-là ne serait arrivé si Clotilde s'était trouvée à la maison. Il ne valait finalement pas mieux que ces types qu'il avait lancés sur la piste du voisin. L'octogénaire peina à contenir les tremblements de sa main tandis qu'il se versait un nouveau verre.

— On a retrouvé ce qui restait du troisième chien au printemps suivant, un paquet d'os et de poils dans le fond d'une combe identifié grâce à son collier. La femelle n'a jamais été retrouvée. La pauvre a dû subir le même sort je suppose.

Germain s'abstint de raconter ce qu'il était réellement advenu de la chienne, ne parla pas de son retour à la vie sauvage, de son croisement avec le loup, de sa descendance qui continuait aujourd'hui encore de hanter le massif. Le vieil homme n'avait d'ailleurs jamais évoqué la chose avec quiconque. Seule Clotilde avait eu ce privilège. Difficile de cacher à sa femme l'achat tous les trois mois d'une pièce de gibier destinée à finir ailleurs que dans le four de la cuisinière.

— Mon père n'a pas porté plainte contre ces types ?

— Si, le lendemain, quand il s'est rendu à la gendarmerie suite à la convocation. Et ça s'est retourné contre lui. On lui a d'emblée fait comprendre qu'il était passible de poursuites concernant la divagation de ses malamutes. Il s'est mis à gueuler à l'injustice. Ils ont dû le coller en cellule de dégrisement le temps qu'il se calme. C'est le fils Pécheux qui m'a raconté, il était lui aussi en cellule de dégrisement. À sa sortie, on a expliqué à votre père qu'il pouvait s'estimer heureux de ne pas être poursuivi pour coups et blessures suite à la rixe de l'avant-veille, que ça ne tenait qu'à un fil qu'il passe de victime à coupable. Vos parents sont partis la semaine suivante sans laisser d'adresse, emportant sur la remorque qui avait amené les chiens le peu de biens qu'ils possédaient.

Germain tritura son paquet de cigarettes, finit par en sortir une qu'il porta à ses lèvres sans l'allumer. Parler l'avait épuisé. Il restait tous ces mots qu'il n'avait pas dits, qui stagnaient depuis trente-huit ans au fond de son crâne, des boues nauséabondes que sa lâcheté lui interdisait de remuer. Le vieil homme se leva péniblement et débarrassa la table, une façon comme une autre de faire comprendre à l'auditoire que c'en était fini pour aujourd'hui des révélations. Ce soir, après la séance de déneigement, Emmanuelle proposa à Basile de rester dormir auprès d'elle. Pas le courage de passer la nuit toute seule dans sa maison où trop d'aboiements, de coups de fusil et de cris fantômes se cachaient à présent au milieu des ténèbres. Germain ne voyait pas d'inconvénients à ce que son petit-neveu découche. « C'est sûr qu'avec le choc qu'il a reçu sur la tête, mieux vaut le garder une nuit en observation », leur avait glissé le vieil homme avec malice. Ils ne firent pas l'amour cette nuit-là, se contentèrent de se blottir l'un contre l'autre pour emprisonner entre eux la chaleur des corps, resserrant encore leur étreinte tandis que plus haut dans le grenier gémissait la charpente centenaire sous le poids de la neige.

Journal de Pavlina Radovic
Mai 1977

La Bête, c'est comme ça que l'ont baptisée les journalistes, est arrivée sur La Voljoux et les environs du jour au lendemain. Les attaques ont commencé il y a un peu plus d'un mois, d'abord au bas de la vallée avant de gagner les hauteurs du massif. Un poulain, deux génisses et puis des moutons, beaucoup de moutons. De la tueuse on ne sait presque rien. Elle n'existe que par les dépouilles qu'elle laisse derrière elle. Personne ne l'a jamais vue, personne ne sait vraiment ce que c'est ni à quoi elle ressemble, encore moins d'où elle vient. On parle d'un chien errant, plus certainement d'un loup. Chacun y va de son hypothèse. Certains avancent même la possibilité d'un fauve qui se serait échappé d'un zoo. L'animal a pris des proportions monstrueuses au fur et à mesure que la psychose s'installait dans la population. La Bête est partout dans les esprits. Les gens tremblent à la seule évocation de son nom. La peur s'est propagée sur le massif comme une épidémie de peste noire. Mes promenades en forêt ont pris une saveur toute nouvelle. Se glisser dans la peau du Petit Chaperon rouge le temps d'une balade avec ce frisson délicieux à l'idée que la Bête m'observe peut-être, qu'elle peut surgir à tout moment au détour du chemin pour venir planter ses crocs dans mon cou. Dragan se moque, dit que je ne risque rien, que la Bête ne voudrait pas de moi, m'assure en me chatouillant les côtes qu'il y a plus à manger sur une brebis que sur une pauvre petite Slovaque décharnée comme moi. J'aime quand il plaisante. C'est devenu tellement rare. La saison d'hiver a été plus que mauvaise, avec un bilan catastrophique loin des résultats espérés. La recette des vacances de février a à peine suffi à payer la nourriture des chiens. Avec l'arrivée des beaux jours, les prospectus ont disparu des comptoirs des commerçants, balayés comme des feuilles mortes au vent d'automne. Dragan s'est aigri. Il boit de plus en plus, se lamente sur son sort et passe ses nerfs sur ses bêtes, quand il ne porte pas carrément la main sur moi. J'ai appris à me rouler en boule comme les chiens au fond de leur enclos, le temps de laisser passer l'orage. Quand je lui ai annoncé que l'usine de moulage plastique qui venait de s'implanter dans la vallée *cherchait des petites mains et que je pouvais postuler pour un emploi, il s'est fâché. Je ne t'ai pas sortie d'une usine pour que tu retournes dans une autre, m'a-t-il crié dessus, hors de lui. Je crois surtout que l'idée de me voir travailler lui est insupportable parce que cela lui renverrait l'image de son propre échec.*

Dimanche dernier, nous étions invités à dîner chez les Grosdemange. Je m'étais fait une joie de ce repas. Clotilde avait mis les petits plats dans les grands. Les petits plats dans les grands, *encore une expression qui est venue enrichir mon carnet. Clotilde était très belle dans sa robe vert anis. C'est à peine si j'ai reconnu son homme tout endimanché qu'il était avec sa chemise blanche, sa cravate et son pantalon de tergal. Je me suis sentie pouilleuse avec ma jupe et mon vieux chemisier. Dragan avait déjà pas mal bu quand on est arrivés. C'est le seul moyen qu'il connaisse pour ranger sa timidité au placard. On devait ressembler à ce qu'on était, un couple d'étrangers empruntés qui cherche perpétuellement sa place. À aucun moment l'ambiance ne s'est détendue. Dragan accaparait l'attention et parlait fort, comme il le fait souvent lorsqu'il n'est pas à son aise. J'aurais voulu être une petite souris pour échapper aux sourires gênés de Clotilde et aux regards appuyés de son mari, pendant que le mien s'offrait en spectacle en pérorant sur sa petite entreprise. Pour la première fois depuis notre mariage, j'ai pris conscience des limites de mon propre mari pendant ce repas. Dragan ne s'intéresse jamais aux autres, ne s'ouvre à eux que pour parler de lui-même, n'est curieux de rien d'autre que ses foutus chiens. Une prise de conscience qui m'est tombée dessus soudainement entre le fromage et le dessert. Ça m'a fait comme un grand froid dans le ventre. En partant, j'ai cru lire de la pitié dans les yeux de Clotilde. J'ai peur à présent que nos leçons hebdomadaires n'aient plus tout à fait la même saveur, comme une crème au beurre qui aurait viré. De retour à la maison, je n'ai rien pu garder de ce que j'avais mangé.*

22

À son réveil, Basile palpa du bout des doigts sa pommette endolorie, rassuré de constater que celle-ci avait désenflé pendant la nuit. Emmanuelle déposa avec délicatesse un baiser sur sa joue violacée avant d'embrasser ses lèvres. Elle se leva et trottina jusqu'à la fenêtre pour ouvrir les volets. Pas un souffle de vent ne venait perturber la chute des flocons qui glissaient tout droit dans l'air, comme pressés de rejoindre la couche dense tombée au sol. La hauteur de neige atteignait à présent l'étage où se trouvait la chambre. Plus bas, la tranchée ouverte à l'aide de la turbine dessinait au milieu de la cour un défilé étroit encadré de falaises immaculées. Emmanuelle regagna le lit et se blottit contre le jeune homme en frissonnant. Une fois réchauffée, elle bascula sur le dos et contempla le plafond, pensive.

— Je peux te poser une question ?

— On dirait bien que c'est ce que tu viens de faire, la taquina Basile.

— C'est quoi cette histoire de Dameur-de-la-Mort dont parlait Pascal hier et qui t'a mis dans une rage noire ?

La question sonna comme un rappel à l'ordre aux oreilles du jeune homme qui releva la tête pour fouiller la chambre du regard. La gamine se tenait sagement assise sur le tabouret de la coiffeuse, ses pieds se balançant au-dessus du sol, la tête penchée sur le côté dans l'attente d'une réponse qui tardait à venir. La fillette paraissait plus réelle que jamais dans sa combinaison matelassée avec son bonnet et ses grosses moufles. Basile se redressa et s'adossa au bois de lit.

— C'était il y a deux ans, un accident sur la station pendant la séance de damage. Une fillette, un truc horrible, je… enfin j'ai…

Il laissa sa phrase en suspens. Le regard de la gosse vrillé sur lui le paralysait.

— Si tu ne veux pas en parler, je peux comprendre, le rassura Emmanuelle.

Il s'était jusque-là refusé à s'expliquer en tête-à-tête avec la gamine, par manque de courage essentiellement. Peut-être détenait-il là l'occasion unique d'y parvenir par personne interposée ? Il détourna les yeux du petit spectre et poursuivit son récit d'une voix qui se voulait assurée :

— Il avait gelé à pierre fendre les jours précédant l'accident. Les canons avaient craché vingt-quatre heures sur vingt-quatre et on avait beaucoup de neige de culture à fraiser. J'étais de la première équipe de nuit. Un temps clair sous une nuit étoilée comme il en existe parfois au cœur de l'hiver. Le genre de nuit paisible qui te fait croire que rien de mauvais ne peut arriver. Je venais d'engager la dameuse sur le chemin de liaison pour rejoindre ma zone de travail quand la petiote a déboulé sur sa luge en plastique.

Basile n'épargna aucun détail à Emmanuelle. Le fracas, le sang sur la neige, les cris des parents, l'interrogatoire, la recherche de traces d'alcoolémie ou de stupéfiants qui n'avait rien donné, les résultats de l'enquête de gendarmerie. Il tendit le bras en direction de la parka posée sur la chaise à côté du lit et attrapa son portefeuille dans la poche intérieure. Avec précaution, il tira la coupure de journal qui s'y trouvait soigneusement pliée, une coupure qu'il connaissait trop bien à force de l'avoir parcourue à maintes reprises depuis deux ans. Quel intérêt avait-il à exhumer régulièrement ce bout de papier du portefeuille pour y plonger le regard sinon celui de se sentir encore un peu plus coupable ? D'après le psy, il fallait voir dans ces lectures expiatoires ni plus ni moins qu'un pas supplémentaire sur le chemin de l'acceptation et par là même, de la rédemption. Pour une fois, il était plutôt d'accord avec le charabia du toubib. Du bout des doigts, il tendit la pelure de papier jaunissant à sa collègue.

— Tiens, lis ça. Comme tu peux le constater, j'ai eu à l'époque l'immense honneur de faire la une de la presse locale.

L'article paru le lendemain du drame exposait des faits bruts agrémentés de détails sanguinolents, un ramassis d'hypothèses conjuguées au conditionnel et qui en conclusion laissait sous-entendre que le conducteur de la dameuse, bien qu'en rien responsable, aurait peut-être pu éviter *ça*. Racoleuse à souhait, la légende de la photo de sa chenillette s'étirait en caractères gras tel le titre d'un mauvais film de série B : LA DAMEUSE DE LA MORT. Emmanuelle s'attarda longuement sur le portrait de Léa Charpentier pris peu de temps avant l'accident. La frimousse d'une fillette insouciante souriant de toutes ses quenottes à l'objectif. Un second cliché, la carcasse d'une luge fracassée et une tache sombre sur la neige entourées de rubalise, illustrait le compte-rendu du drame.

— C'est dégueulasse, se révolta Emmanuelle qui lui rendit la coupure de presse comme si celle-ci lui brûlait les doigts. Tu n'y étais pour rien, cette enfant n'avait rien à faire là, c'est l'inconscience des parents qui l'a tuée.

— Sauf qu'il y a un détail dont ils ne parlent pas, un événement que je n'ai jamais avoué à personne et sans lequel rien de tout cela ne serait arrivé.

La voix du jeune homme s'était faite murmure.

La fillette descendit du tabouret et vint s'asseoir au bord du lit pour mieux entendre ce qui allait sortir de sa bouche. Basile aurait juré que le matelas s'était affaissé de quelques centimètres sous le poids de la gamine même s'il doutait que son petit corps spectral pèse plus lourd que l'air qu'il respirait.

— Je venais de m'engager sur le chemin de liaison après avoir fait le plein de la machine quand j'ai reçu un nouveau message dans ma boîte mail. J'entends encore le ding de notification m'informant de l'arrivée du message. Ça n'est vraiment pas dans mes habitudes de garder mon téléphone sur moi quand je bosse, on a déjà bien assez de la radio et il reste même la plupart du temps éteint au fond de mon sac, mais j'attendais ce jour-là une réponse pour l'achat du combi. Depuis le temps que je cherchais, j'avais peut-être enfin trouvé la perle rare et je ne voulais louper la transaction pour rien au monde. Le vendeur devait m'envoyer plus de détails par mail alors quand ce ding a retenti dans la cabine, j'ai tout planté pour consulter ce qui venait de tomber dans ma boîte. Ce n'était rien d'autre qu'une pub, une de ces saloperies de pubs qui nous pourrissent l'existence à longueur de journée.

Basile se souvint de son agacement à l'idée que l'anti-spam avait laissé passer cette saleté à travers ses filets. Il avait supprimé le message indésirable et relancé le vendeur du combi par SMS, histoire de lui signifier son impatience à faire affaire avec lui.

— Je terminais de pianoter mon texto quand l'accident a eu lieu. Je me souviendrai toute ma vie de la formule de politesse que je venais de taper sur mon mobile au moment du choc : cordialement. Tu peux le croire ça ? Cordialement.

Son rire mourut dans un gémissement. Jamais Emmanuelle n'aurait imaginé qu'un rire puisse être à ce point désespéré.

— C'est le bruit de la luge se fracassant contre la chenille qui m'a fait lever la tête de l'écran de mon portable.

— Et alors ? En quoi le fait d'écrire un texto te rendrait responsable de l'accident ? intervint Emmanuelle qui voyait pourtant très bien où Basile voulait en venir.

— Entre le moment où a retenti la sonnerie de notification et celui où je concluais mon message avec ce cordialement, il s'est écoulé pas moins de cinq minutes. Cinq minutes pendant lesquelles j'aurais parcouru un bon kilomètre si je ne m'étais pas arrêté. La chenillette aurait alors été loin au moment où la gamine surgissait au milieu du chemin, tu comprends ?

La vie est jalonnée de coïncidences de toutes sortes, bonnes ou mauvaises, eut envie de lui dire Emmanuelle. Elle s'en abstint, bien consciente que ce genre de généralité n'entamerait en rien le sentiment de culpabilité qui rongeait Basile, un Basile perdu dans la contemplation du portrait de la gamine qu'il tenait entre ses mains.

— T'es morte à cause d'une putain de pub d'isolation des combles pour un euro, bredouilla-t-il à l'intention du petit fantôme, je suis désolé, vraiment désolé.

Énoncer la chose à haute voix mettait encore plus en évidence la terrible disproportion qui existait entre la cause et son effet, entre une publicité racoleuse et la mort d'une enfant de six ans et demi. En état de sidération, le jeune homme s'effondra sur lui-même. Les larmes trop longtemps contenues mirent du temps à jaillir mais pour la première fois depuis le drame il laissa l'épanchement brûlant rouler sur ses joues. Emmanuelle le serra contre elle, caressa ses cheveux et le berça doucement. L'empreinte du baiser glacé que la fillette vint déposer au milieu des larmes du jeune homme subsista un temps sur sa peau avant de s'effacer. Tandis que s'évaporait dans l'air de la chambre l'image vaporeuse de Léa Charpentier, il eut la certitude qu'il venait de la voir pour la dernière fois, qu'à partir de ce jour c'en était fini des apparitions matinales. Prenant conscience que désormais plus jamais la gamine ne l'attendrait au pied du lit au moment du réveil, il éprouva un sentiment mêlé de soulagement et de tristesse. Dans le même temps, il réalisa qu'il n'avait pas eu besoin la veille au soir de son comprimé de Zolpidem dix milligrammes pour s'endormir. Les bras d'Emmanuelle valaient tous les comprimés du monde. Il enfouit la tête contre sa poitrine, respira son odeur, caressa son ventre. Elle lui fit l'amour avec douceur. La jouissance déferla en lui, électrisant toutes les fibres de son corps avant de l'échouer au bord de cette nouvelle journée qui s'offrait à eux.

23

La charpente céda dans les premiers jours de mars. Un craquement sinistre au milieu de la nuit suivi d'un affalement sourd. Tiré de son sommeil par le bruit, le jeune homme s'était rué dans le grenier dont la fenêtre donnait sur la ferme voisine et avait fouillé des yeux l'obscurité. Le monticule dessiné par le faîte de la toiture avait disparu, rayé du paysage comme par enchantement. À l'idée de savoir Emmanuelle en danger, son sang n'avait fait qu'un tour. La nuit passée ensemble sous le même toit était restée une exception. Même si rien n'empêchait les corps-à-corps torrides pendant la journée, Basile, moralement engagé pour veiller sur son aïeul, s'interdisait de découcher le soir venu pour aller retrouver la jeune femme, bien qu'il en crève d'envie. Un supplice de Tantale dont ils jouaient l'un et l'autre en s'appelant au téléphone au moment de se mettre au lit. La veille encore, elle lui avait décrit en minaudant la nuisette en satin qu'elle venait de passer et comment le froid qui régnait dans la chambre avait durci ses tétons au moment de se glisser sous la couette. Moqueur, il avait répliqué qu'elle pouvait s'estimer heureuse qu'un éphèbe innocent tel que lui trouve encore un quelconque charme à une vieille à la libido outrageusement débridée comme elle. « La vieille à la libido outrageusement débridée souhaite au jeune Apollon une nuit pleine de doux songes, en espérant qu'il ne laisse pas trop de cartes de France dans les draps en pensant à elle ! » avait-elle rétorqué. Il avait joué l'offusqué et promis à Emmanuelle des représailles enfiévrées avant de raccrocher.

À la vue de la toiture effondrée, Basile avait sauté dans ses vêtements et dévalé l'escalier quatre à quatre. Un Germain plus grognon que jamais l'avait rejoint dans la cuisine tandis qu'il chaussait ses bottes.

— C'est quoi ce raffut ? Tu as vu l'heure ? Tu vas où comme ça ?

Trois questions bougonnées d'une traite à travers la barbe broussailleuse.

— La ferme d'Emmanuelle, je crois que le toit vient de lâcher.

Le regard de l'octogénaire s'était assombri.

— Saloperie de capricorne.

— Quoi le capricorne ?

— Le coléoptère, la vermine xylophage.

Toutes ces années inhabitée, la bestiole n'a pas dû se faire prier pour squatter la baraque et grignoter la charpente. Je l'avais bien dit qu'il fallait le décharger son toit, avait encore grommelé l'ancien en direction de son petit-neveu qui portable à l'oreille tentait de joindre la voisine.

— Eh merde, elle ne répond pas.

Le jeune homme s'apprêtait à foncer dans la nuit lorsque son grand-oncle l'avait arrêté.

— Attends.

Le vieux était allé farfouiller dans le placard du salon avant de réapparaître la mine victorieuse, une lampe-tempête à la main.

— Prends ça.

Raquettes aux pieds, Basile s'était élancé au milieu de l'essaim de flocons, sa silhouette sombre se découpant à contre-jour dans le halo lumineux. À court de carburant, la turbine n'avait plus quitté le garage depuis deux jours, laissant le champ libre à la tempête pour combler en partie l'étroit corridor maintenu dégagé jusque-là. Dans son empressement à venir en aide à Emmanuelle, Basile avait chuté à deux reprises, injuriant de noms d'oiseau cette poudreuse indomptable dans laquelle il pataugeait.

Parvenu devant la maison, il contempla incrédule l'ampleur du désastre. La toiture, incapable de supporter un fardeau rendu de plus en plus dense à force de se tasser sous son propre poids au fil des semaines, s'était effondrée sur elle-même. De ses poings nus, le jeune homme tambourina à la porte en gueulant le prénom d'Emmanuelle, tendant l'oreille entre deux volées de coups sans parvenir à capter au milieu du silence autre chose que les battements de son propre cœur affolé. Sans même enlever ses raquettes, il se jeta épaule en avant contre le panneau en bois qui résista un temps sous les coups de boutoir avant de voler en éclats. Les pieds libérés de leur entrave, Basile se glissa par l'ouverture hérissée d'échardes et balaya la pièce à l'aide de la lampe-tempête. Entre la vaisselle qui finissait d'égoutter dans l'évier, le linge étendu sur le séchoir et le discret crépitement des braises mourantes dans le corps en fonte du poêle, rien au rez-de-chaussée ne laissait présager de la désolation qui l'attendait à l'étage. Un nuage de poussière en suspension flottait au-dessus de la cage d'escalier encombrée de débris. À la vue du chaos qui régnait en haut des marches, des images de villes écrasées sous les bombes défilèrent dans la tête du jeune homme. Un enchevêtrement composé de lattis, de poutres, de solives et de tuiles condamnait en partie l'accès à la chambre du premier. Des lambeaux de laine de verre pendouillaient au-dessus des marches. Basile hurla de nouveau le prénom d'Emmanuelle. La voix faible et étouffée de la jeune femme lui parvint enfin. Une voix d'outre-tombe :

— Ici.

Deux petites syllabes qui eurent pour effet de décupler les forces du jeune homme. Il se faufila entre les bastaings qui encombraient l'escalier pour gagner ce qui restait de l'étage.

— Tu es blessée ?

— Non, je ne crois pas.

Avec mille précautions, il se fraya un chemin en se contorsionnant au milieu des débris. Des filets de sciure tombaient de la charpente vermoulue en pluie fine sur ses cheveux et ses épaules. Une écharde se ficha profondément dans la paume de sa main sans ralentir sa progression. Pour la première fois de son existence, l'idée de perdre un être cher lui nouait les tripes. En quelques semaines, la jeune femme était devenue beaucoup plus qu'une simple relation charnelle. Son esprit et son humour souvent corrosif l'électrisaient et l'éblouissaient autant que son physique. La présence d'Emmanuelle jouait sur lui comme un accélérateur de particules, décuplait son énergie, lui faisait voir la vie avec une acuité nouvelle. Emmanuelle jusqu'à l'addiction, à son corps, à son rire, à sa voix, à tout son être. Se trouver à ses côtés lui procurait le sentiment exaltant d'avoir enfin trouvé sa place sur cette terre, la meilleure qui soit. Bien qu'une partie du mur se soit effondrée, la porte de la chambre était restée debout dans son chambranle, protégée par son linteau. Malgré les gravats, il parvint à l'entrouvrir suffisamment pour se faufiler dans la pièce. Plusieurs solives reposaient en appui sur la tête de lit et l'édredon disparaissait sous un amas de briques et de plâtre. À la lueur de la lampe-tempête, le visage fantomatique d'Emmanuelle émergea de l'obscurité, hagard et tout enfariné de poussière. Avec mille précautions, il ôta les parpaings qui encombraient l'espace en prenant soin de ne pas toucher aux poutres qui reposaient en équilibre instable sur le bois de lit et extirpa la jeune femme de sa prison. Il l'ausculta rapidement, palpa ses membres, essuya ses joues. « Ça va ? »

Elle opina.

— On va sortir par la fenêtre, décréta Basile. C'est moins dangereux que l'escalier et c'est le chemin le plus court pour s'échapper d'ici.

Une partie des carreaux avait volé en éclats et il dut batailler pour déverrouiller l'espagnolette qui maintenait les volets clos. Libérés, les battants claquèrent violemment contre le crépi tandis qu'une grande bouffée d'air frais s'engouffrait dans la pièce. Basile prit appui sur le rebord de la fenêtre et contempla l'étendue neigeuse qui venait lécher la façade deux mètres en contrebas.

— Prête ?

— Et comment.

Le jeune homme sauta en premier, sa lampe-tempête tenue à bout de bras au-dessus de sa tête. La poudreuse l'engloutit dans un souffle jusqu'au nombril. La neige réserva le même accueil tout en douceur à Emmanuelle qui ne put retenir un cri au contact glacial des cristaux sur sa peau. Ils rampèrent le long du mur pour gagner la porte d'entrée et se coulèrent avec délice dans le peu de chaleur résiduelle contenu dans la cuisine. Grelottante, la jeune femme vint se blottir dans les bras de Basile. « Merci », hoqueta-t-elle en l'étreignant de toutes ses forces.

Il caressa ses cheveux constellés de débris de plâtre.

— Dans les films catastrophe, c'est normalement le moment que choisit le sauveur pour embrasser l'héroïne, parvint-elle à articuler entre deux claquements de dents.

— Dans un film catastrophe, l'héroïne ne fait pas croire la veille au soir à son futur sauveur qu'elle porte une nuisette en satin et non un affreux pyjama en coton couleur vert amande, rétorqua Basile. Il n'y a que les vieilles héroïnes célibataires pour porter des frusques tue-l'amour comme celles-là.

— …

— En revanche, concernant les seins qui pointent, je vois que tu n'avais pas menti.

Ce disant, il plaqua sa bouche sur celle d'Emmanuelle, lui ôtant toute possibilité de répliquer.

Ils ne s'attardèrent pas et quittèrent les lieux après que la jeune femme eut enfilé des habits secs et rempli un plein sac de vêtements sans oublier son nécessaire de toilette. Raquettes aux pieds – Emmanuelle possédait sa propre paire –, ils regagnèrent la maison de Germain où ils furent accueillis par le vieux qui, n'en pouvant plus de toute cette attente, trépignait d'impatience sur son perron encombré de neige en fumant cigarette sur cigarette.

— Comment va la petite ?

— Elle va bien mais… et vous ? Vous voulez attraper la mort ou quoi ? le gronda Basile. Et en chaussons en plus ! Non, mais là vous…

— J'allais quand même pas sortir pieds nus, se justifia l'ancien le plus sérieusement du monde.

La répartie eut le don de stopper net le jeune homme au milieu de sa réprimande. Il était parfois difficile de savoir à quel Germain il avait affaire. Quelle case cocher sur ce coup-là ? Le Germain taquin ou le Germain gâteux ? À son grand soulagement, le regard plein de malice que lui renvoya son aïeul le fit pencher sans hésitation pour la première option.

— Tilleul et miel pour tout le monde, décréta le vieil homme. J'en ai fait infuser une pleine théière en vous attendant. Vous êtes frigorifiés. Clotilde ne jurait que par ça pour se réchauffer. Faut reconnaître que ça marche plutôt pas mal, surtout si on l'améliore.

Le vieux ajouta d'autorité une lichette de rhum à chacun sous le regard blasé de son petit-neveu qui avait compris depuis longtemps qu'il ne servait à rien de s'opposer à cette façon si particulière d'améliorer les boissons chaudes. Tandis que Basile faisait état des dégâts de la maison voisine tout en soulignant la chance d'Emmanuelle de s'en être tirée indemne, Germain contemplait les doigts de la jeune femme, ces doigts de madone qu'elle tenait croisés autour de son mazagran comme avait coutume de le faire avant elle sa mère, sa mère qui s'était tenue à maintes reprises par le passé à cette même place aux côtés de Clotilde.

— Vous êtes d'accord ?

— Pardon ?

L'octogénaire sursauta. Il n'avait pas suivi la conversation.

— Elle peut venir s'installer à l'étage avec moi ?

— Juste quelques jours, précisa Emmanuelle, le temps de me retourner.

Germain regarda une nouvelle fois les mains de la jeune femme. Accueillir un peu de Pavlina à la maison par l'intermédiaire de sa fille, un juste retour des choses et l'occasion de rembourser un peu de la dette avant l'heure, songea le vieil homme. Oui, elle pouvait rester, et même autant de temps qu'elle le voudrait. À condition, précisa l'ancien, de ne pas laisser traîner ses petites culottes aux quatre coins de la maison ni de le sermonner à chaque fois qu'il lui prendrait l'envie d'allumer une cigarette ou de licher un verre de vin, il avait assez du gamin pour ça.

— Il faudra demander à votre fille si elle n'y voit pas d'inconvénients, ajouta le gamin en question.

— Des inconvénients, Françoise arrivera toujours à en voir même là où il n'y en a pas. Pas la peine de lui dire, jugea Germain. Et puis je suis encore chez moi, je peux bien accueillir qui je veux dans ma maison. C'est pas parce que ma fille est devenue Premier ministre que je ne suis plus président.

Malgré l'heure tardive – il était près de deux heures trente du matin lorsqu'ils montèrent se coucher –, Emmanuelle découvrit les joies de prendre une douche pliée en trois dans une baignoire sabot. « Promis, j'achèterai une nuisette à l'occasion », jura-t-elle tandis qu'elle retrouvait en tee-shirt et boxer un Basile en train de batailler pour extraire l'écharde plantée dans le gras de sa main. « Laisse-moi faire », ordonna la jeune femme qui, munie de sa pince à épiler, retira sans peine l'épine avant de désinfecter l'intérieur de la paume. « Purement hygiénique », plaisanta-t-elle en embrassant ses lèvres. « Tu sais, on n'est pas obligés de coucher pour notre premier soir ici, lui murmura-t-il en glissant sa main valide sous son tee-shirt.

— Les vieilles à la libido débridée couchent toujours le premier soir !

Il y avait en elle ce besoin de se sentir vivante après l'épreuve qu'elle venait de subir et ça, Basile savait le faire comme personne et ne se fit pas prier pour lui prouver une fois de plus. Si le jeune homme s'endormit rapidement, le sommeil se refusa en revanche longtemps à elle. Emmanuelle manquait d'air au milieu des ténèbres, sursautait au moindre grincement du plancher ou gémissement de la charpente, avec l'impression oppressante que les cloisons à la faveur de l'obscurité se refermaient sur elle. Elle ne parvint à s'endormir qu'après avoir programmé son portable en mode veilleuse afin que la clarté laiteuse de l'écran repousse loin d'elle les murs et le plafond de la chambre.

24

Sur les injonctions du vieux, Basile et Emmanuelle occupèrent les jours suivants à décharger la toiture d'une partie de son fardeau. Un jeu plus qu'une corvée pour les deux tourtereaux qui balançaient dans l'air les pelletées de poudreuse avec un même enthousiasme. De temps à autre, ils interrompaient leur travail pour se jeter dans le vide depuis le faîte du toit en poussant des cris d'orfraie, sautaient main dans la main afin de partager ensemble ce bref moment suspendus entre ciel et terre au milieu des flocons, recommençaient avec la joie tout enfantine de ne plus vivre que pour l'exquis chatouillis que faisait naître chaque nouvelle chute au creux de leur estomac. Arraché au moelleux de son fauteuil par les cris et les éclats de rire, Germain sortait râler pour la forme, gueulait qu'ils allaient finir par endommager un chéneau avec leurs bêtises et qu'au train où ils avançaient on y serait encore pour les fêtes de Pâques, puis retournait s'enfermer l'esprit derrière sa grille de sudoku ou descendait à la cave promener son regard dans le cœur des arbres. Deux fois par jour, les jeunes gens suspendaient leur besogne pour préparer le déjeuner et le souper, cuisinant à tour de rôle selon leur propre conception de ce que devait être une bonne alimentation. Un affrontement à coups de féculents – pâtes, pommes de terre et riz d'un côté contre boulgour, quinoa et lentilles de l'autre –, de steak haché contre viande blanche, de bâtonnets de poisson pané contre pavés de saumon. Un duel où chaque passage à table prenait des allures de tribunal avec pour juge suprême un Germain impartial qui, bien que ses goûts le portent plutôt vers la cuisine plus riche du jeune homme, s'efforçait d'afficher une neutralité inébranlable au moment de la dégustation en s'interdisant tout grognement de satisfaction ou froncement de sourcils susceptibles de trahir ses préférences. Si le vieil homme avait abandonné sans rechigner les tâches culinaires aux jeunes, il ne laissait en revanche à personne le privilège de gérer les liquides. Apéritifs, vins et autres boissons chaudes ainsi que les différents alcools susceptibles d'améliorer celles-ci restaient sa chasse gardée. Germain, Emmanuelle, Basile, trois solitudes qui n'en étaient plus et voyaient leurs journées rythmées par les séances de déneigement, les repas, les douches, les films en streaming et les siestes tandis qu'au-dehors la tempête poursuivait son œuvre. Le soir venu, les deux jeunes gens abandonnaient l'octogénaire et regagnaient leur tanière à l'étage, impatients d'explorer un peu plus chaque nuit la géographie de leur corps pour découvrir de nouveaux rivages.

Même si les provisions récupérées chez la jeune femme leur permirent de tenir quelques jours supplémentaires, arriva bientôt l'échéance du ravitaillement. Rassemblé autour de la table de la cuisine, le trio établit avec minutie une liste de courses. Depuis près d'une semaine, le déneigement s'était vu limité aux seules rues du centre ainsi qu'aux axes principaux et Basile comme Emmanuelle ne prenaient plus la peine de dégager journellement leurs véhicules. Le combi s'était vu englouti en quelques jours sous un épais linceul, sa mécanique en sommeil pour une hivernation forcée. Chaudement vêtus, harnachés chacun d'un sac à dos et raquettes aux pieds, les deux jeunes gens prirent la direction du village en milieu de matinée. Ce qui en d'autres temps n'aurait constitué qu'une formalité prenait aujourd'hui des allures d'expédition polaire. Giflés par des bourrasques incessantes, ils mirent deux heures pour atteindre le centre de La Voljoux. Les chutes abondantes avaient transformé le réseau de ruelles en un immense labyrinthe monochrome. Les trottoirs n'étant plus déneigés, les rares piétons rencontrés progressaient en bordure de route, disparaissant parfois à la faveur d'une brèche taillée dans l'amoncellement neigeux pour accéder à un commerce ou un pas-de-porte. Çà et là sur les parkings et au pied des immeubles des renflements témoignaient de la présence de voitures enfouies. Les eaux de la rivière tourbillonnaient dans leur goulet en crachant vers le ciel des nuages de vapeur. Tels deux explorateurs regagnant leur camp de base, Emmanuelle et Basile tout saupoudrés de neige fraîche franchirent la porte du Ric's accueillis par un Raffy égal à lui-même qui salua leur entrée d'une gueulante :

— On se secoue avant de rentrer, bordel ! C'est pas vous qui passez la serpillière.

— Ta grande gueule nous manquait, tu peux pas savoir, lui lança le jeune homme tout en retirant son bonnet et son masque de ski.

— Baba !

L'exclamation teintée d'une joie non feinte fit plaisir à Basile, un Basile pas mécontent de retrouver au sortir de la tourmente la moleskine rouge des banquettes de la brasserie. Emmanuelle l'avait impressionné. La jeune femme avait ouvert la marche tout du long d'un pas assuré et sans jamais faiblir. Son état de fraîcheur à l'arrivée en disait long sur ses capacités physiques. Elle s'assit en face de lui, un sourire malicieux sur les lèvres.

— Ça va, je ne suis pas allée trop vite ?

— J'ai préféré te laisser devant, comme le font les éléphants lorsqu'ils se déplacent. Ils laissent toujours à la femelle la plus âgée le soin de mener le troupeau à son propre rythme afin de ne pas lui imposer une cadence trop soutenue, rétorqua Basile qui venait d'inventer la chose de toutes pièces.

Le coup de pied reçu dans sa jambe lui arracha un braillement.

— Et là, tu l'as bien sentie la femelle la plus âgée du troupeau dans ton tibia ?

— J'aime tes caresses.

— Quel hiver mes enfants, quel hiver, jamais vu ça ! maugréa Raffy sorti de derrière son zinc pour prendre leur commande. Qu'est-ce que je vous sers ? En pression, je n'ai plus que de l'ambrée. Rupture de stock sur tout le reste, je n'ai même pas reçu la bière de Mars. Plus un seul fût qui arrive à cause de toute cette merde qui empêche les livreurs de rouler.

— Alors va pour deux ambrées, annonça le jeune homme après avoir consulté Emmanuelle. Et sinon quoi de neuf à part ça ?

— Ils disent que si ça continue, faudra peut-être évacuer le village. Évacuer le village, vous imaginez ça, s'étrangla Raffy. Comme en quarante-quatre avec les Allemands. De mémoire d'anciens, on n'a jamais vu un Voljouxien fuir devant la neige. Il paraîtrait que les réserves de carburant sont au plus bas. Les stations-service ont ordre de rationner, priorité aux chasse-neige. Y a plus de ramassage des ordures. Les cols sont tous fermés et le dernier accès qui mène vers le bas de la vallée est bloqué. Des chauffeurs un peu trop téméraires ont embourbé leur bahut en essayant de monter jusqu'ici. Plus rien qui entre, plus rien qui sort. Coincés dans la nasse. Le cureton nous a mis dans une belle merde avec sa procession.

Basile sourit. Depuis quelque temps, « notre » procession était pour beaucoup devenue « sa » procession, propriété pleine et entière du pauvre abbé. Tout le monde semblait avoir oublié les réserves émises par le père Francis concernant cette procession ainsi que ses réticences à se lancer dans l'aventure. Le jeune homme rappela au serveur comment il avait applaudi à tout va l'arrivée de la neige et serré dans ses bras l'homme d'Église devenu héros d'un jour malgré lui.

— Moi, je dis que si le troupeau s'égare, on ne peut s'en prendre qu'à son berger, asséna le géant. Pas ma faute s'il ne sait pas doser ses Notre Père.

Tous ceux connaissant Raffy savaient qu'il était inutile de chercher à lui faire changer de point de vue lorsqu'il débutait une phrase par « Moi, je dis ». Ils passèrent commande de deux croque-monsieur à manger sur place. Emmanuelle n'était venue ici qu'une poignée de fois depuis son arrivée sur La Voljoux mais elle s'était tout de suite attachée à cet endroit où se concentrait l'âme du village. Tandis qu'elle plongeait ses lèvres dans la mousse pour une première gorgée à l'amertume délicate, elle se demanda si ses parents avaient un jour foulé l'antique parquet en chêne de la brasserie. Son regard se posa sur Momo-la-Chopine vissé à la table voisine. Le vieux poivrot épluchait le journal d'un œil distrait, son clébard pelucheux roulé à ses pieds. Il était difficile de donner un âge au bonhomme tant les ans et l'alcool avaient chiffonné son visage. La jeune femme tendit la main vers le bâtard qui s'approcha en frétillant de l'arrière-train et gémit de contentement lorsqu'elle caressa l'enchevêtrement de poils rêches qui garnissait le haut de son crâne.

— Il s'appelle comment ?

— Elle. C'est une fille. S'appelle Myriam.

Emmanuelle ne put s'empêcher de s'esclaffer.

— Drôle de nom pour une chienne.

— C'était celui de ma femme. Je l'ai gardé.

— Mon père aussi avait des chiens. Des malamutes.

— C'est vous la fille Radovic ?

L'homme avait replié son journal.

— Oui. Vous avez connu mes parents ?

— Votre père venait ici tous les dimanches

matin écluser des ballons de blanc pendant que votre mère était à la messe. Moi je faisais pareil avec Myriam. Myriam ma femme, hein, pas Myriam ma chienne. Moi l'église, j'y remettrai les pieds que pour mon enterrement, et encore, si le curé veut bien se fendre d'une messe pour une âme damnée comme la mienne. Une sacrée descente qu'il avait, votre père. Dragan hein, si je me souviens bien. Pas causant pour deux sous mais avec moi, ça allait. J'avais fait deux ans d'Algérie, comme lui. C'est drôle la guerre, comme ça peut rapprocher les hommes quand ça ne les tue pas. Le peu qu'il parlait, c'était pour causer de ses chiens. J'osais pas lui dire mais son idée de promenades en traîneau, ça pouvait pas marcher. Il a bien eu quelques clients au début mais ça se voyait trop qu'il avait la rage. Les champs de bataille peuvent avoir cet effet-là parfois sur les soldats. Ils en reviennent avec une rage qu'ils n'arrivent plus à s'ôter du ventre. Ça fait fuir les gens, une rage pareille.

— Et ma mère ?

— Oh elle, on l'apercevait quand elle venait rechercher son bonhomme au bar après la messe. Une belle femme comme on n'a pas trop l'habitude d'en voir par ici. Non pas que nos femmes ne soient pas belles mais elle avait un petit truc différent, un côté porcelaine qui faisait qu'on avait envie de la protéger tellement elle paraissait fragile. Une femme pareille, je crois qu'à la place de votre père, je l'aurais jamais laissée aller seule à la messe. Tous ces regards qui se tournaient vers elle quand elle entrait ici, c'était quelque chose.

Emmanuelle avait beau essayer, elle ne parvenait pas à imaginer sa mère fragile comme de la porcelaine. La femme qu'elle avait connue, celle qui l'avait élevée à défaut de l'aimer, avait la froideur et la dureté du marbre.

— Qu'est-ce qu'ils sont devenus ? poursuivit le bonhomme. Doivent plus être bien loin des quatre-vingts ans maintenant.

— Morts tous les deux.

— Ah.

Le visage de Momo-la-Chopine afficha une déception sincère. Debout sur ses pattes arrière, Myriam quémandait d'autres caresses en agitant son embryon de queue.

— Arrête de saouler ces braves gens Momo et laisse-les manger en paix, beugla Raffy tandis qu'il apportait les croque-monsieur. T'es là depuis l'ouverture, faut rentrer à la soupe maintenant.

Le poivrot éclusa le fond de sa chope et se leva. Au moment de passer la porte du Ric's, il se retourna vers la jeune femme. « Vous savez, moi j'y ai jamais cru que les chiens de votre père avaient bouffé les moutons des Bonardel. Je crois que ça arrangeait tout le monde, cette histoire. Vous savez, ici comme ailleurs, on veut bien supporter des étrangers qu'ils passent, pas qu'ils restent. »

Basile et Emmanuelle quittèrent la brasserie moins d'une demi-heure plus tard et remontèrent la grand-rue en direction du supermarché. Une clientèle éparse errait dans le magasin au milieu des rayons dévalisés. Partout régnait un même désordre comme si une volée de moineaux affamés était passée par là. Quelques paquets de pâtes rescapés gisaient couchés sur les étagères, certains éventrés. L'huile manquait et il en allait de même pour le sucre, le riz, la farine et les œufs. Les étals clairsemés exposaient des fruits et légumes qui avaient connu des jours meilleurs. Comme souvent, les inquiets et les frileux de tout poil dans leur souci imbécile de devancer la pénurie n'avaient rien fait d'autre que de la créer. Transformée en chasse au trésor, la corvée de courses s'éternisa plus longuement que prévu. Ils prirent le chemin du retour après un dernier arrêt à la maison de la presse pour acheter à Germain ses revues de sudoku. Les traces de raquettes du matin n'étaient plus qu'un souvenir. Alourdis par les sacs à dos remplis de victuailles, ils n'atteignirent la ferme du vieux qu'à la nuit tombante. Attablé à la cuisine, l'octogénaire fumait une cigarette, pensif. Les nombreux mégots contenus dans le cendrier témoignaient de sa nervosité. Sa mine préoccupée ondoyait dans la lueur dansante de la bougie posée sur la table. L'éclat de la flamme accentuait les rides de son visage et teintait sa barbe d'une belle couleur jaune paille. Un clair-obscur digne d'un tableau de Georges de La Tour, songea Basile. Le vieil homme tira une longue taffe puis lâcha la nouvelle au milieu d'un nuage de fumée : « On n'a plus de courant. »

25

D'abord limitée au seul secteur des hauts de Chalogne, la coupure d'électricité toucha l'ensemble du village dès le lendemain et survint pendant la messe dominicale. Cloîtré dans ses appartements, le père Francis ne s'aventurait plus au-dehors que pour se rendre à l'église contiguë à la cure. Remonter sur près de vingt mètres l'étroit défilé glacial entretenu quotidiennement par les bonnes âmes de l'équipe liturgique pour aller remplir son office devant un auditoire rendu anémique par les intempéries lui pesait de plus en plus. Pas de jour sans que des paroissiens ne l'entreprennent à la sortie du sermon et le pressent d'intercéder auprès de Dieu afin de lui signifier leur ras-le-bol et lui dire qu'Il devait mettre un terme au déluge, que toute cette neige qui n'en finissait pas de leur tomber sur la tête, même chrétienne, ça suffisait. D'aucuns évoquaient l'éventualité d'organiser une nouvelle procession, histoire d'essayer de défaire ce qui avait été fait. Le brave curé répondait invariablement qu'il n'existait pas de bouton marche/arrêt, que l'on ne pouvait pas commander au Très-Haut une météo à la carte à coups de procession pour une pincée de neige par-ci, trois mois de soleil par-là, un soupçon de pluie pour les nappes phréatiques, non, ça ne fonctionnait pas comme ça. Le père Francis ne leur avouait pas qu'en vérité il ne faisait que ça, d'intercéder. Pour ses paroissiens mais plus encore pour lui-même. Chaque soir il suppliait son Seigneur et Maître de faire cesser la tempête parce qu'il n'en pouvait plus de cette noyade blanche et de cette angoisse que même les nombreux verres de whisky ingurgités entre deux Notre Père ne parvenaient plus à dissiper. Sans parler de ce froid qui, dès le saut du lit, se faufilait jusque dans la moelle des os afin de mieux le transir. Jamais la chaleur de son Congo natal ne lui avait autant manqué. Sa décision était prise. Aux premiers jours de printemps, il déposerait sur le bureau de son évêque sa demande de mutation pour une paroisse plus au sud. La lettre était déjà prête, écrite de sa plus belle plume. Le simple fait de l'avoir rédigée avait réchauffé le cœur de Francis-Tryphon Mulumba. Ne méritait-il pas son paradis après ces cinq hivers passés à La Voljoux ? Quel bonheur ce devait être que celui de concocter ses sermons à l'ombre des oliviers, bercé par le chant des cigales, loin des frimas hivernaux. Depuis la procession, le curé n'était plus que l'ombre de lui-même. Ce miracle qui aurait dû le transporter de joie, lui l'homme d'Église, avait au contraire émoussé sa foi et effrité ses convictions. Il ne parvenait pas à évacuer le malaise qui s'était emparé de lui concernant les véritables intentions du Divin. Il y avait ce mot qui le tarabustait, ce mot glissé dans la supplique des paroissiens en haut de la montagne, un mot que Dieu semblait avoir pris un petit peu trop au pied de la lettre et qui faisait frissonner le curé plus encore que le froid niché dans ses os. Que la neige soit avec nous, que son règne vienne. *Règne.* N'avait-on pas vu par le passé des règnes durer mille ans ?

Ce dimanche matin, le prêtre officiait devant une assistance réduite à une centaine de fidèles. Sur tous les visages, on lisait, en plus de la fatigue, la même inquiétude. À deux reprises depuis le début de la messe, les baisses de tension sur le réseau avaient fait vaciller l'éclairage, plongeant à chaque fois la nef et le chœur dans une semi-obscurité. Les vitraux en partie occultés par la couche de neige ne dispensaient plus qu'une lueur crépusculaire. Les lustres s'éteignirent définitivement au moment de la communion, imités aussitôt par le chauffage à air pulsé qui arrêta de délivrer sa chaleur en même temps que son ronron rassurant. Les tuyaux de l'orgue expirèrent un dernier souffle tandis que montait de l'assemblée un long murmure de désarroi. Au même moment, partout dans le village, des mains actionnaient en vain des interrupteurs, s'évertuaient à tourner les boutons du four, de la radio, à tripoter le programmateur de la machine à laver, appuyaient frénétiquement sur les télécommandes des téléviseurs, des volets roulants et autres portes de garage électriques, pianotaient sur des claviers d'ordinateur sans plus de résultat. Les chaudières se turent et les robinets d'eau chaude n'eurent bientôt plus de chaud que le nom. Hormis les heureux utilisateurs de chauffage au bois, nombreux virent le froid gagner en quelques heures l'intérieur des chaumières. Avec l'arrivée de la nuit, alors que plus aucune lumière n'était là pour repousser les ténèbres, on redécouvrit les peurs primitives de l'Homo sapiens face à la toute-puissance de Dame Nature.

La perspective d'un rétablissement tardif du courant et l'incapacité des hommes, autant que des machines, à empêcher un engloutissement qui paraissait de plus en plus inexorable – plus de cinq mètres de neige relevés au point le plus bas du village – obligèrent le conseil municipal à se réunir dans l'urgence afin d'établir un plan d'évacuation et de convenir d'un lieu d'hébergement provisoire pour les sinistrés. D'abord considérée comme une évidence, la candidature du gymnase fut rapidement écartée en raison des multiples fuites découvertes récemment dans sa toiture fatiguée. Les élus de l'opposition ne manquèrent pas au passage de rappeler le projet phare de leur programme électoral lors des dernières élections, à savoir la construction d'un nouveau centre de polyactivités en lieu et place du gymnase vétuste. Après plusieurs tours de table, il apparut à tous que seule l'église avec sa charpente en chêne, ses murs dignes d'une forteresse et une surface au sol conséquente offrait les garanties suffisantes à l'accueil des réfugiés climatiques. À bien y réfléchir, il était logique que l'histoire se termine là où elle avait commencé, à l'église. Le curé leur devait bien ça, lui qui avec sa procession les avait enlisés dans ce bourbier jusqu'au cou. Soumise au vote, l'idée fut adoptée à la majorité de vingt voix pour sept abstentions, l'opposition s'abstenant comme de bien entendu dans la mesure où ladite idée provenait de la partie adverse. On informa le prêtre qu'à compter de ce jour, la maison de Dieu se voyait réquisitionnée pour le bien de la communauté. Contrarié par le caractère cavalier du procédé, l'abbé renâcla, arguant qu'il était nécessaire d'obtenir l'aval de l'évêque et qu'il devait pour cela en aviser les affaires diocésaines. On lui fit remarquer qu'à moins de posséder un pigeon voyageur, il allait lui être difficile d'aviser qui que ce soit, le réseau téléphonique se trouvant dans le même état que le réseau électrique. « Ce sera juste l'affaire de quelques jours, le rassura le maire, le temps d'organiser l'évacuation du village. » Les derniers propos de l'élu agirent sur Francis-Tryphon Mulumba comme une piqûre de taon sur le cul d'un cheval. À la perspective de quitter cette prison glaciale qu'était devenue La Voljoux, l'homme d'Église oublia aussitôt les affaires diocésaines et son évêque, en aurait oublié jusqu'au pape s'il avait fallu et s'empressa de mettre son église à la disposition du premier magistrat de la ville. Les services techniques déblayèrent un emplacement sur le parvis afin d'installer l'imposant générateur de secours qui allait prendre le relais du réseau défaillant. Malgré le caisson antibruit, les claquements sourds du moteur diesel firent bientôt vibrer les vitraux de l'édifice religieux en même temps que les électrons se ruaient de nouveau le long des fils de cuivre du circuit électrique. Salués par les applaudissements des quelques personnes présentes, la lumière jaillit des lustres et le chauffage à air pulsé insuffla sa chaleur par les bouches grillagées disséminées aux quatre coins de l'église. On dépouilla la nef de ses bancs et agenouilloirs tandis que le curé s'empressait de mettre à l'abri les lutrins et autres prie-Dieu qui rejoignirent le mobilier liturgique entreposé dans le déambulatoire. Les tapis en mousse du club de gymnastique vinrent recouvrir le dallage de grès rose. Il allait de soi que la mise à disposition de l'église n'incluait pas son chœur. Aussi le père Francis prit-il le soin de délimiter la partie sacrée de l'édifice en dévidant un plein rouleau de rubalise bariolée qui donna aux abords de l'autel des airs lugubres de scène de crime. La sacristie transformée pour l'occasion en lieu d'aisance accueillit les trois cabines sanitaires chimiques empruntées au service fêtes et manifestations. Des tables furent érigées de part et d'autre du confessionnal sur lesquelles on entreposa cafetières et bouteilles d'eau. Ainsi parée, l'église avec ses lits de camp ressemblait plus à un hôpital de campagne qu'à un lieu de culte.

D'abord timide, l'afflux des sinistrés s'étoffa rapidement après qu'une vague d'humidité venue de l'ouest eut balayé la vallée, alourdissant le manteau neigeux avant de s'évacuer par le col, laissant les nuages floconner de plus belle dans son sillage. La couche de neige qui la veille au soir sous sa forme poudreuse ne pesait guère plus que quelques dizaines de kilos par mètre cube accusait au lever du jour un poids de plusieurs quintaux pour le même volume. Une charge beaucoup trop lourde pour bon nombre de toitures qui subirent le même sort que celle de la ferme d'Emmanuelle, créant de nouveaux sans-abri qui rejoignirent le rang des réfugiés. Le risque d'effondrement allié à la coupure d'électricité vida des rues entières de leurs habitants. Plusieurs centaines de familles trouvèrent bientôt refuge dans l'église au milieu d'une gentille pagaille et dans un brouhaha incessant. Ça piaille, ça discute, ça se réconforte. Des groupes se forment selon les affinités, s'agglutinent autour des bouches de chauffage. Les enfants chahutent en criant tandis que les parents s'époumonent pour les rappeler à l'ordre. On prend ses quartiers sous la direction des élus qui notent scrupuleusement le nom et la composition de chaque famille. On tue le temps comme on peut. Parfois l'organiste distrait l'assistance en jouant des airs de variété. On chante, certains vont même jusqu'à entamer un pas de danse. Le soir venu, bercé par le bruit sourd et régulier du groupe électrogène, tout ce petit monde glisse peu à peu dans le sommeil sous le regard bienveillant du crucifié de plâtre suspendu au-dessus de l'autel.

Ce soir, le curé qui a fait le choix de passer les nuits au milieu de ses ouailles a attendu ce moment pour monter à la tribune. Là-haut, il s'arrête un instant, écoute monter à lui la respiration du troupeau massé dans le ventre chaud de son église. Il sait. Tout au fond de lui, il l'a toujours su, sa place est ici, dans ce village du bout du monde lové au milieu de ce vieux massif granitique raboté par les glaciations. Son purgatoire sur cette terre. Son paradis n'en sera que plus beau. Demain il déchirera sa lettre. Ce soleil qu'il recherche est là, à portée de main, dans le cœur de tous ces êtres rassemblés dans la nef. L'escalier qui mène au clocher grince sous ses pas. Il contourne la masse sombre de la grande cloche et par les ouïes des murs regarde la tempête qui sévit au-dehors. Les bourrasques s'engouffrent en sifflant entre les lames de l'abat-son et cinglent son visage. Tout en bas, les rues et les maisons noyées sous la neige dessinent un paysage tourmenté hérissé de vagues monstrueuses. Du haut de son poste de vigie, le prêtre ne s'est jamais senti aussi proche de son Créateur. Un grand sourire vient illuminer la bouille charbonneuse de Francis-Tryphon Mulumba. Il est Noé. Un Noé couleur d'ébène aux commandes de son vaisseau de pierres fendant les flots d'une mer écumeuse et glacée, les cales remplies de pécheurs.

Journal de Pavlina Radovic
Mars 1978

J'ai peur que Clotilde m'annonce un jour vouloir arrêter les leçons de français. Abandonner les leçons équivaudrait à me priver d'oxygène. Ces moments surgissent dans ma vie comme des bouffées d'air frais, autant d'occasions de quitter la ferme et sa perpétuelle odeur de clébard qui suinte des niches pour tout envahir. Par temps orageux, ça pue le chien mouillé du sous-sol au grenier. Même Dragan en est imprégné. Quand il se glisse dans le lit, l'odeur se glisse avec lui, enfouie derrière les relents de vodka. Elle n'est pas sur lui, elle est en lui, résultat de la symbiose totale qu'il vit avec ses bêtes. J'ai parfois l'impression qu'il n'existe plus que pour elles et par elles.

Après deux hivers, il est clair que son affaire ne décollera pas. Les prospectus sont restés lettre morte. Je crois qu'il a fini par se faire une raison, même s'il ne l'avoue pas franchement. Capituler face à la réalité comptable de son entreprise n'est pas chose facile, surtout pour un soldat. Les chiffres peuvent être plus forts que les rêves. Il s'est inscrit à l'agence pour l'emploi. Avec son passé militaire, il aimerait travailler dans le gardiennage ou la sécurité. Il ne m'en a rien dit mais je suis tombée sur son dossier d'inscription qui traînait sur le buffet de la cuisine. Je le soupçonne de l'avoir mis là en évidence volontairement, un moyen lâche de m'informer de sa démarche tout en esquivant une explication en tête-à-tête.

Les attaques ont repris. Fin de la trêve hivernale. Avec l'arrivée précoce du printemps, les troupeaux ont pu quitter la chaleur des bergeries pour regagner l'herbe naissante des pâturages. Et ce que l'on craignait n'a pas tardé à survenir. Presque un an après son apparition, la Bête est sortie du couvert pour faire une quinzaine de victimes parmi les moutons sur le secteur. Deux attaques distinctes à quelques jours d'intervalle. D'aucuns avaient espéré que l'hiver et le manque de nourriture auraient raison d'elle définitivement.

Intérieurement, j'ai éprouvé une forme de soulagement à la savoir toujours en vie. Sa présence invisible réveille les peurs ancestrales, me fait me sentir un peu plus vivante.

La folie meurtrière dont elle fait preuve envers les troupeaux reste un mystère. D'après les spécialistes, la faim ne peut pas justifier de tels carnages. Elle doit trouver une forme de jouissance à sentir les gorges palpitantes de vie céder sous ses crocs. Ça n'est plus un simple prédateur mais un tueur en série qui prend du plaisir à prendre les vies. Depuis un an, d'importants moyens ont été engagés pour tenter de neutraliser l'animal. Hier, toute une horde de chasseurs s'est engouffrée dans le sous-bois au-dessus de chez nous pour monter en direction de la petite chaume. Pour rien. Un promeneur avait cru voir quelque chose, une ombre. Les nerfs sont à vif. Toutes les sociétés de chasse des environs sont sur le pied de guerre, prêtes à en découdre avec ce fantôme sanguinaire. Les battues et les traques ont repris de plus belle.

Épaulée par la gendarmerie, la préfecture a élaboré avec les communes environnantes un plan d'intervention et mis en place une surveillance étroite du massif par des unités mobiles mais la Bête semble dotée de pouvoirs divinatoires pour déjouer les pièges et les affûts. Les attaques n'arrivent jamais là où on les attend. La Bête balade tout ce petit monde d'un bout à l'autre du territoire. Certains jours, elle aurait même été vue dans plusieurs endroits en même temps, comme si elle possédait le don d'ubiquité.

Le doute s'est installé. Il est difficile de croire que toutes ces attaques peuvent être l'œuvre *d'un seul prédateur. Sans véritables preuves, les gens se sont mis à douter de l'existence du loup. Ils cherchent des réponses concrètes à leurs interrogations. Pourquoi pas des chiens dressés pour tuer ? J'imagine comment l'idée a creusé son chemin dans les esprits, s'est engraissée sur les peurs. Les chiens errants sont devenus une meute infernale menée par un démon une fois la nuit tombée, une meute obéissant au doigt et à l'œil à son maître.*

Une meute obéissant au doigt et à l'œil à son maître, je n'aurais pas trouvé meilleure définition pour décrire un musher et son attelage.

J'ai peur.

26

Depuis une semaine que le réseau électrique avait tiré sa révérence, Emmanuelle et Basile devaient chaque matin se faire violence pour quitter la chaleur de leur lit et affronter l'air piquant de la chambre. Sans chauffage pour les contenir hors des murs, l'humidité et le froid squattaient l'étage dans ses moindres recoins. Dehors, la couche de neige atteignait à présent l'appui de fenêtre et les flocons continuaient de dégringoler du ciel comme aux premiers jours. Surnageant au-dessus de l'épais manteau neigeux, la chambre restait avec le grenier le dernier endroit de la maison à pouvoir bénéficier de la lumière du jour. Du tranchant de la main, le jeune homme essuya la buée qui perlait sur la vitre tandis qu'Emmanuelle traçait du bout de son index sur le carreau voisin un cœur dans lequel elle inscrivit les initiales de leurs prénoms. E + B. « J'ai toujours rêvé de faire ça un jour », lui avoua-t-elle guillerette.

— Tant que tu ne m'obliges pas à me faire tatouer ça sur le biceps, plaisanta Basile.

— Ton corps est une œuvre d'art et on ne fait pas de tag sur une œuvre d'art, ce serait sacrilège.

— Trop gentille pour être honnête. J'ai comme l'impression que tu essaies de m'acheter là.

— Pourquoi acheter quand un emprunt d'un quart d'heure peut suffire à mon bonheur, lui susurra-t-elle à l'oreille tout en glissant une main dans son boxer.

Une demi-heure ne fut pas de trop pour faire le tour de leurs anatomies, anatomies dont ils connaissaient chaque détail à force de les parcourir du bout des doigts et des lèvres. « Désolé d'avoir débordé du temps imparti. Je ne te facture pas le supplément », déclara Basile encore tout essoufflé.

— Ton retard au démarrage est sûrement à mettre sur le compte du froid, le taquina Emmanuelle.

— Tu me prends pour un engin de damage ? répliqua le jeune homme faussement offusqué.

Le pugilat à coups d'oreillers se termina sur l'édredon où ils pactisèrent en se promettant une revanche pour le soir même. Ils gagnèrent le rez-de-chaussée plongé dans l'obscurité. Le sifflement strident de la bouilloire posée sur la gazinière guida leurs pas jusqu'à la cuisine où la lampe-tempête brillait au centre de la table comme un petit soleil. Penché au-dessus de la cuisinière à bois, Germain auscultait la gueule sombre du foyer. Le vieil homme avait remis en service le fourneau au lendemain de la coupure d'électricité. Débarrassée des plantes moribondes qui l'encombraient, la nappe avait glissé au sol, découvrant la tôle émaillée de la cuisinière. « Elle marchera ? » s'était inquiété Basile.

— Je lui demande pas de marcher, gamin, je lui demande de servir, avait répliqué le vieux. Il suffit juste de s'en occuper, avait affirmé l'ancien qui avait soulevé le capot et tapoté de la main l'épais tablier d'acier comme s'il flattait l'échine d'un gros animal. Un coup de toile émeri de temps en temps, ramonage de la cheminée quand nécessaire et vider le tiroir des cendres quotidiennement, elle demande rien d'autre. Le secret, c'est surtout de bien la nourrir. Donne-lui du bois trop vert, elle te refoulera son mécontentement dans toute la baraque et du trop sec, elle te l'engloutira avant même qu'il ait le temps de chauffer les parois en fonte de son foyer.

Ce matin comme tous les matins, Germain s'activait à réveiller à coups de tisonnier les braises mourantes de la veille, faisant s'envoler vers le plafond une colonne d'escarbilles. Sans même un regard pour les deux tourtereaux qui venaient de pénétrer dans la cuisine, il déposa sur le tapis rougeoyant une poignée de petit bois puis enfourna les premières bûches de hêtre de la journée. Il referma la trappe et releva la manette du tirage pour activer la combustion. Bientôt le feu ronfla et le bois livré aux flammes chanta en crépitant tandis que la chaleur dissipait le voile de fumée qui flottait dans la pièce. Satisfait, l'octogénaire réduisit l'arrivée d'air pour dompter la flambée. « Faudra s'occuper du bois », commanda-t-il à Basile en désignant la corbeille du menton.

Les effusions matinales n'avaient jamais été le fort de Germain. Les deux jeunes gens ne s'en offusquaient pas mais se plaisaient néanmoins à lui balancer des bonjours chaleureux en pénétrant dans la cuisine, salutations auxquelles l'ancien répondait généralement par un simple grommellement.

— Je peux déjeuner avant ? demanda son petit-neveu sur le ton de la plaisanterie.

Nouveau grommellement. Oui, il pouvait, à condition de ne pas y passer la matinée.

— Vous avez mangé ? s'enquit Emmanuelle.

— Pas faim.

— Il faut manger, insista-t-elle. Allez, je vous prépare une tartine, venez vous asseoir avec nous.

Le vieux obtempéra. Toujours ce truc dans la voix de la jeune femme qui lui rappelait Pavlina et le faisait succomber.

— Et vos cachets, vous avez pris vos cachets ? s'inquiéta Basile en ouvrant le pilulier.

Tous les matins, les mêmes questions qui revenaient. Vous avez mangé ? Vous avez pris vos médicaments ? Avec face à lui, deux gardes-malades intransigeants. Non, il ne les avait pas encore pris, ces fichus médocs. Ni la gélule blanc et rouge ni le cachet bleu, et encore moins ce satané comprimé ovale qui avait la fâcheuse tendance à se coller à son palais avant même d'atteindre l'œsophage. Emmanuelle déposa d'autorité un verre de jus d'orange devant l'octogénaire qui avala sa médecine sous le contrôle de Basile. Entre deux tartines, le jeune homme évoqua les opérations d'évacuation qui se profilaient à l'horizon. Il était retourné au village le jour précédent et avait fait à son retour un rapport détaillé sur l'état critique dans lequel se trouvait La Voljoux. Sans électricité ni aucun moyen de communiquer avec l'extérieur, la bourgade était devenue sourde, muette et aveugle, à l'image du Ric's plongé dans le noir avec un Raffy étonnamment peu disert, comme si le corps du colosse lui-même s'était mis au diapason de son nouvel environnement. L'évacuation était pour bientôt d'après le serveur.

— C'est une question de jours, voire d'heures, précisa Basile en beurrant une énième tartine. Reste à savoir comment ils vont procéder pour évacuer tout le monde.

— Tout le monde ?

Le vieux avait relevé la tête de son bol. L'inquiétude creusait les rides de son front.

— L'évacuation sera générale d'après ce que j'ai compris. De toute façon, on n'a pas vraiment le choix. Niveau bois de chauffage, il reste à peine de quoi remplir quelques corbeilles et côté nourriture, les réserves fondent à vue d'œil.

L'octogénaire ne put masquer sa contrariété. Tenir jusqu'au vingt mars, jour d'équinoxe de printemps, c'était tout ce qu'il demandait. Une date purement symbolique, il en convenait volontiers, mais sans cette symbolique, ce qu'il s'apprêtait à faire perdrait tout son sens. Basile quitta la table. « Tu veux que je t'accompagne ? J'aime pas quand tu y vas tout seul. » Bien que tenté d'accepter, Basile déclina la proposition d'Emmanuelle.

— Prépare-moi plutôt un semblant de bain chaud, tu veux bien ?

— Une bouilloire d'eau brûlante pour trois volumes d'eau glaciale, c'est comme si c'était fait.

Ils s'embrassèrent tandis que Germain plongeait la tête dans son bol.

— Sois prudent.

La corvée de bois n'avait jamais si bien porté son nom. Sortir raquettes aux pieds, sac au dos et corbeille à la main par la fenêtre de la chambre, une des seules issues de la maison encore praticables, et parcourir la cinquantaine de mètres qui le séparaient de la ferme éboulée d'Emmanuelle constituait la partie la plus facile de l'aventure. Il fallait ensuite se glisser dans la maison ravagée et gagner l'ancienne écurie où était stocké le bois de chauffage acheté par la jeune femme à l'automne. Le retour dans la tempête, alourdi par la corbeille et le sac à dos plein à craquer de bûches, relevait de l'expédition himalayenne. L'Everest sans sherpas.

Germain n'aimait pas se retrouver seul avec la voisine qui profitait de ces tête-à-tête pour l'interroger sur la vie de ses parents à La Voljoux. Sous prétexte d'une mémoire défaillante, le vieil homme se contentait de réponses évasives. Il ne voyait plus en Emmanuelle que la chair de la chair de Pavlina. Les efforts pathétiques qu'il fournissait pour dissimuler son trouble et se soustraire aux questions de la jeune femme ne faisaient qu'attiser la curiosité de celle-ci. Prétextant avoir à faire dans la cave, l'octogénaire battit en retraite, une bougie à la main, laissant Emmanuelle seule avec ses interrogations. Le « merde » tonitruant poussé par le vieux l'arracha brutalement à ses pensées. Elle se rua vers la cage d'escalier d'où était monté le cri et découvrit dans le faisceau de la lampe torche un Germain étalé de tout son long au pied des marches.

— La bougie s'est éteinte, bordel !

Son pied avait ripé sur la dernière marche et son genou, incapable d'encaisser le poids du corps, avait ployé lamentablement.

— Ça va ?

— C'est rien, ça va aller. J'ai juste mis la charrue avant les bœufs, comme dirait mon kiné.

Il se releva avec l'aide de la jeune femme et épousseta la terre battue qui maculait la jambe de son pantalon. Rassurée, Emmanuelle balaya du regard les rayonnages qui l'entouraient. « C'est quoi tout ça ? »

Germain sourit malgré la douleur qui pulsait dans le haut de sa cuisse. Mot pour mot les paroles du gamin lorsqu'il avait découvert ce qui se trouvait sur les claies. Pareillement au jeune homme, elle eut droit à un exposé détaillé et vit son prénom se retrouver épinglé sur la tranche tricentenaire au niveau de son année de naissance, à trois cernes de celui de Basile. De retour dans la cuisine et malgré ses efforts pour masquer sa souffrance, le vieux ne put s'empêcher de grimacer au moment de s'asseoir. « Laissez-moi regarder ça de plus près », ordonna Emmanuelle. En deux temps trois mouvements, l'octogénaire se retrouva avec le pantalon tire-bouchonné sur les chevilles face à une Emmanuelle agenouillée en train d'examiner l'hématome qui bleuissait déjà la partie supérieure de la jambe.

— Bravo, sitôt que j'ai le dos tourné on me

fait des infidélités, plaisanta Basile de retour de sa corvée de bois.

— Imbécile, il est tombé.

— Rien de grave ?

— Non, c'est juste meurtri. Rien de cassé ni de démis. Cinq granules d'arnica toutes les heures et ça devrait passer.

— Ruse de vieux Sioux pour amadouer la jeune squaw, glissa le jeune homme dans l'oreille du vieux après s'être déchargé de son fardeau.

D'abord étouffé, le bruit de la motoneige leur parvint clairement tandis qu'elle montait plein gaz le raidillon qui menait à la maison. L'engin vint s'échouer devant la chambre de l'étage et Basile aida Louis Pelletier à enjamber l'appui de fenêtre. L'homme ôta son casque et sa cagoule, dévoilant sa bouille rougeaude et affable.

— Ça ne doit pas être facile de se retrouver coincé ici mais je peux vous dire que ça vaut toujours mieux que d'être confiné à l'église, annonça Loulou une fois attablé à la cuisine devant une tasse de café fumant. Ils sont en train de virer fous là-bas, il est vraiment temps d'évacuer.

Suspendus aux lèvres du gros homme, tous attendaient la suite.

— C'est pour demain, finit par lâcher Loulou. Et c'est nous qui sommes réquisitionnés pour faire le boulot. Toutes les dameuses seront engagées, on a suffisamment de carburant pour le premier voyage. Les ravitaillements suivants se feront en zone verte avec des camions-citernes.

— Zone verte ?

— Oui, c'est tout ce qu'ils ont trouvé. Zone blanche pour nous, là où sévit la tempête, et zone verte pour l'extérieur. L'opération devrait durer au minimum trois jours. Il y a quand même plus de trois mille personnes à sortir de là. Ça va faire un sacré paquet de rotations. On va commencer par l'église et le centre du village avant de s'occuper des écarts. Tenez-vous prêts pour huit heures demain. On passera vous prendre pour vous acheminer en motoneige jusqu'à la station.

Germain n'écoutait plus. Les dates dansaient dans sa tête. Demain dix-huit mars, début de l'évacuation. Trois jours, ça les menait jusqu'au vingt inclus. Leur visiteur avait dit au minimum. Avec un peu de chance, ça traînerait bien jusqu'au vingt et un. Le vieil homme sortit la gnôle pour rallonger les cafés. Deux ou trois rasades ne seraient pas de trop pour calmer son angoisse en même temps que la douleur nichée dans sa jambe.

27

Après plusieurs semaines d'inactivité, la perspective de retrouver leur outil de travail avait mis du baume dans le cœur de Basile et d'Emmanuelle. Loulou les avait prévenus, hormis quelques périodes de repos grappillées de-ci de-là, ils allaient passer les trois jours à venir rivés aux commandes de leur dameuse. La veille, Basile avait rapatrié tout le bois disponible au pied de la cuisinière pour son grand-oncle, de quoi tenir jusqu'à son évacuation. Emmanuelle de son côté avait passé l'après-midi au fourneau à concocter des petits plats afin qu'il n'ait pas besoin de cuisiner. Tout à l'heure, au moment de quitter Germain, un sentiment de culpabilité avait serré la gorge du jeune homme. Impression de faillir à son devoir en abandonnant le vieux dans une maison qui ressemblait de plus en plus à un tombeau. L'octogénaire les avait rassurés. « Trois jours sans vous avoir sur le dos, ça va me faire des vacances, avait-il plaisanté.

Je vais pouvoir fumer et boire tout mon soûl et même oublier de prendre mes cachets. » Bien qu'un sourire étire sa bouche, il avait le regard d'une personne en partance et son au revoir avait sonné désagréablement aux oreilles de Basile. Pas un au revoir mais un adieu, avait songé celui-ci tandis que le vieux refermait la fenêtre de la chambre dans leur dos.

Les quelques kilomètres en motoneige pour rejoindre la station avaient été avalés en moins de vingt minutes. À pied d'œuvre depuis le lever du jour, une cohorte d'employés terminait de libérer les engins de damage de leur gangue de givre et de neige. Louis Pelletier réunit l'équipe dans le hangar afin de les informer des consignes à suivre. Chose plutôt inhabituelle, ils allaient progresser en convoi. « C'est moi qui prendrai la tête de la colonne. Que je ne voie pas un petit malin s'amuser à tenter un dépassement, les prévint le chef. Je ne veux voir qu'une seule trace de chenillette dans mes rétros. Et on respecte les distances, on n'est jamais à l'abri d'une collision. » Tous gagnèrent leur poste de pilotage sans un mot, conscients de l'importance de la mission qui leur était confiée. Les radios crachotèrent le top départ et les dameuses manœuvrèrent en soulevant des gerbes de poudreuse pour s'arracher au parking. Le cortège de mastodontes s'étira dans la tempête en direction du village à la vitesse de vingt kilomètres à l'heure. Impuissants à percer le rideau de flocons qui caressait les pare-brise, les projecteurs au xénon ne faisaient qu'aggraver une visibilité déjà médiocre. Sans véritables points de repère, Basile, comme ses collègues, ne reconnaissait plus rien de la vallée dans laquelle ils évoluaient. À sa gauche, la rivière terrée dans le fond de son goulet se dérobait à la vue. Çà et là s'élevaient des tumulus, gros mamelons sous lesquels dormaient les maisons ensevelies. Personne ne parlait. Les écrans GPS colorés leur signalaient des routes, des prés et des habitations qu'ils ne pouvaient plus voir. Les machines progressaient au milieu d'un paysage monochrome, leurs chenilles mordant la surface d'une planète hostile et inconnue. Le convoi franchit le pont à l'entrée du bourg et s'engagea dans le dédale de ruelles en direction de l'église. Au sortir du méandre apparut le clocher, émergence de grès rose posée sur le désert blanc. La colonne fit halte au niveau du parvis tandis que plusieurs réfugiés se précipitaient à la rencontre des dameurs. On les accueillit avec effusion. Ils étaient ceux par qui le salut arrivait. En pénétrant dans l'église, Emmanuelle, comme la plupart de ses collègues, marqua un temps d'arrêt. La vue de toutes ces familles agglutinées sous le plafond de la nef au milieu d'un capharnaüm sans nom malgré les efforts incessants du père Francis pour empêcher que la maison de Dieu ne se transforme en un vaste foutoir avait quelque chose de poignant. La promiscuité avait rendu la situation explosive. Pour un oui pour un non, les conflits éclataient. Des fauves encagés qui se déchiraient à coups de gueule quand ce n'était pas à coups de poings. Les gens n'en pouvaient plus d'attendre. Le maire l'avait bien compris. Jeter des promesses comme on jette un os afin de calmer les impatiences ne suffisait plus, on voulait des actes, sortir du piège. Les dameuses arrivaient à point nommé. Le premier magistrat, aidé de quelques élus et du secrétaire de mairie, avait établi la veille une liste de noms afin d'ordonnancer l'évacuation, d'abord les sujets les plus âgés et les plus faibles suivis des femmes et des enfants, puis tous les autres. Constituer sur le papier des groupes de passagers, trois par engin voire plus si les adultes prenaient des enfants sur les genoux, les avait occupés une partie de la nuit, la tâche s'avérant aussi complexe que celle d'élaborer un plan de table pour une noce gigantesque. Les premiers appelés furent hissés à bord des chenillettes devant un public envieux. Le père Francis accourut, goupillon en main, et balança de généreuses giclées d'eau bénite sur la dameuse de tête, geste que d'aucuns virent plus comme un signe de mauvais augure qu'un gage de protection divine. Les radios crépitèrent et le convoi s'évanouit en direction du bas de la vallée.

Parmi les passagers d'un jour, l'émerveillement succédait à la peur, la curiosité à l'inquiétude, l'excitation à la fatigue. Si l'on pouvait lire du ravissement sur le visage des plus jeunes dont les yeux pétillaient de fascination à la vue de la console du tableau de bord, la plupart des adultes se trouvaient partagés entre soulagement et abattement. En les emportant vers la zone verte, une terre promise qui n'était pas la leur, ce baptême en chenillette ne faisait qu'entériner leur statut de réfugiés climatiques. Une dizaine de kilomètres après la sortie du village, la dameuse de Loulou Pelletier traversa un dernier rideau de flocons avant de se dérober à la vue de ses congénères. L'engin glissa lentement jusqu'au pied du talus neigeux où l'acier de ses chenilles vint griffer l'asphalte de la route. Une à une, les machines basculèrent en avant et dévalèrent la butte en douceur au milieu des cris de leurs occupants puis allèrent se ranger sur l'herbe du pré jouxtant la nationale. Des exclamations d'extase fusèrent dans les radios. Médusés, les gens s'extrayaient timidement des cabines tels des explorateurs abordant les rives d'un continent inconnu. Après plus de quarante jours passés au milieu de la tempête, ils retrouvaient un paysage multicolore sous un ciel bienveillant. Jamais vert ne leur avait paru si vif, bleu si profond, les sons si clairs.

Têtes basculées vers l'azur, passagers comme conducteurs goûtaient avec délice la caresse des rayons du soleil sur la peau tout en s'enivrant des senteurs printanières portées par l'air sec à leurs narines. Quelques-uns se retournèrent sur la masse grise qui les avait crachés sur la route, comme pour se persuader de sa réalité. Le comité d'accueil composé de proches et de curieux applaudit avec enthousiasme l'arrivée de cette première fournée d'évacués vers laquelle se ruaient les journalistes avides de recueillir du bout de leurs micros les réactions à chaud. Aussitôt pris en charge par les bénévoles de La Croix-Rouge, ceux qui n'avaient pas de solution d'hébergement furent convoyés à bord de minibus vers les hôtels réquisitionnés par la préfecture à cet effet. Douches et repas chauds au programme. Le paradis pour des gens dont le dernier bain remontait pour la plupart à plusieurs jours.

— Où est papa ?

Basile qui attendait de pouvoir remplir son réservoir auprès du camion-citerne sursauta. Arrivée de Paris avec son mari, Françoise avait passé une partie de la nuit le fessier vissé au cuir pleine fleur du siège de son Porsche Cayenne à se ronger les sangs. Habituellement tiré au cordeau, son chignon montrait des signes de relâchement. Une pelote de laine sur laquelle se serait acharné un chaton à coups de griffes, songea Basile en voyant la coiffure défaite. Le maquillage de la veille n'avait pas mieux survécu à une nuit sans sommeil et le visage de sa parente accusait ce matin le passage des ans. Avant même qu'il trouve à répondre, elle mitrailla le jeune homme d'une rafale de questions :

— Il n'est pas là ? Comment va-t-il ? Il a du chauffage ? Qui s'occupe de lui ? Tu ne l'as quand même pas laissé seul ?

Ces propos eurent pour effet de raviver le sentiment de culpabilité que nourrissait Basile envers le vieux.

— Il va bien, la rassura-t-il. On évacue en premier l'église et le centre. Pour les écarts, ce sera un peu plus tard mais son tour viendra.

— Comment ça un peu plus tard ?

— Pas avant après-demain je pense. Mais il a de la nourriture, de quoi se chauffer et il m'a promis de bien prendre ses cachets. On le récupère dès que possible. Tout va bien se passer.

Il se garda bien de mentionner l'insistance de l'octogénaire à faire partie des derniers Voljouxiens à quitter le village, pas pressé qu'il était d'abandonner sa maison et surtout sa cave et la collection qu'elle contenait. L'intervention de Louis Pelletier arriva à point nommé :

— Basile, c'est quand tu veux. Il ne reste plus que toi.

Trop heureux de pouvoir s'échapper, le jeune homme grimpa à bord de sa dameuse afin d'aller gaver son réservoir de carburant. Vexée de se voir privée de proie, Françoise Boisdémont née Grosdemange jeta son dévolu sur le pauvre Loulou et l'implora d'incorporer son père au prochain contingent d'évacués. Devant le refus du bonhomme de se plier à sa volonté, elle changea de stratégie, se fit menaçante :

— Vous savez que ça peut relever de la non-assistance à personne en danger, un tel comportement, n'est-ce pas Éric ? Éric, mon mari, qui est avocat d'affaires. Inutile de vous dire que la loi, ça le connaît.

Éric opina, comme à son habitude, même si sa femme avait la fâcheuse tendance à surestimer ses connaissances juridiques concernant le droit pénal.

— Écoutez, j'ai encore plus de trois mille âmes en détresse qui attendent qu'on les sorte de là, objecta Loulou avec calme, alors vous serez gentille de me laisser faire mon boulot avant que je ne porte plainte pour entrave à l'exécution d'une évacuation à caractère humanitaire. Demandez à monsieur-votre-mari-avocat-d'affaires ici présent, il vous expliquera en quoi ça consiste.

Sur ces mots, Louis Pelletier qui pour sa part n'avait aucune idée de l'existence ou non d'une quelconque sanction pour une telle entrave regagna sa cabine et, après avoir vérifié par radio que l'équipe était parée au départ, s'élança à l'assaut du tertre neigeux. La tempête avala le cortège de dameuses pour une nouvelle rotation. Il en faudrait encore beaucoup pour évacuer la totalité des sinistrés présents sur La Voljoux.

28

Avec son unique soupirail obturé par la neige, la cave s'était enlisée dans une lente asphyxie, impuissante à conserver les constantes d'hygrométrie et de température habituelles. L'humidité suintait des murs et l'odeur de salpêtre qui en émanait étouffait toutes les autres. Assis au bureau, Germain noircissait le papier de son écriture tremblée. La maîtrise du stylo était devenue une épreuve douloureuse pour ses doigts déformés par l'arthrite. À cela, s'ajoutaient fatigue et émotion qui semblaient s'être alliées pour freiner la rédaction de sa lettre. Tout à l'heure, la lampe-tempête à bout de bras, il avait erré le long des claies, avait pris le temps de caresser quelques-unes des rondelles de bois – la quarante-trois, un épicéa tronçonné sur le versant alsacien du Bernon, la quatre-vingt-quinze, un hêtre issu d'une coupe de parcelle en bordure du lac, la cent douze, un chêne malade abattu au Rocher des Fées –, avant de poursuivre sa lente déambulation entre les travées, repoussant pour quelques instants encore l'échéance de l'aveu.

Germain froissa la feuille de papier qui rejoignit les précédentes dans la poubelle. Même s'il pouvait parfois les regretter, il avait toujours assumé ses actes mais si les reconnaître était une chose, il se rendait compte à présent qu'il en allait tout autrement de les écrire noir sur blanc. Il y avait quelque chose de définitif dans cet exercice, une mise à nu sans retour en arrière possible. Aussi devait-il vider sa conscience en pesant chaque phrase. Sa confession n'aurait de sens que dans la mesure où il n'omettrait rien. Il ne demandait pas le pardon à Emmanuelle, les pardons, c'était bon pour les pleutres. Les pardons n'avaient jamais relevé un arbre couché au sol. L'octogénaire tira le tiroir à lui et saisit le pommeau. Il le conserverait dans sa main gauche tout le temps que durerait la rédaction de sa confession, un moyen de ne pas perdre le fil de sa pensée. Il s'empara d'une nouvelle feuille vierge et commença par décrire son attirance pour Pavlina Radovic, comment la beauté vénéneuse qui émanait du corps de la voisine l'avait envoûté dès le premier regard. Comment ensuite insidieusement chacune de ses apparitions avait attisé son désir, jusqu'à devenir obsession. À en oublier de regarder sa propre femme, à se désintéresser de l'existence de sa grande fille, à ne descendre à la cave que dans l'unique but de laisser ce feu le consumer corps et âme. Seul le travail lui avait permis de ne pas devenir fou. S'abrutir au milieu des bruits de tronçonneuses, faire tomber les géants verts les uns derrière les autres dans un rythme infernal, en venir à espérer l'accident pour que ces images qui tournaient dans sa tête le laissent enfin en paix. Une branche vicieuse qui se détend soudain et lui fracasse le crâne, un tronc qui vrille au dernier moment et s'abat sur lui, un mauvais rebond de la tronçonneuse qui lui sectionne la fémorale. Il rentrait à la nuit tombée, harassé, l'esprit anesthésié par cette fatigue salvatrice. Une rémission illusoire de quelques heures. Les jours de cours de français, il rentrait plus tôt à la maison dans l'espoir de voler un regard à la voisine à défaut d'un sourire, tournait autour tel un papillon de nuit autour d'un halogène, au plus près de l'incandescence. Quel tourment que celui de la côtoyer dans ces moments-là, à la fois si proche et inaccessible, de rester prisonnier du halo sans jamais pouvoir embrasser la lumière. Même si elle n'avait à aucun moment abordé le sujet, il était impossible, connaissant sa perspicacité, que Clotilde ignore son manège, toutes ces allées et venues entre salon et cuisine, à chercher tantôt son tabac, tantôt son briquet quand ce n'était pas son journal, à manger la voisine des yeux à chacune de ses incursions. Sa femme avait laissé faire, comme on surveille un gamin en train de jouer avec une boîte d'allumettes, prête à intervenir s'il lui venait la fâcheuse idée d'en allumer une. Cet été-là, ils étaient partis deux semaines en vacances à Oléron. « Tu en as besoin, ça te fera le plus grand bien », avait décrété Clotilde qui s'était occupée de tout. Une retraite radicale dictée par son instinct d'épouse à la vue du danger. Deux semaines de désintoxication, loin de Pavlina, à se gorger d'iode, de fruits de mer et de soleil. À leur retour à La Voljoux, la beauté de la voisine avait de nouveau aimanté Germain qui avait compris alors que seul l'éloignement pourrait le guérir. Ôtez l'objet du désir de votre vue et le désir finira par s'éteindre de lui-même.

Quand les premiers soupçons se mirent à circuler sur une éventuelle implication des chiens du Russkoff dans les attaques de troupeaux, il avait su ce qu'il lui restait à faire : offrir une preuve matérielle de la présence des malamutes sur les lieux du carnage pour faire de la rumeur une vérité. Après cela, les Radovic frappés de bannissement n'auraient pas d'autre choix que celui de quitter le pays. L'idée de l'empreinte lui était venue suite à la lecture d'un article sur la Bête dans lequel le journaliste déplorait le peu de traces laissées derrière lui par le prédateur. Les gens voulaient des traces, Germain allait leur en donner. La terre meuble du chemin au-dessus de sa maison en était tapissée. Pas de semaine sans que Dragan ne l'emprunte avec son attelage de malamutes. Il avait choisi la plus nette et la plus large d'entre elles pour effectuer son moulage. Deux doses de plâtre pour une dose d'eau et un peu de sel pour une prise rapide. Une demi-heure avait suffi pour ramener à l'appentis une copie en relief parfaite de l'empreinte de Kodiak, le plus massif des chiens du Russkoff. Sculpter la pièce de tilleul à l'identique lui avait demandé du temps. Des heures passées collé à l'établi, son regard allant sans cesse du moulage de plâtre au morceau de bois, à reproduire des détails aussi insignifiants qu'une ancienne blessure sur le gros coussinet. Après avoir fixé le pommeau sur la canne de châtaignier, il avait attendu que l'occasion se présente pour accomplir son forfait. La chance avait souri à Germain. Deux semaines à peine après l'ultime coup de gouge dans le bois tendre du tilleul, la Bête avait frappé à nouveau sur le massif. Onze brebis éventrées sur les hauts du village du côté de la petite chaume, à la ferme Bonardel. Il s'y était rendu comme beaucoup d'autres curieux venus constater de visu l'ampleur du carnage. Il avait déambulé armé de sa canne – il était établi que Germain Grosdemange ne se baladait jamais sans un de ses nombreux bâtons de marche – au milieu des restes ensanglantés éparpillés aux quatre coins de la pâture.

Si la plupart des dépouilles gisaient dans l'herbe grasse, quelques-unes avaient fini au fond du parc, couchées à même le bourbier qui entourait le vieil abreuvoir. Le sol à cet endroit était couvert de nombreux piétinements de sabots. Une poignée de secondes lui avait suffi pour opérer. Retourner la canne tête vers le bas, tamponner la boue comme on appose une estampille dans de la cire chaude puis basculer le bâton de châtaignier pommeau vers le haut pour le reprendre en main. S'éloigner de quelques mètres puis revenir sur ses pas. Accroupi au-dessus du sol, il avait hélé le garde forestier présent sur les lieux, un type qu'il connaissait bien pour avoir arpenté la forêt avec lui à maintes reprises au cours de ses années de bûcheronnage. « Eh ! François, c'est quoi ça ? » l'avait-il apostrophé en montrant du doigt l'empreinte gravée dans la terre fangeuse. Un attroupement s'était bientôt formé autour des deux hommes composé, outre des habituels curieux, du maire accompagné d'adjoints, de chasseurs, de quelques éleveurs venus en soutien aux Bonardel et de l'envoyé du préfet épaulé par deux gendarmes. Le représentant de l'État avait aussitôt demandé à la maréchaussée d'établir un périmètre de protection autour de la scène en attendant la venue imminente du lieutenant de louveterie. Germain se souvint comment le silence s'était fait à l'arrivée du spécialiste. Plus encore que sa fonction, sa tête rougeaude de viandard, sa voix puissante et sa haute stature – le type passait le mètre quatre-vingt-dix – imposaient le respect. Sans un mot, le bonhomme avait promené son quintal au milieu des cadavres, n'hésitant pas à plonger ses paluches dans les plaies, à triturer les chairs mortes à la recherche de réponses avant de s'intéresser à l'empreinte, un vrai cadeau du ciel selon ses dires. Trop large pour un loup, moins longue aussi, avait-il marmonné pour lui-même avant de délivrer haut et fort le résultat de ses observations, un résultat qui avait claqué dans l'air matinal telle une sentence : gros chien. Un très gros chien. Une pensée unanime avait aussitôt traversé les esprits. Des gros chiens, dans le coin, on n'en connaissait qu'une sorte : les clébards du Russkoff ! L'évidence était là, imprimée dans cette boue rougie par le sang des moutons, aussi parlante que des aveux écrits.

La suite, Emmanuelle la connaissait. Pas nécessaire pour le vieil homme de l'écrire noir sur blanc. Après relecture, il signa et data sa confession.

Dimanche vingt mars, jour d'équinoxe de printemps.

Cette année, l'éclosion des bourgeons gorgés de sève se ferait sans lui. Il rédigea encore une courte lettre adressée à sa fille Françoise dans laquelle il expliquait être arrivé au bout du chemin, qu'il préférait la forêt à tout le reste, qu'il était fier d'avoir eu une fille comme elle. Suivaient d'autres mots, comme autant de petits bouts de sparadrap à poser sur sa peine. Son esprit cartésien peinerait à comprendre son geste, il n'en doutait pas, mais peut-être finirait-elle par l'accepter. Germain s'approcha de la tranche tricentenaire posée sur les tréteaux, balaya de la main les nombreux morceaux de papier qui s'y trouvaient épinglés et colla son buste à même la surface striée pour l'enserrer de ses bras. Vissé à l'énorme disque, il ferma les yeux. Ça cognait comme jamais dans sa poitrine. Les battements de son cœur rebondissaient sur le bois avant de regagner sa cage thoracique avec plus de force encore qu'ils en avaient mis pour s'en échapper. L'octogénaire dut se faire violence pour s'arracher au martèlement hypnotique. Il se redressa en grimaçant. Ses vertèbres lombaires lui faisaient payer cher les efforts endurés au cours de son existence à manier la tronçonneuse et à frapper les coins d'abattage. Il saisit le journal de Pavlina Radovic glissé dans la poche de son tricot, en respira la couverture, parcourut du regard les dernières pages noircies de cette écriture tout en pattes de mouche, loin, bien loin de la calligraphie appliquée du début. Tous ces mots griffés sur le papier dans cette drôle de langue étrangère resteraient à jamais un mystère pour Germain.

Il déposa délicatement le cahier au centre de l'imposante rondelle avant d'y ajouter le pommeau. Adressée à l'attention d'Emmanuelle, sa lettre d'aveux rejoignit les deux reliques du passé. Faute avouée à moitié pardonnée, songea Germain qui étouffa dans son poing une quinte de toux. Car il restait l'inavouable, cet acte irréparable que sa lâcheté et le dégoût qu'il avait de lui-même l'empêchaient de raconter, un acte sur lequel étaient passées toutes ces années sans qu'il parvienne jamais à le dénier.

Il regarda sa montre. Le temps pressait, les jeunes risquaient de venir le chercher d'un moment à l'autre. L'octogénaire bouscula son vieil organisme qui rechignait à gravir l'escalier de la cave d'une seule traite. Sa tenue l'attendait dans la chambre, posée sur une chaise. La veste polaire, l'anorak, les moufles, les grosses chaussettes en laine, les guêtres. Il contempla le portrait de sa femme défunte accroché au-dessus du lit, chercha un encouragement dans le regard de Clotilde, n'y décela rien d'autre que de la bienveillance. Il déposa la lettre adressée à sa fille sur la table de chevet, bien en évidence, puis s'habilla. L'hématome en haut de sa cuisse était passé par toutes les couleurs avant de s'estomper. Même si la douleur au toucher restait vive, elle ne devrait pas gêner sa marche. Il maudit son arthrite qui, associée aux tremblements de ses mains, transformait le laçage de ses godillots en cuir en un véritable calvaire. Après s'être emparé du sac à dos, il vissa la casquette fourrée sur sa tête et gagna l'étage. Il régnait dans le grenier un froid sibérien. Sa vieille paire de raquettes à neige l'y attendait. Plus fiables que le tout plastique, le cerclage de bois et le treillis de cordes ne l'avaient jamais trahi au cours de tous ces hivers. Une fois les brodequins sanglés, il ouvrit l'unique lucarne du grenier. Les flocons s'engouffrèrent dans la place par centaines en tourbillonnant furieusement. La hauteur de neige atteignait plus de six mètres. Le vieil homme dut se contorsionner pour se glisser à l'extérieur. Les cristaux piquetaient son visage. Il se couvrit les yeux à l'aide du masque de ski et armé de ses bâtons osa un premier pas. Les raquettes s'enfoncèrent d'une vingtaine de centimètres dans le tapis moelleux. Il avança de quelques mètres, s'arrêta le souffle court. Chaque enjambée serait un enfer, son odyssée, un chemin de croix tapissé de douleurs. Il tourna la tête sur sa droite. Un monticule de poudreuse indiquait l'emplacement de la ferme voisine. Une tombe pleine de fantômes.

Germain regarda droit devant. Comme à chaque équinoxe de printemps, la forêt l'attendait. Sans même se retourner, il s'enfonça dans le grand blanc.

29

Dernière rotation.

Comme tous les autres dameurs, Emmanuelle et Basile avaient hâte d'en finir après trois jours passés le corps vissé au siège de leur engin, les mains soudées aux commandes, les yeux brûlés de fatigue à force de fixer les feux de la dameuse qui les précédait, trois jours d'allers-retours incessants avec pour récompense à chaque entrée en zone verte les démonstrations de joie des passagers devant le déferlement de couleurs et de lumière qui leur tombait dessus au sortir de la tempête, une magie qui opérait même lors des arrivées de nuit lorsque les évacués découvraient le ciel étoilé et retrouvaient des plaisirs aussi simples que celui de respirer un air sec ou de fouler l'herbe d'un pré. Tout à l'heure, Basile et Emmanuelle avaient annoncé à Loulou leur désir d'aller récupérer Germain ensemble à bord de la PistenBully 600. Le chef avait accepté. L'évacuation qui se terminait avait été un succès, aucun incident notoire à signaler si ce n'était un coup de fusil à plomb essuyé par une dameuse de la part d'un irréductible.

Pensifs, les deux jeunes gens n'avaient pas prononcé un seul mot depuis leur départ. Ils se sentaient sales et épuisés et leurs têtes dodelinaient de conserve, bercées par les mouvements du terrain. Les litres de café ingurgités et les rares heures de sommeil grappillées par-ci par-là allongé sur un banc d'église ne valaient pas une nuit complète dans un vrai lit pour venir à bout de la fatigue accumulée.

— Toi aussi ?

Emmanuelle avait parlé sans détacher les yeux de son pare-brise.

— Moi aussi quoi ?

— Le vieux. J'ai un mauvais pressentiment.

Basile se tassa sur son siège. La confession de la jeune femme venait raviver l'inquiétude qu'il avait ressentie trois jours plus tôt en croisant le regard de Germain au moment de le quitter.

— Pour être franc, avoua-t-il du bout des lèvres, je n'ai pas aimé sa façon de nous dire au revoir, comme s'il était déjà parti.

— On aurait dit un gamin pressé de se retrouver seul pour faire un mauvais coup.

La dameuse avala la dernière côte avec aisance et Emmanuelle vint échouer en douceur les treize tonnes de l'engin devant la fenêtre de leur chambre. Basile leva la tête et n'aima pas ce qu'il vit. Aucune fumée ne s'échappait de la cheminée qu'il avait pris soin de dégager les jours précédents, pas même un semblant de fumerolle qui aurait été le signe rassurant d'une présence humaine. Ils appelèrent le vieux à l'unisson. Malgré son ouïe défaillante, il ne pouvait pas ne pas avoir entendu l'arrivée de la chenillette. Sans attendre, le jeune homme cassa le carreau d'un coup de coude, glissa la main par l'ouverture et ouvrit les vantaux. Le silence à l'intérieur de la maison ne leur dit rien de bon. Munis de leur lampe frontale, ils dévalèrent l'escalier quatre à quatre sans cesser de gueuler son nom. Le tablier d'acier de la cuisinière était froid et la réserve de bois à peine entamée. De la demi-douzaine de plats cuisinés préparés par Emmanuelle, un seul manquait. Le tupperware finissait d'égoutter dans l'évier avec les couverts. Comme dans la cuisine, l'ordre régnait dans la chambre. Les chaussons sagement rangés au pied du lit semblaient attendre leur propriétaire. Un sentiment d'abandon émanait de ce décor figé, quelque chose de terriblement définitif. La découverte de la lettre placée en évidence sur la table de chevet glaça le sang de Basile.

À ma fille Françoise.

— Tu dois l'ouvrir, l'exhorta Emmanuelle.

Devant son hésitation, elle lui retira l'enveloppe des mains et s'empressa de la décacheter. Le texte rédigé d'une écriture appliquée, presque scolaire, ne laissait aucun doute sur les intentions de son auteur.

— Qu'est-ce qu'il raconte ?

— Il est parti.

— Comment ça parti ?

— Dans la forêt. Et il demande à ce qu'on ne le recherche pas, ajouta-t-elle effondrée.

Le jeune homme parcourut à son tour la missive tandis que les récriminations de Françoise lui revenaient à l'esprit. « Tu ne l'as quand même pas laissé seul », s'était-elle écriée devant son insouciance.

— La fenêtre de notre chambre était fermée quand on est arrivés et c'est l'unique point de sortie, s'exclama Basile avec une lueur d'espoir dans le fond des yeux. Il ne peut pas avoir quitté la maison.

— Tu oublies le grenier. Il a très bien pu sortir par le grenier.

La réflexion d'Emmanuelle doucha l'optimisme de Basile. Ils remontèrent à l'étage le cœur battant. Au moment d'ouvrir la porte, le jeune homme chassa de son esprit l'image fugace qui y avait pris naissance, celle d'un vieillard pendu à une poutre, le corps déjà raidi par le froid. À son grand soulagement, les combles étaient vides et seule la tempête les accueillit, une tempête qui s'engouffrait en rafales par la lucarne béante.

— Il doit être parti depuis un bon moment, jugea Basile à la vue du tas de neige que les bourrasques avaient déposé sur le plancher poussiéreux. Vu son état physique, il ne peut pas être allé bien loin. Il faut le retrouver avant qu'il ne soit trop tard.

— Je t'accompagne.

— Je préférerais que tu restes ici si jamais il lui prenait l'envie de revenir. Fais une flambée à la cuisine en m'attendant.

— Femme au foyer, c'est ça ?

Il l'étreignit et déposa un baiser sur ses lèvres.

— Je t'aime, même quand tu sens le fennec.

— Fennec toi-même. Ramène-le.

Avant de s'installer aux commandes de la PistenBully, Basile tenta de deviner la direction empruntée par le vieux. Le blizzard avait déjà effacé en grande partie les traces de raquettes mais il subsistait un semblant de sillon qui montait tout droit vers la forêt. La dameuse vola sur la poudreuse en direction de la lisière avant d'emprunter le sentier qui s'enfonçait entre les arbres. Outre la visibilité quasi nulle, l'étroitesse du chemin freinait la progression de l'engin dont les chenilles frôlaient dangereusement les troncs. À deux reprises, Basile dut jouer de sa lame pour passer en force au travers des branchages. Il laboura la piste pendant près d'une heure, s'arrêtant fréquemment pour scruter, yeux plissés, les abords du chemin, essayant de déceler sur le sol des signes du passage de l'octogénaire. À tout moment, il s'attendait à découvrir le corps inerte du vieil homme étendu dans la neige. Difficile de croire que le vieux malgré sa pugnacité ait pu aller aussi loin dans cet univers hostile avec des conditions météo aussi épouvantables. Plus il progressait et plus les arbres refermaient leur ramure sur la chenillette, griffant la tôle de leurs branches nues dont certaines se fracassaient contre la cabine en émettant des craquements sinistres. Une branche plus grosse que les autres arracha le rétroviseur droit, une autre eut raison de la rampe de projecteurs qui explosa sous le choc. Plus loin, un sapin dessouché s'était affalé en travers du chemin et bloquait le passage. À droite comme à gauche, le bois dense interdisait toute tentative d'évitement. Basile jura. Sans raquettes – les siennes étaient restées à bord de sa dameuse –, il était suicidaire de poursuivre à pied. Il coupa le contact et sortit de la cabine. Debout sur la chenille, insensible aux flocons gros comme des pièces d'un euro qui lui dégringolaient sur la tête, le jeune homme s'époumona pendant près de dix minutes, hurlant le nom du vieux aux quatre points cardinaux, en vain. L'univers cotonneux qui l'entourait buvait ses cris sitôt ceux-ci envolés de sa gorge. Un corbeau croassa son mécontentement avant de s'enfuir d'un battement d'aile nerveux. Dépité, Basile engagea le mastodonte dans un demi-tour délicat et jura pour la seconde fois. La forêt avait gagné.

30

Le vieil homme progressait avec peine au milieu du goulet qu'était devenu le sentier. De part et d'autre, les sapins courbaient vers lui leurs cimes encombrées comme pour mieux observer ce drôle d'intrus qui pénétrait sur leur territoire. De temps à autre, une branche se déchargeait de son fardeau en frissonnant. Les paquets de neige cascadaient vers le sol dans des affalements poudreux. Un semblant de vie dans un univers stérile, songea Germain qui n'en pouvait plus de l'éblouissement perpétuel qui agressait ses rétines, sans parler de l'air froid qui glaçait sa bouche à chacune de ses inspirations et déposait sur son palais ce désagréable goût métallique. Au milieu de la tempête, sans repère aucun, l'octogénaire ne pouvait se fier qu'à son instinct pour trouver son chemin, même si pour l'instant seule la marche accaparait son attention. Ne pas se laisser distraire par des pensées parasites et assurer chacun de ses pas, cramponné à ses bâtons de ski. Le sac à dos contenant la pelle américaine pliable et le litre de gnôle battait contre ses reins. Dans son état, nul doute que la première chute serait aussi la dernière. S'affaler dans cette poudreuse équivaudrait à tomber d'un navire en pleine mer sans bouée de sauvetage. Il s'imagina basculer tête la première dans la neige, se vit gigoter de façon désordonnée à la recherche d'un appui sans cesse fuyant, les pieds prisonniers des raquettes, les mains entravées par les dragonnes de ses bâtons et les épaules bridées par les bretelles de son sac, brassant la surface avec pour seul résultat celui de s'enfoncer toujours un peu plus profondément tandis que les cristaux obturant le fond de sa gorge étoufferaient son dernier cri. L'image d'un funambule en équilibre au-dessus du précipice se dessina dans son esprit. Ne pas chuter. Il serra les dents. La mort pouvait bien patienter encore un peu, le temps qu'il finisse ce qu'il avait à faire. La Bête attendait son dû. Peut-être l'épiait-elle déjà, suivant à distance par-delà le rideau neigeux sa progression laborieuse, la gueule ouverte pour mieux capter son odeur d'homme. Elle ne serait pas déçue. Aujourd'hui, Germain allait solder la totalité de sa dette, intérêts compris.

Lorsqu'il jugea le moment opportun, le vieil homme quitta le goulet et bifurqua sur sa droite, face à la pente. Si la forêt primaire exposait ses hautes frondaisons, le sous-bois lui avait disparu. Les bosquets de noisetiers, les roches moussues, les jeunes pousses de hêtre et les myrtilliers gisaient ensevelis sous plusieurs mètres de neige. La forte déclivité du terrain obligea bientôt Germain à évoluer en zigzag, décrivant sur le tapis vierge une succession de diagonales entrecoupées de manœuvres de conversion périlleuses. Chacun de ses pas donnait lieu à un combat acharné contre la pesanteur pour arracher au sol des raquettes de plus en plus lourdes. Des pieds à la tête, son organisme n'était plus qu'un foyer de souffrances. Feu dans les muscles de ses cuisses et de ses bras, feu dans son dos, dans son ventre, feu sur la peau de son visage. Il fit halte à mi-pente avant que l'incendie qui embrasait ses poumons ne dévore le peu d'oxygène qui y entrait encore. Agenouillé dans la neige, le vieil homme s'accorda quelques minutes de répit, le temps de permettre à la froidure d'éteindre le brasier. Alterner le feu et le froid, laisser ces deux prédateurs qui convoitaient son corps s'entre-dévorer puis reprendre sa marche avant que l'engourdissement ne gagne ses membres et l'empêche de poursuivre.

Germain avait repris sa progression depuis près d'une demi-heure et commençait à douter de son sens de l'orientation lorsqu'il devina à travers la visière embuée le replat attendu. Il releva le masque de ski sur son front et contempla l'espace dégagé qui s'ouvrait devant lui entre les branchages. La clairière. Il l'avait retrouvée. Elle était là, inscrite en creux au milieu de la forêt, une cuvette qui présentait en son centre un léger renflement, comme une boursouflure au plus bas de sa forme concave. Le monolithe gît là-dessous, songea le vieil homme en souriant. À quelle profondeur de la surface pouvait bien se trouver la partie supérieure du rocher ? Deux mètres, trois mètres ? Il s'ébroua. Agir tant que le peu de force restante le lui permettait. Une fois gagné le centre de la clairière, il se débarrassa de ses bâtons et ôta son sac à dos. La pelle américaine émit un claquement sec en se dépliant. Il creusa, d'abord debout, puis à quatre pattes, rejetant la neige avec frénésie. La poudreuse volait en tous sens, tantôt à droite, tantôt à gauche, retombait parfois en pluie fine sur ses épaules. Sa raison lui dictait d'arrêter cette folie, d'écouter la douleur que l'effort venait de réveiller derrière son sternum. Germain n'avait que faire de la raison. Seul comptait à présent le bon déroulement du rituel, un rituel auquel il n'avait jamais dérogé en trente-huit années. La Bête attendait son offrande et l'offrande méritait son autel, même si ce dernier se résumait à un vulgaire rocher au milieu d'une forêt oubliée. Lorsque le métal de la pelle heurta la dureté de la pierre, le vieil homme posa son outil et termina de dégager la partie supérieure du monolithe à la main. Satisfait, il contempla la surface grenue et luisante de la roche, cette surface sur laquelle avaient échoué tant de pièces de gibier. À bout de souffle, il s'assit à même le granit, défit les lanières qui entravaient ses pieds et balança les raquettes hors de l'entonnoir dans lequel il se trouvait. Éviter la tentation d'un retour en arrière. L'image d'un insecte tombé au fond du cône odorant d'une plante carnivore traversa son esprit. Le dos confortablement calé entre deux bourrelets de neige, il tira du sac la bouteille de gnôle. La première lampée incendia ses entrailles tandis que le froid mordillait déjà l'extrémité de ses pieds. Après plusieurs gorgées, les effets capiteux de l'alcool le plongèrent dans un semblant de bien-être. Tête basculée en arrière, yeux clos, le vieil homme goûta à la caresse des flocons sur son visage. La mort pouvait venir. S'enfoncer doucement dans le néant en regardant défiler son existence sous la forme d'un kaléidoscope coloré et puis s'éteindre, c'est tout ce qu'il demandait. Mais alors qu'il s'apprêtait à quitter le monde, c'est le souvenir de la nuit du drame qui remonta à la surface de son esprit embrumé, un souvenir aussi clair et palpable que le rocher sur lequel il reposait.

Les klaxons, les claquements de portières, l'aboiement des chiens, la détonation, les cris. Et puis plus tard dans la nuit, les tambourinements sur sa porte. Secs, répétés, les coups d'une personne aux abois. Pavlina est là, grelottante de froid et de peur dans sa chemise de nuit, ses pieds nus maculés de boue. Une Pavlina en pleurs qui se jette dans ses bras, s'accroche à lui pour ne pas s'effondrer. Elle parle sans s'arrêter, baragouine dans cette langue qu'il ne comprend pas, demande après Clotilde. Il referme la porte, la fait asseoir, lui prépare un thé. Y ajoute une touche de mauvais rhum, du Negrita, un alcool pour pâtisserie fait pour donner du bonheur, pas pour apaiser les terreurs. Lui explique que Clotilde n'est pas là mais que tout va bien, qu'elle n'a rien à craindre ici, qu'elle est en sécurité. Elle se calme, reprend son récit dans ce drôle de charabia franco-slovaque. Lui tente de combler les blancs entre les mots. Elle raconte ce qu'il sait déjà. L'arrivée des types, la mort d'un des chiens, la bagarre. Elle raconte la fureur de Dragan contre ses agresseurs et puis contre elle aussi, Dragan qui lui reproche d'avoir détaché les trois malamutes survivants et qui la frappe, un seul coup en plein ventre, ce ventre sec qui se refuse à donner la vie et qui n'est bon qu'à recevoir son poing, un Dragan écumant de rage qui la cogne comme on cogne un vulgaire sac de boxe avant de s'élancer à la recherche de ses bêtes enfuies. Elle redemande du rhum, porte la tasse à ses lèvres. Tousse. Lui ne trouve rien de mieux à faire que de lui laver les pieds à l'aide d'une bassine remplie d'eau chaude, l'essuie, s'attarde un peu plus que nécessaire, caresse du bout de ses doigts le grain fin de la peau, douce comme de la soie. L'alcool a fini par rosir les joues de la jeune femme. Sa vulnérabilité la rend plus belle que jamais. Ses cheveux humides, ses yeux cernés, le visage verrouillé sur son désespoir. Une madone aux pieds nus. Lui ne sait plus comment cacher son trouble grandissant, peine à détourner le regard de ces lèvres ourlées qu'il rêve d'embrasser, de cette poitrine qui sous le tissu de la chemise de nuit appelle ses mains, de ce corps qu'il voudrait loin de lui car il enflamme ses sens. Avale un plein verre de rhum puis un deuxième. S'abrutir avant que le désir niché dans son bas-ventre et qui tend douloureusement son sexe ne prenne définitivement le dessus sur sa raison. Pavlina s'est levée. Elle doit rentrer avant que Dragan ne revienne. Il couvre ses épaules d'un châle, veut la rassurer, la réchauffer, la serre contre lui, lui demande de rester encore un peu. Le corps menu frissonne entre ses bras puissants. Il la respire, hume ses cheveux, caresse son dos. Lui glisse des mots qu'il pensait ne jamais oser prononcer un jour aux oreilles d'une femme, pas même à son épouse. Elle ne dit rien. Tout juste laisse-t-elle échapper un bref couinement lorsque sa paluche empaume l'une de ses fesses. Il la soulève, la renverse sur la table, l'emprisonne de sa masse. Le sang pulse à ses tempes. Le slip résiste, il l'écarte, fourrage de ses doigts la toison tiède puis la pénètre, cramponné à ses hanches, avant de labourer son sexe en de grands va-et-vient. Aveuglé par son propre plaisir, pas un instant il ne considère le mutisme de Pavlina comme autre chose que du consentement. Et quand elle s'en retourne dans la nuit, se méprend encore sur le regard qu'elle lui lance, croit lire de la culpabilité là où ne transpire que de l'effroi.

Dans la clarté coupante du petit matin, la crudité des faits lui était apparue tandis qu'il vidait la cuvette dans l'évier. Une réalité aussi sale que l'eau trouble aspirée par le siphon. Une vilaine migraine battait à ses tempes. Son estomac s'était contracté et il avait vomi. Son corps lui-même se rebellait face à l'abjection de son acte. Bon Dieu, qu'avait-il fait ? Une méprise, tout cela n'avait été que le résultat d'une malheureuse méprise. Son piège s'était refermé sur lui en jetant l'objet de son désir entre ses bras. Elle ne s'était à aucun moment débattue, n'avait montré aucun signe de rejet à son égard. Pas un seul instant elle n'avait émis une quelconque objection, ne lui avait offert que son silence, un silence bien commode dans lequel il avait lu ce qui l'arrangeait. Qui ne dit mot consent, tout le monde savait ça, merde. Mais à la lumière du jour, la lecture des événements était tout autre. Il avait passé la demi-heure suivante sous la douche à se savonner comme un damné, à frotter son bas-ventre à l'aide du gant de crin à en pleurer de douleur, comme on tente d'effacer les traces de son crime. Et puis l'attente avait commencé, et avec elle la peur. Elle allait parler, se confier, raconter. Peut-être pas à Dragan mais à Clotilde sûrement, Clotilde qui devait rentrer le surlendemain de son séjour chez sa sœur. Mais Pavlina n'avait rien dit. Elle avait quitté La Voljoux la semaine suivante avec son mari, laissant un Germain désemparé avec pour seul châtiment l'obligation de devoir vivre avec ça sur la conscience pour le restant de ses jours.

Le vieil homme gémit. L'engourdissement avait gagné la totalité de son organisme. Bras et jambes ne répondaient plus. Seul le bas de son dos fourmillait encore comme si le peu de vie qui subsistait en lui s'était réfugié là, contre la dureté du granit. Sa bouche happait mécaniquement des filets d'air qui peinaient à atteindre ses poumons. Un voile noir vint obscurcir sa vue. Il tourna son visage vers le ciel à la recherche de la lumière enfuie, en vain. Son corps déjà ne lui appartenait plus.

Il était l'offrande.

La Bête n'allait plus tarder.

Effacer l'ardoise.

Une ultime contraction des fibres cardiaques

chassa le sang de son cœur et tandis que les ténèbres se refermaient sur sa conscience, une fulgurance traversa son esprit. Une révélation qui à peine née s'éteignit avec lui : Emmanuelle.

Journal de Pavlina Radovic
Septembre 1978

Combien de fois n'ai-je pas souhaité au cours de ces derniers mois que Dragan me frappe au ventre, comme il savait si bien le faire avant ? Qu'il tue de ses poings le fruit de cet autre, qu'il me débarrasse de cette chose étrangère en train de pousser à l'intérieur de moi telle une tumeur maligne. Mais il y a longtemps qu'il ne me touche plus, pas même pour me cogner. Se contente de pousser des cris quand son trop-plein de rage et de vodka l'y pousse, des gueulantes infernales contre la terre entière. Depuis notre départ de là-bas – je n'arrive même plus à prononcer le nom du village, pas même à l'écrire –, il s'est détaché de moi comme du reste du monde. Une partie de son esprit est restée sur la montagne avec ses chiens.

Je crois qu'il sait, pour l'enfant que je porte.

Qu'il a toujours su. Et il sait que je sais qu'il sait. Nous jouons un jeu de dupes avec entre nous cette bosse qui enfle mon ventre. Pas une seule fois il ne m'a questionnée. J'aurais pourtant préféré répondre à ses interrogations légitimes plutôt que d'affronter ce silence perpétuel qu'il m'oppose. Rien n'est pire que l'indifférence.

Lorsqu'il est revenu bredouille cette nuit-là, ses chiens à jamais enfuis, je n'ai pas eu la force de parler. La nuit nous avait souillés tous les deux à sa manière.

Hier je suis allée à mon rendez-vous pour l'échographie du sixième mois. L'écran a dévoilé le petit corps dans une déclinaison de gris. Bras, jambes, tête. Le docteur m'a fait écouter le bruit du cœur. Ça faisait un bruit désagréable de membrane en caoutchouc qui vibre violemment. Il m'a demandé si je voulais connaître le sexe du bébé. J'ai dit oui pour lui faire plaisir.

31

Blottie contre la carcasse chaude de la cuisinière à bois, Emmanuelle avait survolé d'une traite le texte écrit en slovaque, sans lire véritablement, comme on appréhenderait une toile impressionniste dont on ne voudrait rien connaître encore des coups de pinceau qui la composent. Le faisceau de la frontale avait glissé sur les pages avant de les rendre aux ténèbres, sans jamais se poser. Une fuite plus qu'une lecture. Au départ de Basile, la possibilité que le vieux se trouve peut-être au sous-sol avait jailli dans l'esprit de la jeune femme. La cave. Au milieu des odeurs de terre battue, de salpêtre et de bois mêlées, elle avait découvert le pommeau, le cahier bleu et la lettre de Germain contenant ses aveux. Elle avait regagné la cuisine transie autant par la température glaciale du sous-sol que par le machiavélisme déployé par l'octogénaire pour faire de ses parents des pestiférés.

Emmanuelle prit une profonde inspiration,

cueillit un premier mot, en piocha un deuxième, parcourut une phrase complète puis dévida une page entière. Au fil des lignes, le mécanisme de la traduction s'effaça peu à peu tandis que la langue maternelle qu'elle pensait à jamais perdue remontait à la surface de son cerveau. Elle feuilletait le journal intime d'une étrangère, celui de sa propre mère qu'elle croyait connaître et qui aujourd'hui par le truchement de ce cahier se révélait à elle. Pavlina Radovic née Kovacs, une jeune femme pleine de joie de vivre et de projets et qui s'étiolait sous ses yeux tandis que désillusion après désillusion s'érodaient ses rêves. Derrière ses larmes, Emmanuelle remonta le fil de l'écriture qui se délitait jusqu'à l'irracontable, le corps violenté, l'esprit fracassé et l'homme, cet homme que la narratrice ne parvenait pas à appeler autrement que comme ça, l'homme. Restait cette dernière page qu'Emmanuelle se refusait à parcourir, terrifiée à l'idée de ce qu'elle allait y trouver, avant de finalement s'y noyer.

Journal de Pavlina Radovic
3 janvier 1979

Elle est née la semaine dernière, le jour de Noël. Expulsée de mon corps au milieu des humeurs à l'heure où le monde entier fête la Nativité. Un petit être vagissant que des mains gantées ont posé sur mon ventre comme on dépose un paquet. Les infirmières m'ont jeté des regards envieux tandis que le bébé cherchait mon sein. J'entends encore leurs exclamations enthousiastes. Accoucher le jour de Noël d'une si belle petite fille, quel cadeau formidable ! J'ai eu envie de leur hurler au visage que pas un instant je ne parvenais à trouver une once de beauté à ces trois kilos cinq cents grammes de chair gesticulante posés à même ma peau. Comment leur dire que je n'en veux pas de leur si-belle-petite-fille, qu'elle n'est que le résultat d'une ignoble salissure. Je ne vais même pas essayer de l'aimer, m'en sens incapable. Tout juste me contenterai-je de la nourrir comme on le ferait d'un animal trouvé au bord d'une route et que l'on garde à ses côtés bien malgré soi, sans jamais chercher à s'y attacher. Lorsqu'au deuxième jour ils m'ont demandé où était le père, mon rire les a glacés. Lequel ? L'alcoolo qui partage ma vie et se prend pour Jack London ou l'autre, le vrai, celui qui m'a réchauffée à sa manière ? Le pédiatre a insisté pour que j'allaite l'enfant mais ma poitrine s'est tarie sitôt vidée de son colostrum. Sèche, incapable de lui donner ce que je n'ai pas. Il en va du lait comme de l'amour.

Ils voulaient un prénom. J'ai pris le saint du jour. Emmanuelle. Pas pire qu'un autre.

Dragan se refuse à tenir le bébé entre ses bras. Tout juste l'observe-t-il de temps en temps à la dérobée, comme il observerait une bête étrange, à la recherche peut-être d'une quelconque ressemblance avec sa gueule ravagée d'alcoolo, sans y croire vraiment. De moi, elle a hérité des mains, juste des mains, avec ces doigts étonnamment fins au bout des petits bras potelés. Son géniteur lui a légué tout le reste. La tignasse noire et épaisse et puis surtout ce regard sombre et perçant qu'il posait sur moi à chacune de mes leçons de français auprès de Clotilde lorsqu'il était présent.

Comment vais-je pouvoir vivre avec sous les yeux ce perpétuel rappel à l'ordre de ce qui s'est passé cette nuit-là ?

Emmanuelle se releva. Le cahier tremblait entre ses mains, lourd de ses secrets. Après une dernière hésitation, elle ouvrit la trappe d'acier du foyer et jeta le pommeau, la lettre et le journal dans la gueule brûlante. La chaleur vint lécher son visage et sécher ses larmes. Tandis que les flammes dévoraient le papier, Emmanuelle glissa une main sous son pull, caressa la peau tiède de son abdomen. Il y avait ce retard dans ses règles. Trois semaines. Une éternité pour elle qui avait toujours été réglée comme une horloge. Le test de grossesse était encore prisonnier de son emballage au fond de son sac, prêt à lui annoncer ce que son corps, lui, savait déjà. Les seins douloureux, l'estomac en permanence au bord des lèvres.

Soudain Basile fut là, encore tout imprégné de la fraîcheur du dehors. Basile et sa gueule d'ange qui la serrait contre lui, la berçait tendrement. Il n'avait pas retrouvé Germain que la tempête avait englouti. Emmanuelle vacilla sur ses jambes, rit et pleura en même temps devant l'absurdité de la situation. Perdre son père le jour où on le trouve. Et se savoir porteuse d'une vie quand la mort s'empare d'une autre. L'équilibre des choses. Elle saisit la main de Basile, la posa sur son ventre.

Penser à l'enfant, à rien d'autre qu'à l'enfant à venir.

Leur enfant.

32

Le poitrail fendait la poudreuse telle une étrave, propulsé en avant par les puissantes pattes plantées profondément dans la neige. De la truffe de la Bête s'échappaient des volutes de vapeur. De temps à autre, l'animal suspendait la traque, entrouvrait sa gueule pour mieux capter les odeurs de l'homme qu'elle suivait à distance. Mélange de sueur acide, de savon et d'urine, des odeurs inscrites dans sa mémoire au cours des années passées, promesse de festin. Plus tôt, le bruit de la machine lancée sur leurs traces avait fini par décroître avant de disparaître totalement. Comme à chaque fois, l'homme s'était avancé jusqu'au centre de la petite clairière puis s'était arrêté. Tapie derrière les arbres, immobile, la Bête attendait, indifférente aux flocons qui venaient recouvrir son pelage épais. Ses yeux ne cillaient pas. Elle regarda l'homme se débattre à coups de pelle et creuser la neige jusqu'à s'effacer entièrement à sa vue. Un ultime gémissement monta du trou puis ce fut le silence. Son instinct commandait à l'animal la prudence. Attendre encore, même si ses sens l'informaient qu'il n'y avait plus de danger, que la vie s'en était allée. Après quelques minutes, la Bête se leva, s'ébroua puis s'approcha du corps tiédissant qui reposait, le visage tourné vers le ciel. Elle le huma, tourna autour, donna de timides coups de pattes, vérifia que plus aucun souffle ne venait caresser son museau. Usant de toute sa force, elle tira la dépouille hors de l'entonnoir et la traîna sous le couvert des arbres. Indécis, l'animal lécha le visage de l'homme. Les rares gènes de malamute encore nichés dans son ADN retardèrent pour un temps l'acte qu'il s'apprêtait à commettre. Mais la faim, plus forte, balaya les dernières réticences. Et alors que la Bête arrachait d'un coup de dents puissant un premier lambeau de chair, le ciel libéra dans l'air son dernier flocon.

REMERCIEMENTS

D'abord un grand merci à toute l'équipe des éditions Au diable vauvert. À Marion, sa grande prêtresse, à Laëtitia, Raphaël, Nathalie, Marie-Pacifique, Chloé, et tous les travailleurs de l'ombre qui ont œuvré à la mise au monde de ce roman.

Un merci particulier à Yannick et à la station de ski Labellemontagne de La Bresse (Vosges) pour m'avoir permis de vivre une expérience inoubliable au cœur de la nuit à bord d'une dameuse, à parcourir le domaine de long en large avec en cadeau à l'arrivée un magnifique lever de soleil sur le massif.

Je n'oublie pas mon épouse dans ces remerciements. Son soutien, son intransigeance, son jugement impartial mais surtout son enthousiasme me poussent à chaque fois à donner le meilleur de moi-même.

Merci à tous les libraires, ces passeurs sans lesquels nos romans resteraient des choses mortes avant même d'avoir vécu.

Enfin merci à vous lecteurs, qui ouvrez mes livres comme on pousse la porte d'une maison inconnue. Puissiez-vous en faire la vôtre, pour mon plus grand plaisir.

JPDL

DU MÊME AUTEUR

Au diable vauvert

LE LISEUR DU 6H27, 2014 (Folio n° 5981)

MACADAM, nouvelles, 2015 (Folio n° 6484)

LE RESTE DE LEUR VIE, 2016 (Folio n° 6344)

LA FISSURE, 2018 (Folio n° 6639)

MALAMUTE, 2021 (Folio n° 7130)

Aux Éditions Gallimard

Dans la collection Écoutez lire

LE LISEUR DU 6H27, 1 CD

Tous les papiers utilisés pour les ouvrages
des collections Folio sont certifiés
et proviennent de forêts gérées durablement.

Composition Nord Compo
Impression Novoprint
à Barcelone, le 05 septembre 2022
Dépôt légal : septembre 2022

ISBN 978-2-07-294168-9 / Imprimé en Espagne

379557